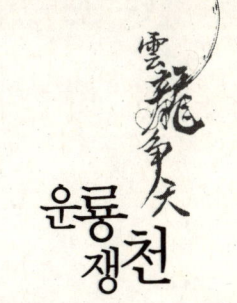

운룡쟁천

조돈형 新무협 판타지 소설
FANTASTIC ORIENTAL HEROES

운룡쟁천 2
조돈형 新무협 판타지 소설

초판 1쇄 찍은 날 § 2008년 6월 25일
초판 1쇄 펴낸 날 § 2008년 6월 30일

지은이 § 조돈형
펴낸이 § 서경석

편집장 § 문혜영
편집책임 § 유경화
편집 § 정서진 · 최하나

펴낸곳 § 도서출판 청어람
등록번호 § 제1081-1-89호
등록일자 § 1999. 5. 31
어람번호 § 제2-1522호

주소 § 경기도 부천시 원미구 심곡1동 350-1 남성B/D 3F (우) 420-011
전화 § 032-656-4452 팩스 § 032-656-4453
http://www.chungeoram.com
E-mail § eoram99@chol.com

ⓒ 조돈형, 2008

ISBN 978-89-251-1374-6 04810
ISBN 978-89-251-1372-2 (세트)

※ 파본은 구입하신 서점에서 교환하여 드립니다.
※ 저자와 협의하여 인지를 붙이지 않습니다.
※ 이 책은 도서출판 청어람과 저작자의 계약에 의해 출판된 것이므로,
무단 전재 및 유포 · 공유를 금합니다.

운룡쟁천 2

조돈형 新무협 판타지 소설
ANTASTIC ORIENTAL HEROES

雲龍爭天

目次

제10장	출도(出道)	7
제11장	숙살단(肅殺團)	35
제12장	구양세가(歐陽世家)	79
제13장	분광패도(分光霸刀)	119
제14장	운룡기협(雲龍奇俠)	155
제15장	주유천하(周遊天下)	183
제16장	비무대회(比武大會)	217
제17장	영강평(迎江坪)	247
제18장	대정련(大正聯)	273
제19장	묵룡도(墨龍刀)	305

第十章

출도(出道)

 팔성이 유난히 빛난 그날 밤 이후, 칩거에 들어간 소무백은 정확히 닷새가 지난 후에야 도극성을 방으로 불러들였다.
 "앉거라."
 어딘지 모르게 무거운 음성에 도극성은 사뭇 긴장된 표정으로 자리에 앉았다.
 "몸은 괜찮으냐?"
 "예? 예. 그럭저럭 괜찮은 것 같기도 합니다."
 괜찮을 리가 없었다.
 부러진 갈비뼈가 완전해지기까지 닷새란 시간은 짧아도 너무 짧았다.

"삼원무극신공의 성취는 어느 정도나 되었느냐?"

"아직 칠단계까지는……."

도극성이 민망한 듯 뒷머리를 긁적였다.

"너무 조급해하지 말거라. 네 나이에 그만큼 성장한 것도 대단한 것이니까."

순간, 도극성은 멍한 얼굴로 사부를 바라보았다.

칭찬이라니!

살아오면서 지금껏 몇 번 들어보지 못한 생소한 단어였다.

"현재의 수준만으로도 훌륭하다. 그만하면 어디 가서 본 문의 이름에 먹칠은 하지 않을 정도는 될 것이야."

"팔룡과는……."

도극성이 본능적으로 물었다.

"글쎄, 그들은 하늘에서 낸 인재들인지라 얼마나 성장을 했는지는 직접 보지 않고는 알 수 없는 노릇이다. 하나, 일전에도 말을 했다만 그들을 키우고 있는 각 문파들의 무공 또한 결코 본 문에 못지않다. 얼마만큼 노력을 기울여 수련을 했느냐, 문파의 무공을 습득했느냐에 따라 우위가 결정될 것이야."

"제가 본 문의 무공을 대성한다면……."

도극성의 말에 소무백은 간단히 대꾸했다.

"하늘 아래 너를 이길 상대는 없다."

"그렇군요."

도극성이 다소 안심을 했다는 표정을 지으며 고개를 끄덕였다.

"극성아."

"예, 사부님."

"때가… 된 것 같구나."

"예? 때라고 하시면……?"

난데없는 말에 도극성이 괴이한 표정으로 바라보자 소무백의 입가에 약간은 씁쓸한 미소가 걸렸다.

"사부님."

"아니다."

소무백은 말문을 닫아버렸다.

이후 도극성이 몇 번을 묻고 또 물어도 소무백은 묵묵부답, 한 번 닫힌 말문은 열리지 않았다.

그렇게 하루가 또 지났다.

다음날, 옆구리의 부상 이후 엿새 만에 천문동부로 수련을 나서는 도극성이 사부에게 문안 인사를 드리기 위해 방문 앞에 섰다.

"사부님."

대답이 없다.

"주무시나? 아닌데… 사부님."

방문이 열린 것을 확인한 도극성이 조심스레 사부를 부르며 안으로 들어섰다.

가지런히 정리된 침상, 세월의 때가 묻은 탁자며 의자, 고풍스런 책장은 그대로였지만 정작 주인인 소무백은 보이지 않았다.

"어라, 어디를 가셨지? 산책이라도 나가신 건가?"

도극성은 그다지 대수롭지 않은 표정으로 고개를 갸웃거리며 몸을 돌리려다 침상 위에 가지런히 놓여 있는 서찰과 조그만 상자 하나를 보고는 움직임을 멈췄다.

"……."

한참 동안이나 침상을 바라보던 도극성이 천천히 다가가 서찰을 집어 들었다.

가슴이 요동쳤다.

어찌 된 일인지 심장박동이 급격하게 빨라지고 있었다.

오늘부로 네가 은현선문의 십오대 문주다.

서찰의 서두에 적힌 글귀였다.

심장이 덜컥 내려앉았다.

"뭐, 뭐야!"

간신히 마음을 진정시킨 도극성이 점점 불안해지는 마음으로 서찰을 읽어 내려갔다.

며칠 전, 천기를 통해 장차 무림에 엄청난 난세가 닥치는 것

을 알게 되었다. 그 중심에 팔룡이 있음은 거론할 필요도 없는 것. 그건 곧 네가 팔룡과 만날 날이 되었음을 의미하는 것이니라.

"팔룡이라······."
문득 어제 사부가 '때가 되었다' 라는 말을 언급하며 어두운 표정을 지은 것이 떠올랐다.

네게 난세의 주역이 되라는 말은 하지 않겠다. 난세의 주역이 되지 말라는 말도 하지 않겠다. 일전에도 말했듯······.

"팔룡만 깨면 된다는 말이겠지요."
도극성이 지그시 입술을 깨물었다.
서찰의 내용은 계속 이어졌다.

···모든 일은 네가 판단하고 네 의지대로 행해라. 천하의 모든 이들이 악이라 규정해도 네가 정이라 판단하면 정인 것이고, 모든 이가 정이라 외쳐 대도 네가 악이라 판단하면 악인 것이다. 단, 그와 같은 결정을 내리기에 앞서 백번 천 번, 아니, 만 번을 숙고하여야 할 것이니 네 행동 하나하나에 바로 우리 은현선문의 혼이 담겨 있음을 잊어선 안 될 것이다.

"음!"

도극성의 입에서 묵직한 신음이 흘러나왔다.

글 속에서 무게를 가늠하기 힘든 무엇인가가 어깨를 짓누르는 느낌을 받은 것이었다.

…노부가 각 문파에서 얻어온 물건은 원 주인에게 돌려주도록 해라. 과거처럼 소군산에서 비무를 통해 주는 것도 한 방법이기는 하겠으나 새 술은 새 부대에 담아야 하는 법. 가급적이면 아무런 의미를 두지 않고 돌려주었으면 한다. 그리고 상자에 남긴 밀봉된 책은 우리 은현선문의 비서(秘書)로써 지금 읽을 필요는 없다. 언제가 될지 알 수는 없으나 삼원무극신공이 육단계를 넘어 칠단계로 접어들었을 때나 무림에 단순한 난세가 아닌 네 상식으로 도저히 이해할 수 없는 일이 벌어지기 시작했을 때 펼쳐 보도록 해라. 해답을 줄 수 있을 것이다.

도극성은 그 말이 무엇인지 이해를 하지 못하면서도 상자 안에서 밀봉된 책자 하나를 꺼내 들었다.

일반 서책보다는 조금 작은 크기에 두께 역시 얇고 무게 또한 가벼웠다.

잠시 서책을 살피다 침상에 내려놓은 도극성이 다시 서찰로 눈길을 돌렸다.

온갖 잡다한 글귀 중에 시선을 확 끄는 글이 있었다.

……이 시간 이후, 천문동부는 폐쇄될 것이다. 동부가 다시 열리는 시기는 네가 강호행을 마치고 이곳에 다시 돌아온 이후일 것. 사부의 영면(永眠:영원히 잠들다)을 방해하고 싶지 않다면 억지로 열려 하지 말거라.

"여, 영면?"
도극성은 숨이 멈추는 듯한 충격을 받았다.
"여, 영면이라니!"
도극성이 미친 듯이 두방망이질 치는 가슴을 진정시키며 황급히 서찰을 읽어 내려갔다.

　놀랄 것 없다. 빈손으로 태어나 때가 되면 다시 빈손으로 돌아가는 것이 자연의 이치. 나 역시 때가 되어 그 이치를 따르는 것뿐이다. 네가 이 글을 읽을 때면 사부는 흙으로 돌아갈 준비를 끝마쳤을 것이다.

"마, 말도 안 돼!"
벌떡 일어나 방문을 박차고 나선 도극성이 천문동부로 내달렸다.
새벽녘 보슬비는 어느새 폭우로 변해 한 치 앞도 볼 수 없는 상황이었지만 도극성은 천문동부까지 단숨에 달려왔다.

사부의 말대로 천문동부는 이미 석문으로 막혀 있었다.

"사부님!"

도극성이 석문을 부여잡고 소리쳤다.

"사부님!"

석문을 잡은 손에 절로 힘이 들어갔다.

드드드드.

삼원무극신공이 운기되며 일으키는 힘에 의해 석문이 요란하게 흔들렸다.

바로 그때, 사부의 영면을 방해하고 싶지 않다면 억지로 천문동부를 열려고 하지 말라는 당부의 글귀가 떠올랐다.

"……."

석문을 파고들어 갈 정도로 단단히 박혀 버린 손끝이 파르르 떨렸다.

온몸의 기운이 일시에 빠지며 도극성은 그 자리에 주저앉고 말았다.

"사부… 님."

볼을 타고 눈물인지 빗물인지 모를 물기가 하염없이 흘러내렸다.

고통과 슬픔, 기쁨, 즐거움…….

그 짧은 시간에 오만 가지 기억이 스치듯 지나갔다.

얼마를 그렇게 넋을 놓고 앉아 있었을까?

그토록 매섭게 퍼붓던 빗줄기는 언제 그랬냐는 듯 사라지고 하늘은 너무나도 청명하게 개어 있었다.

그제야 도극성은 자신의 손에 아직도 서찰이 쥐어져 있음을, 그리고 마지막 몇 구절을 읽지 못했음을 상기하고 구겨진 서찰을 힘없이 펼쳤다.

하나 빗물에 흠뻑 젖은 서찰은 그 내용을 알아보기가 힘들 정도로 망가져 있었다.

화산… 자미… 성… 약… 혼… 은현… 선문의…….

"화산? 자미성? 팔룡을 말씀하시는 건가?"

도극성이 그 옛날, 자신을 무시했던 한 어린 계집아이의 얼굴을 떠올리며 고개를 갸웃거렸다.

아무리 열심히 살피고 또 조합을 해보려고 해도 서찰이 워낙 심하게 망가져 있어 도저히 이해를 할 수가 없었다.

그러나 그 속에서도 마지막 구절만큼은 확실하게 알아볼 수 있었으니.

반드시 명심하거라.
나는 천하제일인 소무백이다.
그리고 너는 나의 유일한 제자 도극성임을.

"어런… 하시겠습니까? 젠장!"

출도(出道) 17

글귀를 이해한 도극성이 피식 웃음을 터뜨리고 말았다.

*   *   *

"하아아~"

사부가 유언장(?)을 전하고 사라진 지 오늘로서 사흘째.

밥 한 끼, 물 한 모금 먹지 않고 우두커니 앉아 지난날을 회상하며 슬픔에 잠겼었던 도극성은 기나긴 탄식과 함께 몸을 일으키더니 간단히 행랑을 꾸미기 시작했다.

짐이라고 해봐야 옷가지 몇 개와 이불 대용으로 쓸 긴 장삼 한 벌이 전부였다.

"이걸 어쩐다……."

도극성은 사부의 처소에서 들고 나온 자루를 응시했다.

그 안에는 사부가 각 문파에 전해주라는 물건들이 가득 담겨 있었다.

도극성은 아무 생각 없이 자루를 뒤집었다.

그러자 무림인들이 보면 눈이 휙 뒤집어질 온갖 물건들이 쏟아져 나왔다.

언뜻 보이는 것만 해도 무당파의 불진부터 아미파(峨眉派)의 복호검(伏虎劍), 사도천의 상징인 환혼주(還魂珠), 남궁세가(南宮世家)의 만승검패(萬乘劍牌), 수라검문의 묵마환(墨魔環) 등 하나같이 현재 무림을 좌지우지하는 세력들의 장문영

부나 신물이었다.

"뭐야, 이 몽둥이는?"

도극성이 맨 마지막에 툭 굴러 떨어지는 보잘것없는 지팡이 하나를 집어 들며 말했다.

"아! 타구봉(打狗棒)!"

그것이 개방(丐幇)의 타구봉이라는 것을 떠올린 도극성이 고개를 절레절레 흔들었다.

"개 패는 몽둥이라… 정말 별걸 다 빼앗아 오셨네."

거지들의 집단이라는 개방에 난입하여 몽둥이를 빼앗아 오는 사부의 모습을 상상하자 어이없는 웃음이 절로 흘러나왔다.

"그나저나 이렇게 들고 다닐 수도 없는 노릇이고……."

난감한 표정으로 물건들을 살피던 도극성이 어쩔 수 없다는 듯 방에 흩어진 물건들을 자루에 집어넣었다.

등에는 가볍게 꾸린 행랑을, 어깨에는 자루를 턱 걸친 도극성이 방을 나섰다.

"후~"

도극성이 문밖에 서서 가만히 주변을 둘러보았다.

그동안 지냈던 집을 비롯하여 주변에 우거진 수목들, 돌멩이 하나까지 눈에 밟혔다. 이제 무림에 나서면 언제 다시 보게 될지 알 수가 없었다. 하지만 더 이상 머뭇거리다간 미련만 남을 것 같았다.

"다녀오마."

짧은 인사를 건넨 도극성이 아래로, 강호무림을 향해 그 첫 발을 내디뎠다.

한데 바로 그 시각, 그와 운명적으로 얽힌 이들 역시 새로운 행보를 보여주고 있었다.

* * *

무림의 태산북두(泰山北斗) 소림사.

이른 아침, 장문인 공진(空進)을 비롯하여 소림의 최고 수뇌들과 그들의 사숙 격인 계지원(戒持院)의 노승(老僧)들, 그리고 소림 전력의 핵심인 일대와 이대제자 등, 어림잡아 이백은 족히 되어 보이는 인원이 나한전 뒷산의 공터에 모였다.

그 많은 인원이 모였음에도 웅성거림 하나가 없었다. 오히려 차분하다 못해 적막하기까지 한 침묵이 주변을 휘감고 있었다.

"너무 늦는 것이 아닌가?"

공진 대사가 다소 걱정스런 음성으로 물었다. 그러자 바로 곁에 있던 나한전주 공성이 대답했다.

"걱정하지 마시지요. 잘해내고 있을 겁니다."

"시간이 꽤 흘렀는데……."

"잊으셨습니까? 그 옛날, 장문 사형께서 저 번뇌석(煩惱石)

을 밀어내고 출동을 하실 때 걸린 시간을?"

공성이 동굴을 막고 있는 거대한 바위를 가리키며 웃음 지었다.

"나흘이었던가?"

"예. 한데 이제 겨우 하루가 지났을 뿐입니다."

"하지만 지난밤, 이미 마지막 관문까지 이르렀다고 하기에… 그래서 모인 것이고……."

공성의 말에도 공진 대사는 초조감을 감추지 못했다.

바로 그 순간이었다.

꽝!

천지가 무너지는 굉음과 함께 집채만 한 번뇌석이 산산조각나 버렸다.

수많은 파편이 사방으로 비산하고, 뭉게뭉게 피어오르는 먼지가 가라앉을 즈음 번뇌석이 막고 있던 동굴에서 봉두난발의 한 사내가 모습을 드러냈다.

터벅터벅 걸어오는 사내.

옷이라고 부르기에도 민망할 정도로 갈기갈기 찢어진 옷은 겨우 하체만을 가려줄 뿐이었고, 구릿빛의 우람한 상체엔 금방이라도 승천할 것 같은 용무늬가 양 팔뚝까지 멋들어지게 그려져 있었다.

"와아아아!"

사내가 모습을 보이자 공터에 모인 소림 제자들은 승려라

출도(出道) 21

는 본분도 잊은 채 저마다 함성을 내질렀다.

"아미타불! 아미타불!"

공진 대사는 감격스런 얼굴로 연신 불호를 되뇌었다.

"이놈! 성공했구나!"

공성이 가장 먼저 달려가 그를 반겼다.

"뭔 난리랍니까?"

사내가 어리둥절한 모습으로 물었다.

"어허, 난리라니! 다 너를 기다리는 사람들 아니냐. 자, 어서 가자."

공성이 머리를 벅벅 긁고 있는 사내를 이끌어 공진 대사 앞으로 데리고 갔다.

"다녀왔습니다."

사내가 일수합장으로 예를 표하자 공진 대사가 자애로운 얼굴로 그를 맞았다.

"애썼다. 소림 역사상 단 하루 만에 나한동을 출동한 사람은 네가 처음이다. 그래, 소감이 어떠하냐?"

다들 들뜬 표정으로 사내의 대답을 기다렸다.

"쓰라려 죽겠습니다."

사내가 자신의 몸에 새겨진 용무늬를 가리키며 인상을 찌푸렸다.

그 용무늬야말로 나한동의 마지막 관문을 통과할 때 거대한 화로를 안아 들면서 생기는 영광의 상처로써 소림의 제자라면 누구나 꿈꾸는 것이었다. 한데 사내는 용무늬를 언급하며 오만상을 찌푸리는 것이 아닌가!

"……."

 공진 대사가 말을 잊고, 그럴듯한 대답을 기다리고 있던 이들의 얼굴 또한 일순간에 멍한 표정으로 바뀌었다.

 '쓰라려 죽겠다' 라는 일갈을 외치며 모든 이들의 기대를 한순간에 바닥으로 처박은 사내, 다름 아닌 천강성의 기운을 타고 태어나 나한동의 삼십육 관문을 단 하루 만에 돌파한 소림사의 잠룡 무광이었다.

*　　*　　*

 끼이이익. 끼이익.

 결코 작지 않은 규모였음에도 출렁이는 파도에 배가 몸살을 앓듯 흔들렸다.

 배에 타고 있는 사람들의 몸 역시 요란하게 흔들렸지만 선미에 앉아 가만히 눈을 감고 있는 궁장 여인만큼은 아무런 미동도 없었다.

 면사로 얼굴을 가려 정확한 나이를 알기는 힘들었어도 밖으로 드러난 얼굴의 피부와 가지런히 모은 고운 손을 보면 나이는 그다지 많은 것 같지 않았다.

 그녀의 좌우엔 나이를 가늠키 힘든 두 명의 노파가 앉아 있

출도(出道) 23

었다. 그 주변으로 약 삼십에 달하는 무인들이 서 있었는데, 하나같이 눈빛이 형형한 데다 태양혈이 불끈 솟아 있는 것을 보면 결코 예사로운 이들이 아니었다.

"얼마나 남았지?"

여인이 감았던 눈을 뜨며 조용히 물었다.

높낮이가 느껴지지 않는 무심한 음성에 눈빛마저 착 가라앉아 있는 것이 무척이나 냉막했다.

"육지가 보이니 곧 도착할 것입니다."

좌측에 앉은 노파가 공손히 대답했다.

살짝 고개를 끄덕인 여인의 눈이 다시 감기고, 잠시 후 하염없이 흔들리던 배가 마침내 항구에 몸을 맡겼다.

"첫 번째 목표는?"

배에서 내린 여인이 물었다.

"창천방(蒼天幇)입니다. 방주는 일수칠검(一手七劍) 성소부(成燒扶)로 당금 나이는……"

"됐어."

간단히 말을 끊은 여인이 천천히 걸음을 옮겼다.

두 노파가 바로 뒤에서 따라붙고 삼십여 명의 검수들은 그들과 다소 떨어진 거리를 두고 은밀히 뒤따랐다.

삼십 년에 한 번씩, 뭇 무인들로부터 두려움과 경외심의 대상이 되는 백인비무(百人比武)가 시작된 것이었으니 무곡성의 정기를 받고 태어나 검후(劍后)의 길을 걷는 여인의 이름은 유선이었다.

* * *

 오악(五嶽) 중 험하기로 으뜸인 서악 화산(華山)의 남봉(南峰).

 산세가 워낙 험해 날아가는 기러기마저 떨어진다고 하여 낙안봉(落雁峰)이라 이름 붙은 그 봉우리 정상에서 언제부터인지 치열한 비무가 벌어지고 있었다.

 서릿발 같은 기도로 검기를 뿌려대는 사람은 다름 아닌 현 화산파 장문인 화산일검 이진한이었고, 매섭게 몰아치는 그의 검을 경쾌한 몸놀림으로 피하며 반격을 가하는 사람은 이제 겨우 스물 남짓이나 되었을까 하는 아리따운 여인이었다.

 그들의 주변으로 세인들에게 우화등선했다고 알려진 검존 순우관과 현재 화산의 핵심 수뇌라 할 수 있는 아홉 장로가 때로는 심각하게, 때로는 감개무량한 표정을 지어가며 비무에 집중하고 있었다.

 파스스스스.

 검기가 파도처럼 일었다.

 너울처럼 겹겹이 싸이고 중첩되며 밀려드는 검기에 여인의 얼굴이 살짝 굳었다.

 '자하구검(紫霞九劍).'

자하신공(紫霞神功)을 바탕으로 펼쳐지는 검법이 오직 장문인만이 익힐 수 있는 화산파 최고의 절예라는 것을 알아본 여인은 한 걸음 뒤로 물러나며 짧게 호흡을 내뱉었다.

파츠츠츠.

이진한이 일으킨 검기가 여인이 움직일 수 있는 모든 방위를 완벽하게 차단하며 압박하기 시작했다.

그 위력이 얼마나 강맹한지 비무를 참관하고 있던 이들마저 슬그머니 뒤로 물러날 정도였다.

스윽.

자신을 향해 밀려드는 검기를 차분히 바라보던 여인의 발걸음이 부드럽게 움직였다.

순간, 그녀의 몸이 기묘하게 흔들리기 시작했다.

왼쪽으로 움직이는가 싶더니, 어느새 오른쪽으로 돌고 있었고, 전진한다고 느꼈을 땐 이미 후퇴한 뒤였다.

종래에는 그 모습마저 희미하게 변해 버리니 이진한의 검이 그녀를 쫓았지만 그때마다 번번이 빗나가고 말았다.

"매화산영(梅花散影)! 매화산영이 제아무리 절세의 보법이라지만 설마하니 자하구검마저 쫓아가지 못한단 말인가!"

누군가의 입에서 탄성이 터져 나오자 곧바로 반박이 나왔다.

"아니네. 장문인께서 여력을 남겨두시고 공격을 하여 그리 보이는 것일 뿐, 매화산영이 극성에 이른다 하여도 자하구검을 완전히 피할 수는 없네."

 그 말대로였다.

 손쉽게 공격을 피하는 것처럼 보이던 여인의 움직임이 조금씩 느려지는가 싶더니 어느새 아예 멈추고 말았다.

 '역시 자하구검.'

 매화산영으로 더 이상 피하는 것이 불가능하다고 판단한 여인이 입술을 지그시 깨물었다.

 '어쩔 수 없지.'

 그녀가 손에 든 목검, 그 옛날 화산검선이 남겼다는 매벽검을 곧추세웠다.

 '드디어.'

 여인의 자세며 기도가 확 변하는 것을 느낀 이진한의 얼굴이 살짝 떨렸다.

 두려움은 아니었다.

 오히려 감격에 벅찬 모습이었다.

 그것은 주변에서 비무를 참관하고 있는 다른 사람들 역시 마찬가지였다.

 여인이 매벽검을 움직였다.

 좌로, 우로, 사선으로······.

 빠르거나 날카로운 것은 아니었다.

 그렇다고 강맹한 힘이 느껴지는 것도 아니었다.

 검을 움직일 때마다 그녀의 몸도 따라 움직였다.

마치 춤을 추는 듯 우아하면서도 아름다운 움직임.

그녀가 움직일 때마다 나풀대는 의복이 또 하나의 잔상을 만들었다.

언제부터인지 낙안봉에 부드러운 바람이 불기 시작하며 날카롭기 그지없었던, 첩첩이 싸여 이제는 낙안봉 자체를 단번에 박살 낼 수 있을 정도로 강맹하게 변한 이진한의 검기를 포근히 감싸 안았다.

당황한 이진한이 그 기운에 휩싸이지 않기 위해 연거푸 검을 휘둘렀지만 이미 늦고 말았다.

그가 뿜어낸 검기는 날카로움도, 강맹함도 잃어버린 채 여인이 일으킨 미풍에 완전히 동화되어 버렸다.

"허!"

생각지도 못한 상황에 이진한은 어처구니없다는 탄식을 내뱉으며 검을 늘어뜨리고 말았다.

비록 생사를 결하는 것이 아닌 단순한 비무에 불과했고 단지 칠성의 공력을 사용했다지만, 설마하니 자하구검이 그런 식으로 막힐 줄은 상상도 하지 못한 것이었다.

이진한이 공격을 멈추자 동시에 그의 공격을 철저하게 무산시킨 미풍도 은은한 매화향을 남기며 조금씩 잦아들었다.

바로 그때, 상기된 얼굴로 비무를 지켜보던 순우관이 외쳤다.

"그것이 전부는 아닐 터! 더 해보거라!"

그러자 움직임을 멈추려던 여인이 다시 동작을 이어갔다.

한데 그 움직임이 조금 전과는 분명 차이가 있었다.

우아하고 아름답기만 하던 동작이 점차 격렬해지더니 빠르고 날카롭게 변했다.

전신에서 뿜어내는 기세도 돌변했다.

부드럽게 주변을 감싸던 미풍은 어느새 사라지고 없었다.

대신 낙안봉 주변에 일대 광풍이 불어 닥치기 시작했는데, 그 힘이 어찌나 막강한지 이진한은 무려 아홉 걸음이나 밀려난 뒤에야 겨우 중심을 잡을 수 있었고, 참관하고 있던 이들마저 내력을 운기해서 버텨야 할 정도였다.

"매화가 흩날리니 천하를 진동케 하리라!"

순우관이 감격에 찬 어조로 소리쳤다.

매화비영진천하(梅花飛泳振天下)!

화산검존이 매벽검에 남긴 최후의 심득.

화산파 최고의 비전이 오백 년의 시공을 뛰어넘어 펼쳐진 것이었다.

"후우~"

어느새 매벽검을 거두고 중천에 뜬 태양보다 눈부신 자태를 드러낸 여인은 자미성의 주인의 기운을 타고 태어난 영운설이었다.

　　　　　＊　　　＊　　　＊

 찻향 그윽한 방 안에 두 사내가 있었다.
 황금으로 치장된 화려한 의자에 앉아 옥으로 만든 찻잔을 빙글빙글 돌리고 있는 반백의 노인은 그저 바라만 봐도 절로 고개를 숙이게 만들 정도의 위엄이 느껴졌다.
 그리고 그 맞은편에는 사십대의 중년인이 감히 마주 앉지 못하고 바닥에 납작 엎드려 보고를 하는 중이었다.
 "흠, 백인비무가 시작되었다고?"
 노인이 찻잔을 내려놓으며 물었다.
 "그렇습니다."
 "소림에서도 움직인 것 같고……."
 "예. 소림뿐만 아니라 화산에서도 움직였습니다."
 "화산이라면 자미성이겠지?"
 "그렇습니다."
 "현재 소림과 연합하여 그들 나름대로 모종의 움직임을 갖는 것으로 포착되었습니다."
 "자미성과 천강성이라… 재밌겠군. 사도천은 어떠냐?"
 "이제는 아주 노골적으로 세를 모으고 있습니다."
 노인이 묘한 표정을 지으며 차를 들이켰다.

"기존에 그들을 따르는 문파엔 더욱 영향력을 확대하고 있고, 중립이거나 다소 적대적이었던 문파는 무력을 동원해 차례차례 복속을 시키고 있습니다. 이미 지난 한 달 동안 세 곳의 문파가 사도천에 무릎을 꿇었습니다."

"훗, 사마휘 그 늙은이가 나름 노익장을 과시하는군."

노인이 콧방귀를 뀌며 빈정거렸다.

"사마휘가 아닙니다."

"사마휘가 아니다?"

노인이 고개를 갸웃거렸다.

"사마휘의 나이가 벌써 팔십. 여전히 사도천의 천주라는 자리에 앉아 있기는 하지만 현재 사도천을 실질적으로 움직이는 사람은 바로 장영이라는 녀석입니다."

"장영이라면… 그 탐랑성?"

"예."

"호~ 대단한걸. 그 어린 나이에 사도천을 쥐락펴락할 수 있다니. 사마휘의 후광이 있다고 해도 나머지 늙은이들 역시 만만치 않은 자들인데 말이야."

"무림제패라는 꿈을 가지고 사실상 공동전인으로 키운 것이니 그들 역시 사마휘 못지않게 든든한 배경 역할을 하는 것으로 알고 있습니다."

"음, 그럴 수도 있겠군. 하면 수라검문은 어떠냐? 사도천이 저 난리를 치면 수라검문 역시 가만히 있지는 않았을 텐데."

"그것이 조금 이상합니다."

"이상하다?"

"예. 말씀하신 대로 평소 좌패천의 성격이라면 사도천의 움직임을 결코 좌시하지 않았을 것입니다. 난리가 나도 한참이 났을 텐데 일체의 행동을 자제하는 것은 물론이거니와 오히려 사도천과의 충돌을 꺼리며 양보하는 모습까지 보입니다."

"소림과 화산이 움직이고 사도천까지 노골적으로 세력을 넓히고 있는데 움직이지 않는다라… 이건 생각을 조금 해봐야 할 문제로군. 흠."

노인의 표정이 조금은 심각해졌다.

중년인은 엎드린 자세 그대로 노인의 다음 말을 기다렸다.

"듣거라."

"존명!"

"팔룡이 꿈틀대면서 우리가 기다리던 난세가 시작되었다. 지금부터 회천지계(回天之計)를 시작할 터. 오늘 밤, 회합(會合)을 소집해라."

"존명!"

중년인이 바닥에 이마를 찧으며 명을 받았다.

"한데 그 일은 어찌 되었느냐?"

"그 일이라 하시……"

슬그머니 고개를 쳐들고 되물으려던 중년인이 아차 하는

표정으로 재빨리 말을 이었다.

"말씀하신 대로 혈면귀(血面鬼)를 필두로 해서 조사대를 급파했습니다."

"철저하게 파고들라고 전해라. 그자는 그리 죽을 인간이 아니다. 분명 무슨 꿍꿍이가 있을 것이야. 너도 알다시피 우리의 가장 큰 적은 소림이나 화산, 사도천 따위가 아니라 바로 그 늙은이다. 내 예측이 틀리지 않았다면, 그 늙은이 역시 우리와의 충돌을 예상하고 미리 몸을 감춘 것일 터. 회천대계를 성공적으로 이루기 위해선 반드시 그 늙은이의 종적을 찾아내야 할 것이다."

"존명!"

"한 가지 더. 그 늙은이의 제자가 하산을 했다고 들었다."

"예. 뒤를 밟고 있습니다."

"그 늙은이의 제자라면 그놈 또한 우리의 적. 어차피 우리와 악연으로 얽혀야 할 놈이니 미리 안면을 터두는 것도 좋겠지. 숙살단주(肅殺團主)에게 내 의중을 전해라."

"제거입니까?"

"아니. 적당히 실력도 알아볼 겸 그냥 간단히 인사나 하라는 말이다. 그 늙은이의 제자라면 숙살단 몇 명 보낸다고 쉽게 제거하지는 못할 터이니. 뭐, 그 정도도 감당하지 못한다면 어쩔 수 없는 것이지만."

"알겠습니다."

중년인이 엎드린 그 자세 그대로 뒤로 물러나 방을 빠져나왔다.

 그리고 얼마 후, 수십 마리의 전서구가 하늘 높이 날아올랐다.

 진정한 난세의 시작이었다.

第十一章
숙살단(肅殺團)

 북으로 장강을 바라보고 동으론 동정호와 마주한 악양루(岳陽樓)에 따사로운 햇살이 내리쬐는 오후.
 무한의 황학루(黃鶴樓), 남창의 등왕각(騰王閣)과 함께 강남의 삼대명루(三大名樓)로 불리는 악양루의 삼층 누각에 올라 잔잔히 이는 동정호의 물결을 바라보는 사내가 있었으니.
 "후~"
 천문산을 떠나 보름 만에 악양에 도착한 도극성의 입에서 한숨이 흘러나왔다.
 저 멀리, 눈에 보이지는 않지만 어딘가에 있을 소군산과 그곳에서 있었던 사부와의 추억을 떠올리자 마음이 심란했다.

"가… 볼까?"

그러나 이내 마음을 다잡았다.

"관두자. 지금 가봤자 볼 것도 없고 기분만 더 꿀꿀해질 테니까."

고개를 내저은 도극성이 몸을 빙글 돌려 악양루를 내려왔다.

악양으로 터벅터벅 발걸음을 옮기던 그는 그래도 마음 한켠엔 아쉬움이 남는지 몇 번이고 뒤를 돌아보았다.

도극성은 결국 해가 뉘엿뉘엿 질 때야 비로소 악양 시내로 접어들 수 있었다.

"어서 오십쇼!"

점소이의 힘찬 인사를 받으며 들어선 등룡객점(登龍客店)은 그 규모만큼이나 무척 번잡하고 화려했다.

각종 술과 음식을 파는 일층은 빈자리를 찾아보기가 힘들 정도로 꽉꽉 차 있었는데, 어찌나 와자지껄 떠들어대는지 평생을 소무백과 단둘이 지낸 데다가 악양까지 오는 동안에도 그다지 번화한 곳을 보지 못한 도극성은 그 소란스러움에 절로 얼굴을 찌푸렸다.

"뭐가 이렇게 시끄러워."

도극성의 혼잣말을 들었는지 점소이가 재빨리 대꾸했다.

"시끄러운 것이 싫으시면 한적한 곳으로 안내를 해드릴 수도 있습니다."

"한적한 곳?"

"예. 저희 등룡객점은 손님처럼 조용한 곳을 찾으시는 분들을 위해 특별한 장소를 마련해 두었습니다. 단지……."

말끝을 흐린 점소이가 슬그머니 도극성의 몸을 훑었다.

"요금이 조금……."

점소이가 말하고자 하는 바가 무엇인지 눈치 챈 도극성이 그 즉시 대답했다.

"어디지?"

점소이가 반색을 하며 허리를 굽신거렸다.

"따라오시지요."

점소이는 도극성을 등룡객점의 내원으로 데리고 갔다.

긴 회랑(回廊)을 돌고 돌아 한참을 걸어 도착한 장소는 조금 전 귀를 막아야 할 정도로 소란스러웠던 곳과는 전혀 다른 곳이었다.

크게 화려하지도, 탄성을 내지를 정도로 멋들어진 곳은 아니었지만 온갖 나무들이 전각과 어우러져 마치 고풍스러운 장원에 온 듯한 느낌이 들었다. 게다가 은은한 음악까지 들려오는 것이 절로 마음이 편안해졌다.

무엇보다 조용해서 좋았다.

"좋은데."

도극성이 주변을 둘러보며 고개를 끄덕였다.

"마음에 드신다니 다행입니다."

"하룻밤 묵으려고 하는데 가능하겠지?"

"물론입니다."

점소이는 종종걸음으로 도극성이 머물 객실로 안내를 했다.

깔끔하게 정돈된 객실 또한 마음에 들었다.

"식사는 이곳에서도 가능하십니다만, 보다 다양한 요리를 맛보고 싶으시면……"

"아니, 그냥 간단히 해결하지 뭐."

"하면 무엇을 드시겠습니까?"

"여기서 잘하는 요리가 뭐가 있는데?"

그 말이 끝나기가 무섭게 점소이는 듣도 보도 못한 온갖 요리를 나열해 대기 시작했다.

"됐고. 그냥 그중에서 빨리 되는 것 몇 가지만 가져와 봐. 네가 추천을 해도 괜찮고."

귀찮다는 표정으로 손을 내저은 도극성은 은자 두 개를 던지고는 점소이의 대답은 듣지도 않은 채 등과 어깨에 진 행랑과 그동안 각 문파의 신물을 보관했던 자루를 대신한 긴 나무함을 아무렇게나 팽개친 뒤 지친 몸을 그대로 침상에 내던졌다.

은자 두 냥이라는 상당한 거금에 입이 쩍 벌어진 점소이는 몇 번이고 허리를 숙이더니 잠시 후, 그야말로 최고급 요리를 대동하고 나타났다.

오랜 여행길에 허기가 진 도극성은 탁자를 가득 채운 요리들을 게 눈 감추듯 먹어치웠다.
"후~ 이제 좀 살 것 같네."
그제야 배를 두드리는 도극성의 얼굴에 포만감이 깃들었다.
점소이가 따라주는 차를 들이켜며 잠깐의 여유를 즐기던 그는 빈 접시가 치워지고, 거창한 인사와 함께 점소이가 사라지자 침상 바닥에 던져 놓은 나무함을 집어 들었다.
나무함에는 소무백이 각 문파에서 강탈(?)해 온 다양한 물건들이 가지런히 놓여 있었다.
"가만있자… 구양세가(歐陽世家)면… 이거군."
잠시 뒤적이던 도극성이 곧 낡은 책자 하나를 꺼내 들었다.
절영검보(絶影劍譜).
책자에 적힌 이름이었다.
"괜히 다른 물건을 노출하면 골치 아프니까 이건 따로 보관해야겠네."
도극성은 책자를 행랑 틈에 대충 끼워 넣은 후 옷을 훌렁훌렁 벗어 젖히더니 침상에 몸을 뉘었다.
"으아아아아!"
찢어지는 하품과 함께 불이 꺼졌다.

등룡객점 삼층의 한 객실.
희미한 등잔불 아래 십여 명의 사람들이 모여 있었다.
하나같이 먹물보다 더 짙은 흑색 무복과 두건을 착용하고 있는 그들은 숨소리마저 어둠에 동화시키고 누군가를 기다리는 중이었다.

삐그덕.

주변의 적막감과는 너무도 이질적인 소리가 들리며 한 사내가 방으로 들어섰다.

나이는 서른 전후, 그 역시 두건만 쓰지 않았을 뿐 흑색 무복을 입고 있는 것은 방 안의 사람들과 다르지 않았다.

그가 방 안으로 들어서자 두건으로 얼굴을 감추고 있던 자들이 일제히 예를 갖추었다.

"준비는 되었느냐?"

"예."

사내의 물음에 짧은 대답이 들려왔다.

"목표는?"

"별관 이층, 복도 끝 방입니다."

"움직임은?"

"없습니다. 저녁을 먹은 후 곧바로 잠이 든 것 같습니다."

"훗, 팔자 좋은 놈이로군. 사신이 코앞에 도착한 것도 모르고 말이야."

사내가 허연 이를 드러내며 비웃었다.

"한데 대주님."

"무엇이냐?"

"대체 놈의 정체가 무엇이기에 우리가 움직이는 것입니까?"

대주라 불린 사내가 잠시 생각에 잠기는 듯하다가 고개를 흔들었다.

"놈이 누군지는 나도 모른다. 또한 의문을 가질 필요도 없다. 우린 그저 명령에 충실하면 그만이다. 단, 우리에게 명령이 떨어진 것을 보면 예사로운 놈은 아닐 것이다. 하니 한 놈이라고, 어린놈이라고 방심을 한다거나 허술히 상대해서는 안 될 것이다."

"예."

그에 사내들이 일제히 대답했다.

'하긴 이상하기도 하단 말이야. 난데없이 천(天)의 명령이라니. 지금껏 천의 명령은 우리 숙살삼대가 아니라 숙살일대에게만 떨어졌었는데. 게다가 단주님께서 내게 직접 수하들을 이끌라고 하신 것도 이상하고.'

그도 수하들 못지않게 의구심을 품고 있었다.

그러나 목표를 코앞에 두고 의구심 따위를 가져서는 안 됨을 알기에 이내 잡념을 버리고 목표물을 제거하는 데 집중하기 시작했다.

"놈의 숨통은 내가 끊을 것이다. 물론 그럴 일은 없겠지만 행여나 실수가 있을지 모르니 각자의 위치에서 만반의 준비를 갖추고 있도록 하여라."

"예."

"자, 가자."

숙살삼대 대주 한위(漢偉)는 조용히 명을 내리고는 자신도 수하가 건넨 두건을 천천히 뒤집어썼다.

그들의 목표는 도극성.

움직이는 곳은 당연히 그가 머물고 있는 내원의 객실이었다.

드륵.

문이 살짝 움직였다.

적막하기 그지없는 상황임에도 거의 들리지 않을 정도로 미약한 소리였다.

한 치 정도 열린 문틈 사이로 얇은 대롱 하나가 모습을 드러낸 것은 무려 일각의 시간이 흐른 다음이었다.

대롱에서 흰색 분말이 방 안으로 흘러들었다.

분말을 투입한 대롱이 슬쩍 모습을 감추었고, 바닥에 떨어진 분말은 곧 연기가 되어 허공으로 사라졌다.

'너무 쉽군.'

한위가 대롱을 품 안으로 갈무리하며 웃었다.

천으로부터 내려온 명령이었기에 나름 긴장을 했건만 생각보다 일이 너무 쉽게 풀렸다.

'조금만 흡입해도 내리 사흘 꼼짝없이 정신을 잃는 취혼분(醉魂粉)을 그만큼 맡았으면 천둥번개가 휘몰아쳐도 깨지 않을 것이다. 하지만.'

모든 일에 절대라는 것은 있을 수 없는 것.

한위는 행여나 일을 그르칠까 상당한 양의 취혼분을 풀고도 한참 동안이나 기다렸다.

'이 정도면 되었겠지.'

때가 되었다고 여긴 한위가 먼발치에서 자신의 명을 기다리고 있는 수하에게 손짓을 보냈다.

명령은 곧 사방에서 대기하고 있는 수하들에게도 전해질 터, 그것으로 모든 준비는 끝난 셈이었다.

'이제는 놈의 숨통만 끊으면 되는 것이지.'

싸늘히 웃은 한위가 한 자 남짓한 칼, 정확히 말하면 제대로 날이 선 꼬챙이를 꺼내 들었다.

'후~'

차분히 숨을 고른 후 방문에 손을 갖다 대는 순간, 방 안에서 난데없는 외침이 터져 나왔다.

"죽고 싶으냐?!"

너무도 위협적인 말투!

순간 한위의 모든 움직임이 그대로 멈췄다.

한 손엔 꼬챙이, 다른 한 손으론 방문을 잡고, 상체는 살짝 앞으로 구부려진 상태였다.

'저, 정신을 잃지 않았단 말인가!'

한위의 얼굴이 당황스러움으로 물들 때 또다시 방 안에서 호통이 터져 나왔다.

"쥐새끼처럼 기어들어 오면 모를 줄 알았느냐? 기회를 줄 때 알아서 꺼져라!"

머리카락이 쭈뼛 서고 등에는 절로 식은땀이 흘러내렸다.

한위는 자신도 모르게 방문을 잡고 있던 손을 뒤로 빼고 말았다.

당혹스러웠다.

최대한 조심을 했고, 당연히 눈치를 채지 못했으리라 여겼건만 적은 자신의 모든 움직임을 낱낱이 파악하고 있는 것이 아닌가!

[어찌해야 합니까?]

창문 옆에 은신하고 있는 수하로부터 다급한 전음이 날아왔다.

[……]

[대주님.]

[이, 일단 대기해라.]

살수에게 있어 은밀함은 그야말로 생명과도 같은 것이었다. 물론 정체가 발각된 이후에도 목표물을 제거할 수 있는 것이지만, 일단 공격도 해보기 전에 발각됐다는 것은 그 시점에선 이미 실패라 해도 과언이 아니었다.

지금 한위에겐 두 가지 선택의 길이 있었다.

하나는 이대로 공격을 감행해 목표물을 제거하는 것이었

고, 다른 하나는 실패를 인정하고 조용히 물러나 다음 기회를 노리는 것이었다. 둘 다 장단점이 있기에 어느 하나를 고르기란 쉽지 않았다. 무엇보다 목표물의 실력을 알 수가 없기에 더욱 그랬다.

'그토록 조심을 했건만 놈은 우리가 접근하는 것을 완벽하게 파악하고 있었다. 또한 취혼분에도 중독되지 않았다.'

그 말은 곧 한 가지 의미로밖에 이해되지 않았다.

'고수다.'

그의 생각을 증명이라도 해주듯 방 안에서 싸늘한 웃음이 흘러나왔다.

"기회를 줬건만… 좋다. 덤벼라. 죽여주마."

망설일 시간이 없었다.

[퇴각하랏!]

한위가 다급히 전음을 보냈다.

명령이 떨어지기가 무섭게 창문 밖 좌우에서 대기하던 수하들과 객실 위에서 대기하던 수하들의 인기척이 사라졌다.

한위는 수하들이 안전하게 빠져나간 것을 확인한 다음에야 한숨을 내쉬었다.

'놈! 두고 보자. 아직 끝나지 않았다.'

그는 섬뜩한 살기를 뿜어내며 원독에 찬 눈으로 방문을 노려보다가 빙글 몸을 돌렸다.

한데 바로 그 순간, 방 안에서 전혀 엉뚱한 소리가 흘러나왔다.

"비겁한 놈들! 합공을 하면 내 감당하지 못할 것 같으냐!"

물러나던 한위의 몸이 그대로 굳었다.

"크윽! 죽어랏!"

그 의미를 도저히 알 수 없는 외침이 계속해서 들려오자 그는 마치 유령에라도 홀린 듯 방문을 향해 걸음을 옮겼다.

긴장감에 침을 꿀꺽 삼킨 한위가 살짝 열려진 문틈 사이로 얼굴을 갖다 댔다.

방 안은 어두웠다.

하나 그는 창문을 통해 들어오는 희미한 빛만으로도 방 안의 모든 것을 훤히 꿰뚫어 볼 수 있었다.

침상이 있었다.

목표물인 도극성은 잠을 자고 있었다. 아니, 그것은 명확하지 않았다. 침상 위를 굴러다니며 온갖 난리를 떨고 있었으니까.

순간적으로 뭐가 뭔지 이해할 수가 없었다.

"으아아악!"

도극성이 갑자기 팔을 하늘 높이 치켜 올리더니 비명을 내질렀다.

"……."

비로소 모든 것이 확실해졌다.

도극성은 지금 잠꼬대를 하는 중이었다.

그것도 아주 격렬하게!

'자, 잠꼬대란 말인가!'

한위가 온몸을 부르르 떨었다.

천하의 숙살단이 한낱 잠꼬대에 놀라 도망을 친 꼴이었으니 망신도 그런 망신이 없었다.

피가 거꾸로 치솟고 치욕감에 얼굴이 벌겋게 달아올랐다.

냉철하게 돌아가던, 그 어떤 상황에서도 당황하지 않고 살수의 본분을 지켜왔던 한위의 사고가 마비된 것은 순식간이었다.

드르륵!

문이 열렸다.

도극성은 여전히 잠꼬대 중이었다.

눈치를 채든 말든 그딴 게 중요하진 않았지만 막상 자신의 움직임에 아무런 반응도 없자 오히려 화가 치밀었다.

'이런 놈을 고수라 여기다니!'

한위는 수하들을 물린 것이 차라리 잘된 것이라 생각했다. 만약 지금의 상황을 수하들이 봤다면 자신을 어찌 생각할지 두려웠다.

"크으으으."

침상을 뒹구는 도극성의 얼굴이 심하게 일그러지고 비명 소리도 한층 격렬해졌다.

"아악!"

사지를 미친 듯이 떠는 것을 보면 꽤나 지독한 악몽을 꾸는 것 같았다.

한위가 도극성을 향해 걸어갔다.

꼬챙이는 필요도 없었다.

지금 심정으론 맨손으로 목을 비틀어 버려야 속이 후련할 것 같았다.

"뒈져라."

한위의 수도(手刀)가 도극성의 목을 내리쩍었다.

목뼈를 단숨에 부러뜨리고도 남을 강력한 힘.

한위는 손끝을 타고 올라올 전율감을 기다렸다.

하나 예상은 또다시 빗나갔다.

"크윽!"

한위가 치미는 비명을 억지로 집어삼키며 비틀거렸다.

손에서 전해지는 통증이 장난이 아니었다.

손목이 그대로 부러져 나가는 느낌에 정신이 없을 정도였다.

"도, 도대체가!"

한위는 멍한 얼굴로 여전히 비명을 질러대며 정신없이 잠꼬대를 하고 있는 도극성을 바라보았다.

그의 공격은 상대의 몸에 닿지도 못했다.

정확히 판단하기는 애매했지만 분명 몸에 닿기 직전 어떤 알 수 없는 힘에 의해 완벽하게 차단된 것이었다.

그 힘이 어찌나 강력한지 절대고수들만이 지니고 있다는 반탄강기(返彈剛氣)를 떠올리게 만들 정도였다.

반탄강기라니!

이제 겨우 스물 남짓한 애송이가 지녔다고는 도저히 믿을 수 없는 것이었다.

'정신 차렷!'

한위는 자신이 뭔가 실수를 한 것이라 여겼다. 그리고 더 이상의 실수는 스스로도 용납할 수가 없었다.

"죽어랏!"

한위가 꼬챙이를 찔러갔다.

비록 겉으론 보잘것없어 보이는 꼬챙이였지만 단혼마독(斷魂魔毒)에 백 일 동안 담가두었다가 제련한 것으로, 스치기만 해도 극독에 중독될 뿐만 아니라 그 자체로도 웬만한 호신강기 정도는 가볍게 꿰뚫어 버릴 정도로 위력적인 무기였다.

한위의 분노가 실린 꼬챙이는 섬전과도 같은 빠름으로 도극성의 목덜미를 향해 쏘아갔다.

절체절명의 순간, 꼬챙이가 목덜미에 닿으려는 찰나에 도극성의 목이 휙 돌아갔다.

푹!

간발의 차이로 목표물을 놓친 꼬챙이가 침상을 깊게 파고 들어 갔다.

"이!"

한위는 신경질적으로 꼬챙이를 빼 들었다.

그는 그것도 우연으로 여겼다.

정말 지독한 우연.

하지만 언제부터인지 잠꼬대는 사라지고 없었다.

한위가 그것을 깨닫고 흠칫 놀랐을 땐, 도극성은 이미 눈을 뜨고 그를 바라보고 있었다.

"누구냐, 넌?"

도극성이 착 가라앉은 음성으로 물었다.

한위는 대답할 수 없었다.

한창 뜨겁게 달아올랐던 피는 이미 차갑게 식어버렸다.

"누구냐니까!"

도극성이 튕기듯 일어서며 다시 물었다.

대답 대신 돌아온 것은 한위의 꼬챙이였다.

냉정을 되찾은 그의 공격은 조금 전과 비할 바가 아니었다.

"이런, 젠장!"

목을 향해 쇄도하는 꼬챙이를 보며 도극성이 인상을 확 구겼다.

도극성은 다리를 꼬며 그대로 주저앉았다.

그 순간 꼬챙이가 머리카락을 스치며 지나갔다.

그것을 느끼며 침상의 탄력을 이용해 허공으로 뛰어오르니 마치 개구리와 같은 모습이었다.

"목을 노려? 죽었어!"

그렇잖아도 방금 꿈속에서 목에 치명타를 입고 죽임을 당하는 치욕을 맛본 터. 그 덕에 잠에서 깨어나기는 했지만 잠에서 깨기가 무섭게 또다시 목덜미를 공격당하자 화가 머리 끝까지 치솟았다.

무시무시한 기세로 덮쳐 오는 도극성을 보면서 한위는 몇 걸음 뒤로 물러났다.

그 상황에서도 그는 침착성을 잃지 않았다. 오히려 빈틈을 노려 역공을 가했다.

쉭. 쉭. 쉭.

그저 한 번 찔렀을 뿐인데 꼬챙이는 도극성의 목과 가슴, 아랫배를 동시에 찌르는 것처럼 보였다. 하지만 표영이환보를 펼치는 도극성의 움직임을 따라잡기엔 분명 역부족이었다.

도극성은 물 흐르듯 유연한 움직임으로 꼬챙이를 피하며 한위에게 접근했다.

한위의 얼굴에 당혹스러움이 깃들었다.

공격에 실패할 수는 있었다.

적이 피할 수도, 막아낼 수도 있었다.

하나 상대가 이토록 완벽하게, 그것도 조금의 어려움도 없이 피해낼 줄은 미처 몰랐다.

"죽엇!"

그는 혼신의 힘을 다해 꼬챙이를 찔러가며 다른 한 손으로 품에 감추고 있던 금침을 뿌렸다.

말이 금침이지, 금침 역시 극독이 발라져 있어 살짝 스치기만 해도 죽음을 면키 어려운 치명적인 암기였다.

그것을 아는지 모르는지 도극성은 꼬챙이를 옆으로 쳐내고 금침을 향해 손을 움직였다.

"웃차!"

단 한 번의 움직임으로 십수 개가 넘는 금침을 단숨에 낚아챈 도극성이 같잖다는 표정을 지으며 금침을 바닥에 뿌렸다.

그것을 본 한위의 얼굴에 비로소 안도하는 표정이 떠올랐다.

비록 금침이 적의 몸에 적중한 것은 아니었으나 어찌 되었든 피부와 접촉을 한 셈이었으니, 이제 잠시 후면 도극성은 피를 토하고 쓰러질 것이었다.

"왜? 독이라도 묻혀놓았나 보지?"

도극성이 한위의 얼굴에 떠오르는 안도감을 보며 물었다.

"어리석은 놈. 네놈은 곧 한 줌 핏물로 녹아내릴 것이다."

한위가 차갑게 비웃었다.

"훗, 그래? 과연 그럴까?"

한위의 비웃음에 콧방귀로 대응한 도극성이 손을 뻗었다.

어차피 중독이 되어 한 줌 핏물로 변해 버릴 상대와 굳이 충돌할 필요가 없다고 생각한 한위가 느긋하게 몸을 흔들었다.

 살수에게 목표물을 제거하는 기술보다 더 중요시되는 것은 적에게 잡히지 않고 몸을 빼내는 능력이었다. 때문에 훈련을 받으면서 가장 먼저 배우는 것이 은신술과 보법, 신법이므로 한위는 도극성의 공격을 당연히 피할 수 있을 것이라 여겼다.

 그러나 그는 정말 상대를 잘못 골랐다.

 잘못 골라도 한참을 잘못 골랐다.

 지금 도극성이 사용하는 무공은 그의 사부인 소무백이 뭇 고수들을 농락한 취혼수였다.

 비록 도극성의 실력이 소무백의 경지에 이르지는 못했으나 초혼잠능대법을 통해 실전처럼 갈고닦은 취혼수를 한위 수준의 무인이 피하기란 애당초 불가능한 것이었다.

 "어, 어!"

 한위는 자신이 움직일 방향을 미리 알고 귀신같이 접근해 오는 손바닥을 바라보며 경악을 금치 못했다.

 아무리 몸을 흔들고 방향을 바꿔봐도 바로 코앞에서 손바닥이 보였다.

 짜악!

 결국 방 안에 경쾌한 격타음이 울려 퍼졌다.

 그리고 이어지는 비명 소리.

 "크윽!"

한위의 몸이 붕 떠서 날아가더니 벽면에 요란하게 부딪쳤다.

"어때? 정신이 번쩍 들지? 그럴 거야. 이게 원래 그런 거거든."

도극성이 히죽거리며 다가왔다.

이대로 당할 수는 없다고 생각한 한위가 필사적으로 몸을 일으켰다.

"헉!"

비틀거리던 한위의 몸이 앞으로 확 쏠렸다.

꼬챙이를 바닥에 박고 간신히 넘어지는 것을 막을 수는 있었으나 그것은 임시방편일 뿐이었다.

"으으으."

한위의 입에서 신음 소리가 흘러나왔다.

넘어지지 않기 위해 이를 꽉 깨물고 머리를 흔들어봤지만 어찌 된 일인지 도무지 중심을 잡을 수가 없었다.

"우웩!"

곧 한위는 허리를 꺾으며 구역질까지 해대다가 결국 대 자로 뻗고 말았다.

도극성이 그의 앞에 쭈그리고 앉았다.

"호오~ 왜 그러실까? 그토록 자신만만하던 표정은 어딜 가고?"

"우, 웃지 마라. 어, 어차피 네놈도 뒈진다."

한위가 잔뜩 일그러진 얼굴로 저주를 퍼부었다.

"아~ 도~옥! 그런데 어쩌지? 사부가 말하기를, 뭐라더라… 아, 그래. 만독불침(萬毒不侵). 내가 어렸을 적부터 워낙 좋은 것을 많이 퍼먹어서 만독불침까지는 몰라도 웬만한 독에는 재채기도 안 한다고 하셨거든."

"어, 어디서 허, 헛소리를……."

한위는 믿을 수가 없었다. 아니, 믿고 싶지 않았다.

"아, 그리고 하나 더."

도극성이 얼굴을 들이밀며 은근한 어조로 말했다.

"또 말씀하시길, 살수라는 놈들은 제 행적이 발각되거나 사로잡히면 스스로 목숨을 끊는다고 하셨지. 그걸 방지하기 위해선 미리미리 준비를 해야 된다고. 바로 지금의 네놈처럼."

도극성이 재빨리 한위의 입을 틀어쥐고는 턱을 움직이는 관절의 혈을 짚어 옴짝달싹 못하게 만들었다.

"난생처음 보는 인간이 갑자기 뛰어들어 죽이려고 했는데 최소한 그 이유는 좀 알아야 하지 않겠어?"

도극성이 한위의 입속에서 그가 막 터뜨리려고 했던 독주머니를 꺼내 집어 던지며 웃었다.

"한 가지 더 말해줄까? 내가 비록 살아온 날은 얼마 되지 않지만 고문에 대해선 조금 알지. 꿈속에서 죽기도 수십 번은 더 죽었으니까. 뭐, 남들 생각엔 꿈에서 겪은 일을 가지고 뭘 그러냐고 그러겠지만, 이 빌어먹을 꿈은 현실보다 더욱 생생하거든. 세포 하나하나까지 격렬하게 반응을 해. 그래서 어디를 건드리면 얼마나 아프고 견디기가 힘든지 너무 잘 알지. 그렇다고 너무 걱정할 필요는 없어. 팔다리를 자르거나 피부를 저미고 소금을 칠 생각은 없느니까. 너무 잔인하잖아. 뭐, 끝까지 버티면 나도 생각을 달리할지는 모르겠지만. 그러니까 너무 버티지는 말라고. 으차."

도극성이 쓰러져 있는 한위의 몸을 안아 의자에 앉혔다.

어디를 어찌 건드렸는지 한위는 입을 쩍 벌린 상태로 꼼짝도 하지 못했다.

"자, 이제 내가 아혈을 풀어줄 테니까 행여나 목숨을 끊을 생각은 하지 말고. 그래 봤자 고통만 더 커지니까 말이야."

도극성이 싱글싱글 웃으며 한위의 아혈을 풀어주었다.

그 웃음이 어찌나 소름 끼치던지 한위는 자신도 모르게 몸을 부르르 떨었다. 그리곤 이대로 고문을 당하며 치욕을 당하느니 차라리 목숨을 끊는 것이 나을 것이란 생각에 아혈이 풀리자마자 혀를 깨물었다.

그러나 그의 혀가 이빨 사이에 끼기도 전에 그는 입을 쩍 벌리고 말았다. 도극성의 발뒤꿈치가 그의 발등을 내리찍었기 때문이었다.

"끄어어억!"

발등의 뼈가 단순히 부러지는 것을 넘어 아예 산산조각이

나버리자 한위는 그 고통을 참지 못하고 눈을 뒤집으며 발광했다.

"내가 분명 경고했을 텐데. 멍청하긴!"

도극성은 더 이상 웃지 않았다.

"너는 누구지? 왜 나를 죽이려고 한 거냐?"

한위가 아무런 대꾸를 하지 않자 도극성이 그의 머리를 치켜들었다.

"대답을 하지 않으면 고통만 가중될 뿐이야."

"죽여랏!"

한위가 소리를 질렀다.

"죽여도 네놈이 누군지, 무엇 때문에 나를 죽이려 한 것인지 알기 전엔 그럴 수 없지. 그럼 시작해 볼까?"

도극성이 한위의 아혈을 다시 점했다. 그리곤 종이 몇 장을 물에 적셨다.

"아프지는 않지만 힘은 들 거다."

도극성이 젖은 종이 한 장을 그의 얼굴에 덮어 씌웠다.

그것이 이미 어떤 고문인지 알고 있는지 한위의 얼굴이 딱딱하게 굳었다.

한위의 얼굴에 붙은 종이는 그가 숨을 쉴 때마다 얼굴과 한 치의 틈도 없이 찰싹 달라붙었다.

"아직까지는 견딜 만할 거야."

도극성이 몇 장의 종이를 더 올렸다.

"후욱! 후욱!"

어느 순간부터 한위의 숨결이 거칠어졌다.

시간이 지나면서 물에 젖은 종이로 인해 산소의 공급이 원활히 되지 않기 시작한 것이다.

"훅! 훅! 훅!"

한위의 숨결이 더욱 가빠졌다.

그때마다 종이가 들썩였으나 얼굴에 워낙 찰싹 붙어 있는지라 좀처럼 떨어지지 않았다.

"말할 의향이 있으면 고개를 끄덕여."

한위는 도극성의 말에 반발심이 생기는지 오히려 고개를 가로저었다.

"싫음 말든가."

도극성은 다리를 꼬고 앉아 무심히 바라볼 뿐이었다.

어느새 일각이란 시간이 흘렀다.

일반인이라면 벌써 몇 번은 죽었을 시간이지만 한위는 무인이었다. 그것도 극한의 과정을 거치며 양성된 살수.

점혈된 몸마저 비틀리고 온몸에 심줄이 툭툭 튀어나와도 그는 고개를 끄덕이지 않았다. 오히려 초조해하는 것은 도극성 자신이었다.

"어서 고개를 끄덕여. 끄덕이면 종이를 거둬준다."

"끄끄끄."

한위는 괴이한 신음을 토해내며 도리질을 쳤다.

"빨리 고개를 끄덕이라니까!"

도극성이 벌떡 일어나 한위의 멱살을 틀어쥐며 소리쳤다.

끅끅대는 한위는 대답조차 하지 못했다.

도극성이 종이를 살짝 들어보았다.

눈은 이미 초점을 잃고 풀어져 있었다.

언제부터인가 몸의 떨림도 약해지고 있었다.

"이런 빌어먹을 놈!"

도극성은 다급히 종이를 치웠다. 그리곤 제압한 혈도를 풀어주고 최대한 편한 자세로 바닥에 누였다.

한위는 그제야 제정신이 돌아온 듯 거칠게 숨을 내뱉고는 야수와 같은 눈으로 도극성을 쏘아보았다.

"죽… 여라."

"독한 놈!"

도극성이 징그럽다는 듯 고개를 흔들었다.

"내… 입은 열리지 않는다. 헛… 수고하지 말고 죽여라."

켁켁대면서 내뱉는 한위의 얼굴엔 살수로서의 자존심이 깃들어 있었고, 입가엔 승자의 미소까지 걸려 있었다.

그게 더 화가 났다.

"안 죽여!"

버럭 소리를 지른 도극성은 그를 다시 점혈한 뒤 발로 걷어차 버렸다.

"시간이 지나면 누가 이기는지 알게 되겠지. 뭐, 나를 노리는 놈이 또다시 무슨 수를 낼 수도 있겠고. 그때까지 어디 친하게 지내보자고."

한위의 몸을 구석으로 처박은 도극성은 혹 다른 적이 있을지도 모른다는 생각에 전신의 감각을 끌어 모아 주변을 샅샅이 살폈다. 하나 한위의 수하들은 이미 완벽하게 철수한 상태인지라 어떤 흔적도 감지하지 못했다.

뛰어난 살수일수록 계획없이는 절대 움직이지 않는 법.

그것은 설사 자신의 동료나 상사에게 변고가 생겼다 하더라도 변하지 않는 철칙이었다.

그런 의미에서 한위가 사로잡혔음에도 움직이지 않는 숙살삼대의 살수들은 무척이나 뛰어난 자들이었다.

이른 아침, 행랑을 짊어진 도극성이 한위를 보며 난처한 표정을 지었다.

지난밤, 반드시 배후를 알아내겠다고 큰소리를 치기는 했지만 절영검보를 전해주기 위해 구양세가로 가야 하는 상황에서 그를 어찌 처리할지가 영 곤란했기 때문이었다.

"흠, 어쩐다."

인상을 찌푸리며 잠시 생각에 잠겼던 도극성은 곧 한위의 몸을 결박했다. 미약한 저항이 있었으나 금방 사그라들었다.

"나는 나를 노리는 놈이 어떤 놈인지, 무슨 이유인지 꼭 알아야겠어. 하니 불편하더라도 그때까지는 좀 참아줘. 그게 싫으면 알아서 토해내든지. 자, 그럼 가볼까?"

슬쩍 발길질을 하는 것으로 한위를 앞장세운 도극성은 지난밤 싸움으로 인해 엉망진창이 되어버린 객실에 은자 하나를 던져 놓고는 그의 몸에 연결한 줄을 잡았다.

"이랴!"

장난기 어린 음성에 한위의 얼굴을 썩은 감자마냥 변해 버렸다.

그것은 시작에 불과했다.

등룡객점을 나선 그들의 기이한 행동은 모든 이들의 시선을 사로잡기에 충분했다.

한위가 한쪽 다리를 질질 끌며 움직이고, 도극성은 그의 뒤에서 밧줄을 잡고 있으니 마치 목줄을 맨 강아지를 데리고 나온 주인의 모습이었다.

'으으으으.'

졸지에 구경거리로 전락한 한위는 당장에라도 머리를 처박고 죽고 싶은 심정이었다. 하지만 혀를 깨물려 해도 아혈이 제압당해 있어 그럴 수가 없었고, 혈맥을 터뜨려 죽고 싶어도 그 역시 제한을 받고 있었다.

지금 그가 할 수 있는 것이라곤 그저 밧줄을 통해 전해오는 신호에 의해 걷는 것뿐이었다.

'주, 죽인다. 반드시 죽이고 말 것이다. 살점을 바르고 뼈를 갈아 마실 테다.'

산산조각이 나버린 발등의 통증마저 잊을 정도로 도극성에 대한 한위의 복수심은 대단한 것이었다.

비교적 이른 아침에 길을 나섰음에도 해가 중천에 뜨도록 그들이 움직인 거리는 얼마 되지 않았다. 부상을 당한 한위의 발걸음이 늦은 것도 있었지만, 도극성 스스로도 지체를 많이 했기 때문이었다.

어쨌든 악양의 동북쪽 경계에 위치한 구양세가까지 가려면 아직도 제법 많은 거리가 남아 있었다.

"웬만하면 빨리 좀 움직이지!"

도극성이 밧줄을 출렁이며 소리쳤다.

'빌어먹을 놈! 구경하느라 눈이 돌아간 것은 제놈이면서!'

그렇잖아도 퉁퉁 부은 다리의 고통을 견디며 힘들게 걷고 있던 한위가 고개를 휙 돌려 노려봤다.

그 눈빛이 어찌나 살벌한지 슬쩍 스치기만 해도 오금이 저릴 정도였으나 상대는 도극성이었다.

"뭐?"

눈을 부라리며 턱을 치켜드는 도극성.

한위는 결국 고개를 돌릴 수밖에 없었다.

"험험. 자, 잠시 쉬어갈까?"

그래도 조금은 미안했는지 도극성이 조그만 주점 하나를 가리키며 짐짓 생색을 냈다.

한위는 아무런 대꾸도 하지 않았다.
"잠시 쉬지. 요기도 할 겸."
도극성은 발걸음을 주점으로 돌렸다.
주점의 규모는 작았다.
그래도 장사는 어느 정도 되는지 손님 몇이 앉아서 술잔을 기울이거나 간단한 음식을 먹고 있었다.
"뭘 드시겠소?"
사십 전후로 보이는 텁석부리 주인이 걸걸한 음성으로 물었다.
"술하고 고기만두, 소면도 주시오."
"기다리쇼."
주인이 먼지를 풀풀 풍기며 몸을 돌리자 도극성이 살짝 인상을 찡그렸다.
"꽤나 성의가 없네."
도극성이 쓴웃음을 지었다.
잠시 후 시킨 술과 음식이 나오자 그는 한위의 아혈을 풀어 주었다.
"이제 아혈을 제압하지는 않겠다. 그렇다고 목숨을 끊을 생각은 하지 마라. 혀가 잘려도 확실하게 살릴 자신이 있으니까."
"……."
한위의 침묵을 긍정으로 받아들인 도극성이 음식으로 눈

을 돌렸다.

그때 여섯 명의 사내가 주점 안으로 들어섰다.

꽤나 먼 길을 달려왔는지 그들의 옷엔 뽀얗게 먼지가 내려앉아 있었고 이마엔 굵은 땀방울이 맺혀 있었다.

"여기 술 좀 주시오!"

그들 중 한 사람이 자리에 앉기가 무섭게 외쳤다.

잠시 후 주인이 술을 내오자 그들은 주거니 받거니 하며 와자지껄 떠들어댔다.

그 소음이 어찌나 심한지 음식이 코로 들어가는지 입으로 들어가는지도 의식하지 못할 정도였다.

"왜 안 먹어?"

도극성이 한위를 보며 물었다.

그는 음식이 나왔음에도 젓가락을 들지 않고 있었다.

"네놈 같으면 먹겠냐?"

한위가 차갑게 대꾸했다.

"당연히 먹지. 고집을 꺾지 않고 버티려면 힘이 있어야 할 거 아냐?"

"너나 많이 처먹어라."

한위는 말을 섞는 것 자체가 굴욕이라는 표정으로 고개를 돌렸다.

"뭐, 그러든지."

도극성은 두 번 권하지 않았다. 오히려 한위의 몫으로 나온 음식까지 깔끔하게 비워 버렸다.

한위는 그런 도극성의 모습을 묘한 표정으로 바라보고 있었다.

[왜, 이상해? 분명 중독이 되어 쓰러져야 하는데 그렇지 않아서? 내가 말했잖아, 웬만한 독으론 나를 쓰러뜨릴 수 없다고.]

난데없이 들려온 전음에 한위의 얼굴이 확 일그러졌다. 뭐라고 대꾸를 하려는데 어느새 아혈이 제압을 당했는지 입을 열 수가 없었다. 그렇다고 전음을 보낼 수도 없는 것이, 모든 내력을 금제당해 겨우 몸만 움직일 수 있는 상황에선 그것조차 불가능했다.

[같은 동료지? 주인 놈하고 바로 저놈들.]

도극성이 바로 옆에서 술을 마시고 있는 이들을 눈짓으로 가리켰다.

[아니지. 이곳에 모인 모든 놈들이 한패인가? 훌륭해. 자신의 기를 저토록 완벽하게 지울 수 있다니. 하지만 말이야, 내가 예전에 그야말로 완벽한 어둠 속에서 감각을 극대화시키는 훈련을 했거든. 오직 공기의 파동만을 느낄 수 있는 곳이었는데, 덕분에 그곳에서 암흑광령인(暗黑光靈引)이라는 무공을 익혔지. 한마디로 저 정도 실력으론 내 눈을 피하지 못한단 말이야.]

한위는 도극성의 입가에 맺히는 웃음을 보며 소름이 쫙 끼쳤다.

　독이 들어 있음에도 태연히 음식을 먹고, 사방에 적을 두고도 이처럼 여유를 부릴 수 있다는 것은 곧 그들 모두를 상대할 자신이 있다는 말이었기 때문이다.

　"여기 얼마요?"

　도극성이 자리에서 일어나며 물었다.

　"동전 다섯 냥 놓고 가쇼."

　"다섯 냥? 그거 가지고 되겠소? 온갖 귀한 재료가 다 들어간 것 같은데."

　"무, 무슨 말인지… 재료가 형편없다고 타박하는 거요?"

　"무슨 뜻인지는 그대가 더 잘 알 텐데… 뭐, 그 정도만 받아도 된다고 하면 나야 좋지만. 자, 여기 동전."

　주인은 도극성이 건네는 돈을 떨떠름한 표정으로 받아 들었다.

　"자, 가자."

　도극성이 한위를 결박한 밧줄을 잡아당겼다.

　주인을 비롯하여 주점에 있는 이들이 서로의 얼굴을 바라보며 어정쩡한 태도를 취하자 주점 문을 나서던 도극성이 한심하다는 듯 소리쳤다.

　"병신들! 기왕 칼을 뽑았으면 죽이 되든 밥이 되든 뭐라도 해봐야 하는 것 아냐?"

　순간, 주점에 있던 이들의 얼굴이 딱딱하게 굳었다.

"아니면 이자가 먼저 공격하기를 기다리는 건가?"

도극성이 갑자기 바닥을 발로 쿵 하고 디뎠다. 그러자 바닥이 콱 꺼지면서 비명 소리가 터져 나왔다.

"크윽!"

땅을 파고 은신해 있던 살수가 외마디 비명과 함께 그대로 혼절을 하고 말았다.

"아니면 이자가?"

도극성이 주점 문의 기둥을 후려쳤다.

꽈지직!

요란한 소리와 함께 기둥이 박살나고 주점의 정문이 무너져 내렸다.

무너지는 문 위에서 하나의 그림자가 보이는 것도 잠시, 그 그림자 속에서 날카로운 무엇인가가 뻗어 나왔다.

치리릿!

날카로운 파공음과 함께 날아온 것은 핏빛의 비수 세 개.

도극성이 한 발 뒤로 물러나며 손을 휘두르자 비수는 힘을 잃고 바닥에 떨어져 내렸다.

"쳐랏!"

주점의 주인으로 위장했던 자의 명령이 떨어지기 무섭게 손님으로 가장했던 숙살삼대의 살수들이 일제히 공격을 감행했다.

"호오~"

단 한 번의 움직임으로 자신을 완벽하게 포위하는 숙살삼대의 살수들을 보며 도극성도 감탄을 하지 않을 수 없었다.

번쩍!

눈앞에서 섬광이 빛났다.

정면으로 접근한 살수가 그의 가슴을 향해 칼을 찌른 것이었다. 동시에 그의 후미와 측면에서도 교묘한 합공이 이어졌다. 무엇보다 신경이 쓰인 것은 동료들의 안전은 전혀 상관없다는 듯 모든 공간을 차단하며 날아든 암기였다.

하지만 그것이야말로 숙살삼대 살수들이 동료의 실력을 믿고, 또한 스스로의 목숨을 걸고 완성한 합공이었으니 주변을 까맣게 덮은 암기는 오직 도극성만을 노렸다. 살수들에게 피해를 준 암기는 단 하나도 없었다.

도극성의 손이 전광석화처럼 움직였다.

그때마다 무수히 많은 암기가 방향을 틀거나 힘없이 바닥으로 떨어져 내렸다.

살수들의 직접적인 공격 또한 표영이환보를 이용해 완벽하게 피해냈다.

살수들은 때론 자신의 공격이 성공을 거두었다고 회심의 미소를 짓기도 했으나 그것이야말로 궁극의 표영이환보가 만들어낸 잔상일 뿐, 그토록 살벌하고 완벽하게 짜여진 숙살삼대의 합공은 도극성의 옷가지 하나에도 피해를 주지 못하고 완벽하게 무력화되었다.

"큭!"

도극성이 쳐낸 암기에 맞은 살수가 외마디 비명과 함께 쓰러졌다. 그는 몇 번 경련을 일으키다 축 늘어져 버렸다. 순식간에 시꺼멓게 변한 얼굴을 보면 암기에 꽤나 지독한 독이 발라져 있는 것 같았다.

그것으로 더 이상의 공격은 없었다.

"이제 내 차롄가?"

마지막 암기를 손가락으로 튕겨 버린 후 손을 탁탁 턴 도극성이 경악에 찬 표정으로 바라보는 살수들을 향해 씨익 웃음을 보였다. 그 웃음이야말로 저승사자와도 같이 섬뜩한 느낌이었으니 살수들은 자신도 모르게 침을 꿀꺽 삼키고 말았다.

스윽.

도극성이 슬쩍 발걸음을 움직였다. 아니, 움직였다고 느껴지는 찰나, 그는 어느새 목표로 했던 살수의 코앞까지 접근해 있었다.

"이!"

살수가 기겁하며 칼을 뻗었지만 고개를 까딱이는 것으로 칼을 피한 도극성이 손을 뻗었다.

쫘악!

경쾌한 격타음과 함께 뺨을 맞은 살수가 그 자리에서 주저앉고 말았다.

그 고통이, 그리고 그것이 주는 치욕감이 어떤 것인지 너무나 잘 알고 있는 한위는 차마 보지 못하고 질끈 눈을 감고 말았다.

공격을 시작한 도극성은 거침이 없었다.

살수들이 죽어라 공격을 퍼붓고, 암기를 뿌리며, 동료를 구하기 위해 합공을 감행해도 아랑곳하지 않았다.

그 어떤 공격이나 암기도 도극성에겐 조금의 영향도 주지 못했고, 그가 손을 움직일 때마다 뺨을 얻어맞은 살수들은 그 자리에 주저앉고 말았다.

짝!

또 한 명의 살수가 외마디 비명과 함께 비틀거렸다.

도극성은 눈동자가 반쯤 돌아간 사내의 어깨를 툭 건드리며 지나갔다.

"대낮에 보는 별도 구경할 만하지?"

사내는 그의 말을 끝까지 듣지 못하고 혼절을 하였다.

쫘짝!

왼쪽으로 접근하는 살수의 뺨을 때린 손이 그 탄력을 이용해 오른쪽으로 이동하더니 이번엔 손등으로 살수의 뺨을 후려쳤다.

동작은 두 번이었으나 격타음은 하나로 들릴 만큼 빠른 손놀림이었다.

도극성에게 맞은 이들은 허공에 코피를 뿌리며 땅바닥을

나뒹굴었다.

"자, 이제 주인장, 그대뿐인가?"

도극성이 주춤거리며 물러나는 주인, 한위를 대신해 숙살삼대를 이끌고 다소 급하게 이번 일을 계획했던 사내를 향해 싱글거리며 접근했다.

"으으으."

사내는 주변에 널브러진 동료들을 보며 이를 갈았다. 하나 그는 현실적으로 자신이 할 수 있는 일은 아무것도 없다는 것을 너무도 뼈저리게 느끼고 있었다.

그토록 많은 암기를 날리고 치밀하게 합공을 해도 손가락 하나 건들지 못한 사내. 아무리 머리를 굴려도 답이 나오지 않았다.

'이대로 끝내진 않는다. 숙살단의 명예를 위해서라도 반드시 죽인다.'

사내가 피가 나도록 입술을 깨물었다. 그리곤 뭔가를 결심했는지 허탈한 표정으로 자신을 보고 있는 한위에게 시선을 두었다.

'음!'

한위는 사내의 눈빛에서 그가 무슨 행동을 하려는지 눈치를 챘다.

독도 통하지 않고, 그렇다고 정면으로 싸워선 더욱더 상대할 수 없는 괴물. 어쩌면 방법은 하나뿐일지 몰랐다.

자신도 할 수 없었던, 기회를 잡지 못했다는 것이 옳겠지만 어쨌든 자신조차 시도하지 못한 것을 수하가 감행하려 한다는 사실에 그는 강한 신뢰의 눈빛과 천천히 고개를 끄덕이는 것으로 격려를 해줬다.

한위와 눈빛을 교환한 사내가 심호흡을 하며 온몸의 기력을 끌어모았다.

사내의 머리카락이 흩날리고 눈에서 무시무시한 살기가 뿜어져 나왔다.

도극성은 사내가 뭔가 새로운 시도를 한다고 여겼다.

그렇다고 별다른 반응을 보인 것도 아니었다.

도극성은 천천히 사내에게 접근했다.

지금까지의 반응대로라면 당연히 뒤로 물러나거나 접근을 막기 위해 어떤 반격을 하는 것이 당연했다. 한데 사내는 별다른 반응을 보이지 않았다. 오히려 한 걸음 전진을 하며 도극성의 공격을 유도하는 모습까지 보였다.

그것이 잠시 이상하기는 했으나 도극성은 그다지 개의치 않았다.

짝!

도극성의 손바닥이 사내의 얼굴을 강타했다.

유난히 시원하고 경쾌한 격타음이 주변에 울려 퍼지며 다른 이들과 마찬가지로 사내의 몸이 격렬하게 흔들렸다.

"쯧쯧, 아까의 기세는……."

도극성이 혀를 차며 고개를 흔드는 순간, 사내의 눈빛이 급격하게 변했다. 동시에 온몸이 급격하게 부풀어 올랐다.
 "뭐, 뭐야!"
 뭔가 심상치 않다고 여긴 도극성은 뒤로 물러나려 했다.
 "늦… 었다."
 사내가 기괴한 웃음을 흘렸다.
 부풀 대로 부푼 그의 몸은 웃음이 끝나기도 전에 거대한 폭발을 일으켰다.
 분신혈화(焚身血花)!
 숙살단의 살수들이 최후의 순간에 사용하는 마지막 무공.
 입에 문 독단을 깨물어 몸을 중독시킨 뒤 그 몸을 산산이 조각내어 뼈와 살, 피로써 목표를 격살시키는 무시무시한 수법이 바로 분신혈화였다.
 수백, 수천 조각으로 갈라져 비산하는 몸의 파편은 하나하나가 무시무시한 암기였고, 더구나 극독을 품고 있어 스치기만 해도 목숨을 잃을 수 있는 치명적인 위력이 있으니 비록 도극성을 공격하기 위해 펼친 분신혈화였지만 그로 인해 정신을 잃고 쓰러져 있는 두 명의 동료들까지 목숨을 잃었다는 점에서 분신혈화의 잔인함과 끔찍한 위력을 엿볼 수 있었다.
 '결과는?'
 한위의 눈이 영활하게 돌아갔다. 한데 그의 눈은 쓰러진 수하를 보고 있지 않았다.

그는 살수로서 최선을 다했고, 명예로운 죽음을 택했으니 그것으로 충분했다. 위로나 조의(弔意) 따위는 오히려 그의 희생을 모욕하는 것이었다.

그가 보고 싶은 것은 그들에게 분신혈화까지 쓰게 만든 도극성의 모습이었다. 분신혈화를 시전한 수하야 완벽하게 폭사하는 바람에 시신조차 찾기 힘들 정도였지만 도극성은 달랐다. 목숨을 잃을 수는 있어도 시신은 분명 남아 있어야 했다. 한데 아무리 찾아도 도극성의 모습은 보이지 않았다.

문득 불길한 예감이 온몸을 휘감았다. 목숨까지 버려가며 살수로서의 자존심을 지키려 한 수하의 죽음이 헛되이 돼버린 것은 아닌지 걱정이 되었다.

예감은 어김없이 들어맞았다.

"후아~ 뭐가 이리 살벌해? 하마터면 큰일 날 뻔했군."

한위는 자신의 바로 등 뒤에서 들려오는 음성에 기겁을 했다.

방금 전까지만 해도 도극성은 자신과 제법 거리가 있는 곳에서 수하와 상대하고 있었다.

도대체 언제 등 뒤로 돌아가 있었단 말인가!

게다가 목소리를 들어보니 짐짓 과장을 하며 놀라긴 해도 분신혈화에 전혀 타격을 받지 않은 것처럼 보였다.

"지독하군, 지독해. 도대체 어떤 훈련을 받으면 자신의 목숨을 저처럼 무식하게 버릴 수가 있는 것이지?"

절체절명의 순간, 호신강기를 일으키며 능히 섬전을 능가한다는 최고의 신법인 능광신법을 펼쳐 겨우 위기를 벗어날 수 있었던 도극성은 고개를 절레절레 흔들며 행여나 또 다른 자가 분신혈화를 펼칠까 무력화시킨 살수들의 몸에 일일이 제재를 가했다.

 한위를 구하고 도극성의 목숨을 빼앗기 위해 동원된 살수들은 모두 열둘이었다. 하지만 도극성이 포로로 잡은 사람은 모두 일곱이었으니 자신들이 사용했던 금침에 목숨을 잃은 자 하나에 분신혈화로 인해 목숨을 잃은 자가 다시 넷, 그렇게 도합 다섯 명의 목숨이 허망하게 사라졌다.

 "이것으로써 누군가가 나를 노린다는 것은 확실해졌는데……."

 한위를 비롯하여 사로잡은 숙살삼대의 살수들을 굴비 엮듯 한 줄로 묶은 도극성의 안색이 살짝 어두워졌다. 두려울 것까지는 없었지만 무림에 나온 지 얼마 되지도 않은 상황에서 정체를 알 수 없는 누군가가 자신의 목숨을 노린다는 것이 영 기분이 좋지 않았기 때문이다.

第十二章

구양세가(歐陽世家)

　강서(江西) 동북방에 위치한 경덕진(景德鎭).

　주변에 도토(陶土:도자기를 구울 수 있는 흙)가 많아 예로부터 유명한 도자기가 많이 만들어지는 곳으로 잘 알려졌다.

　하나, 무림인들에게 있어 경덕진은 도자기가 아니라 무림의 패권을 좌지우지할 수 있는 사도천의 본거지로 더욱 잘 알려져 있었다.

　사도천.

　백이십여 년 전, 강서와 호남에서 이름을 날리던 광풍곡(狂風谷), 현음궁(玄陰宮), 사혈림(死血林), 북명신문(北明神門), 적룡방(赤龍幇), 유명밀부(幽冥密府) 여섯 문파가 점점 거대해지는 수라검문과 구파일방의 압박을 견디다 못해 회합을 갖고 삼 년 동안이나 밀고 밀리는 협상을 통해 탄생시킨, 당금 무림에서 가장 거대한 규모를 자랑하는 연합체였다.

사도천은 천주 이하 다섯 문파의 수장을 부천주로, 그리고 각 문파에서 두 명씩 장로를 두기로 하였고 사도천을 이끄는 천주는 각 문파의 수장이 오 년마다 돌아가며 맡기로 했었다.

그러나 오십 년 전, 이 년여 동안 벌어진 수라검문과의 치열한 싸움에서 불리한 여건임에도 막강한 무력과 지도력으로 끝끝내 사도천을 지켜낸 당시 적룡방주의 공을 인정해 각 문파의 수장들은 이후 천주의 자리를 계속 적룡방주에게 양보했다. 그리고 그러한 전통이 굳어져 지금은 사도천의 천주라면 의례히 적룡방의 방주를 일컫는 말이 되었다.

현재 사도천의 천주는 무림일마 좌패천과 그 명성을 나란히 하고 있는 철혈사존(鐵血邪尊) 사마휘로, 벌써 삼십 년 동안 사도천을 이끌고 있었다.

최근엔 후계자인 장영에게 모든 일을 맡기고 사실상 일선에서 물러나 은퇴를 했다는 소문이 돌고 있었지만 정확하게 밝혀진 바는 아무것도 없었다.

일심전(一心殿).

사도천의 수뇌들이 모여 대소사를 결정하는 장소.

이른 아침부터 시작된 수뇌 회의는 해가 중천에 오를 때에야 비로소 서서히 마무리가 되어가고 있었다.

"…해서 그들 문파는 앞으로 모든 일에 있어 우리 사도천을 지지하기로 결정되었습니다."

사도천의 십이장로 중 한 명인 오각(烏角)이 어깨를 살짝 으쓱거리며 마무리를 지었다.

"애썼네. 오 장로의 활약 덕분에 사도천이 큰 힘을 얻었군."

상석에 앉아 보고를 듣던 사마휘가 흡족한 미소를 지으며 고개를 끄덕였다.

철혈사존이라는 무시무시한 별호와는 전혀 어울리지 않는 후덕한 몸짓과 표정, 부드러운 눈길이었지만 그것이야말로 사마휘가 삼십 년이 넘는 긴 시간 동안 별 무리 없이 사도천을 이끌 수 있었던 힘이었으니, 그 누구도 감히 그를 무시할 수 있는 사람은 없었다.

"너는 어찌 생각하느냐?"

사마휘가 바로 곁에 앉아 있는 청년에게 물었다.

청년은 조금도 지체하지 않고 대답했다.

"단순히 지지를 받는 것으론 곤란합니다. 그런 약속은 언제든지 뒤집을 수 있는 것, 보다 확실한 대답을 들어야 합니다."

"확실한 대답이라면?"

"우리가 원할 시엔 언제든지 병력을 지원한다. 혹은 그에

상응하는 행동을 취한다. 최소한 이 정도는 되어야 한다고 봅니다만."

"어찌들 생각하시오?"

사마휘의 물음에 광풍곡주 오활(烏闊)이 고개를 끄덕이며 말했다.

"뭐, 조금 낯간지러운 조건이 되기는 하겠지만 틀린 말은 아니라고 생각하외다."

사혈림주 설악(雪嶽)이 맞장구를 쳤다.

"솔직히 힘이 없어 무릎을 꿇었으면 완전하게 굴복을 해야 하는 것이 당연한 이치. 노부는 그자들이 궁색하게 지지 어쩌구 하는 것 자체가 마음에 들지 않았소이다, 천주."

"허허허, 설 림주께선 언제나 열혈이시구려. 알겠소이다. 그럼 그렇게 하는 것으로 합시다. 오 장로."

"예, 천주."

오각이 벌떡 일어나 공손히 허리를 숙였다.

"한 번 더 애를 써야겠네. 솔직히 난 그 정도면 되었다고 만족했는데 이 녀석이 만족을 못하는 모양이야."

사마휘가 표정 변화 없이 당당히 고개를 쳐들고 있는 청년, 장영의 머리를 쓰다듬으며 웃었다.

"명을 받들겠습니다."

오각이 명을 받고 자리에 앉자 사마휘가 북명신문의 문주 풍도건(馮禱乾)에게 시선을 주었다.

"그나저나 구양세가의 일은 어찌 되었소이까, 문주?"

"그렇지 않아도 그 일에 대해 상의를 드리려고 했습니다."

건장한 체구에 호랑이 눈을 하고 있어 보는 이로 하여금 절로 고개를 숙이게 만드는 인상을 지닌 풍도건이 입을 열었다.

"수하들로부터 계속해서 공격 명령을 내려달라는 연락이 오고 있습니다. 이미 만반의 준비는 다 되었다고 합니다만."

"음, 쉽지 않은 문제 같소. 다른 곳도 아닌 구양세가인지라 잘못하면 구파일방이 나설 수도 있고, 강남의 뭇 세가들도 연합을 할 수가 있으니 말이오."

"하지만 이대로 물러나자니 체면이……"

풍도건이 곤혹스런 표정을 지었다.

"당연하오. 또한 북명신문의 체면은 곧 우리 사도천의 체면과도 직결되는 것. 본인 또한 구양세가의 진심 어린 사과를 받기 전에 물러나서는 안 된다고 생각하오. 그렇지 않느냐?"

사마휘가 장영에게 물었다.

"그래도 지금은 그들과 부딪칠 때가 아닙니다."

수뇌들의 시선이 다시 장영에게 쏠렸다.

"구양세가가 비록 지금은 세가 기울어 그저 그런 가문으로 전락을 했다지만, 과거 그들에게 은혜를 입지 않은 문파들이 없을 정도입니다. 지금 당장은 아닐지라도 구양세가가 무너지면 천주님 말씀대로 소위 정파라 자부하는 놈들이 개입을 할 것이 틀림없습니다. 명분과 체면이라면 섶을 지고 불구덩

이에 뛰어들 정도로 정신을 차리지 못하는 놈들이니까요. 물론 언젠가 싹 쓸어버리는 것이 맞겠지만 아직은 아닙니다. 조금 더 힘을 비축해야 합니다."

"그렇다고 이대로 물러나는 것도 무리가 아니더냐? 사소하게 시작한 다툼이라지만 북명신문의 어린 제자가 무려 다섯이나 목숨을 잃었다."

사마휘가 풍도건을 힐끗거리며 말했다.

솔직히 북명신문과 구양세가 사이에 다툼이 일어나게 된 것이 근래 들어 세를 확장하는 사도천의 움직임과 발맞추어 북명신문 나름의 욕심 때문에 그런 것이라는 걸 알고는 있었지만 굳이 언급할 필요는 없다고 생각했다.

장영이 벌떡 일어났다.

"풍 사부님, 제게 조금의 시간만 더 주십시오."

"시간?"

풍도건이 고개를 갸웃거리며 되물었다.

"천주님을 비롯하여 여기 계신 다섯 분의 무공 또한 제게 이어졌습니다. 사형제들과 다름이 없는 그들의 죽음을 어찌 제가 가벼이 여기겠습니까? 그들의 복수는 다른 누구도 아닌 제가 반드시 해줄 것입니다. 다만 그러기 위해선 시간이 더 필요합니다. 모든 준비가 끝나면 제일 먼저 구양세가를 피로 물들여 그들의 넋을 위로하겠습니다. 하니 이번 일은 그냥 덮어주십시오."

장영이 풍도건을 향해 정중히 머리를 숙였다.

 풍도건의 이마가 살짝 찌푸려졌다.

 분위기가 자신의 의도와는 정반대로 흘러가자 내심 곤혹스러웠던 것이다.

 그러나 사마휘가 은연중에 반대를 하고 장영까지 시간을 달라고 하는 상황에서 북명신문의 입장만을 고집할 수는 없었다.

 "고개를 들거라. 사도천의 소천주의 고개가 그리 쉽게 꺾여서야 쓰나."

 "하오시면?"

 "암, 기다리지. 기다리고말고. 약속은 꼭 지켜야 한다."

 "물론입니다, 사부님."

 장영이 확신에 찬 어조로 대답을 했다.

 그런 둘의 모습을 흡족한 표정으로 바라보고 있던 사마휘가 물었다.

 "자, 그러면 결정된 것이오, 풍 문주?"

 풍도건과 사마휘가 엷은 미소를 주고받았다.

 "예, 결정되었습니다. 지금 즉시 병력을 뒤로 물리라는 전서구를 띄우겠습니다."

 하지만 풍도건의 다짐과는 달리 구양세가와 대치하고 있던 이들에게 날아가던 전서구가 화살에 맞아 떨어진 뒤 엉뚱한 전서구가 다시 날아올랐으니, 세상일이라는 것이 늘 뜻대로 되는 것은 아니었다.

*　　　　*　　　　*

"저들의 동태가 심상치 않다는 보고입니다."

구양소(歐陽昭)의 말에 회의실에 모인 이들의 안색이 몹시 어두워졌다.

"자세히 말해보거라."

상석에 자리한 전대 구양세가의 가주 비룡천군(飛龍天君) 구양편(歐陽翩)이 입을 열었다.

"처음 분광패도(分光覇刀) 주북명(朱北冥)이 이끌고 있는 병력의 수는 백이 넘지 않았습니다. 그중에 북명신문의 정예는 사십 정도로 추산되었지요. 하지만 지난밤부터 그 인원이 배로 늘었습니다."

"배나?"

현 가주 신수검객(神手劍客) 구양도(歐陽道)가 깜짝 놀라 되물었다.

"예, 형님. 소제가 확인했습니다. 그나마 다행이라면 전체 병력이 늘어난 것이 아니라 북명신문 놈들의 숫자가 늘어났다는 것입니다."

"그래도 문제군. 북명신문의 정예가 팔십이라면……."

구양도가 짧은 한숨을 내쉬었다.

현재 구양세가가 동원할 수 있는 병력이라 봐야 모두 합쳐 고작 칠십 남짓. 그중에선 이제 겨우 검을 쥔 자들도 다수 포함되어 있었다.

 전체적인 병력의 열세야 그렇다 쳐도 북명신문의 정예가 팔십이라면 상황은 더욱 심각했다. 게다가 그들을 이끌고 있는 주북명은 실로 감당하기 힘든 고수였다.

 "지원군은 어찌 되었느냐?"

 구양편이 다시 물었다.

 "그, 그게……."

 구양소는 멈칫거리며 말을 잇지 못했다.

 그것이 무엇을 의미하는지 모를 사람은 아무도 없었다.

 지난 며칠간 북명신문의 위협을 받으며 각 문파에 도움을 청하는 파발을 띄웠다. 하지만 그 어떤 문파에서도 답신은 오지 않았다. 당연히 지원병도 없었다. 소식을 듣고 달려온 몇몇 협사들이 전부였다.

 "후~ 다들 너무하는군요. 그래도 조금은 힘을 보탤 줄 알았는데."

 구양도는 쓴웃음을 짓고 말았다.

 "모든 이들이 우리를 외면하지는 않을 것이다. 여유를 가지고 기다려 보자꾸나."

 구양편이 좌중을 둘러보며 애써 위로를 했다.

 그때, 말석에 앉아 지금껏 침묵을 지키고 있던 청년이 입을 열었다.

"지금이라도 놈들의 청을 들어주면 어떻겠습니까?"

"무슨 말이냐?"

구양편이 깜짝 놀라 되물었다.

"이 모든 것이 저로 인해 벌어진 일입니다. 잠깐의 분기를 참지 못하고 저지른 일 때문에 가문을 위험에 빠뜨릴 수는 없는 노릇입니다. 놈들이 제 목을 원하니……."

"못 들은 것으로 하겠다."

"할아버……."

"그만!"

구양편이 노한 얼굴로 역정을 내다가 금방 표정을 풀었다.

"시비는 저들이 먼저 건 것이고 너는 참을 만큼 참았다. 절대로 있을 수 없는 일이지만, 설사 네가 목숨을 희생해서 지금의 위기를 넘긴다 해도 놈들은 또 다른 핑계를 만들어 덤벼들 것이다. 놈들의 목적은 네 목숨이 아니라 구양세가 자체일 테니까. 애당초 네가 놈들과 부딪치고 그놈들을 그토록 간단히 쓰러뜨릴 수 있었던 것도 다 의도된 것이다. 미끼란 말이지."

"하지만……."

"네 마음을 모르는 것은 아니나 좋은 방법은 아니구나."

구양편이 스스로 목숨을 버려 세가를 구하고자 하는 손자, 구양충(歐陽忠)을 부드러운 말로 위로했다.

"아무튼······."

구양편이 좌중을 둘러보았다.

"너무 비관적으로 생각하지 말자꾸나. 비록 그 숫자는 얼마 되지 않지만 여러 협사들이 우리를 돕기 위해 왔지 않더냐? 또한 하늘이 우리 구양세가를 버리지 않는 한, 반드시 길이 있을 것이다. 앞으로 며칠이 우리 구양세가······."

구양편의 말은 더 이상 이어지지 못했다.

다급한, 그러면서도 괴이하기 짝이 없는 소식이 회의실에 날아들었기 때문이다.

북명신문의 공격을 대비해 굳게 닫혔던 정문이 활짝 열리고 일단의 사람들이 구양세가로 발을 들여놓았다.

한 사내가 다리를 질질 끌며 맨 앞에서 무리를 이끌(?)었는데, 그 뒤를 따라 일곱 명의 사내가 힘없이 걷고 있었다. 한데 굵은 밧줄 하나에 생선 엮이듯 결박당한 그들의 모습은 괴이하기 짝이 없었다.

"후아~ 이제야 겨우 왔네."

무리의 맨 뒤, 밧줄 하나를 움켜쥔 도극성이 옷에 묻은 먼지를 탈탈 털어냈다. 그리곤 의혹에 잠긴 눈으로 자신을 바라보는 이들을 향해 환한 웃음을 보였다.

"안녕들 하십니까?"

벌써 그의 주변엔 정문을 지키는 이들을 비롯하여 소식을 듣고 달려온 구양세가의 수뇌들까지 한데 모여 있었다.

"소협은 누구신가?"

구양도가 마주 인사를 하며 물었다.

"도극성이라 합니다."

'도극성?'

들어보지 못한 이름이었다.

구양도가 슬며시 고개를 돌렸다. 행여나 그 이름을 들어본 사람이 있는지 찾아보기 위함이었다. 하지만 그 누구도 도극성이란 이름을 알지 못했다.

"험, 아무튼 반갑네. 한데 무슨 일로 본 세가를 찾은 것인가?"

"사부님의 당부가 있어서요."

"사부님이라면……."

구양도가 잔뜩 궁금한 표정으로 도극성을 바라보았다. 어떤 기인이 구양세가의 위험을 알고 제자를 보낸 것은 아닌지 기대하는 눈빛이었다.

"아니, 그냥… 뭣 좀 전해 드리라고 해서요."

많은 이들 앞에서 사부를 언급하기가 조금 곤란했는지 도극성이 황급히 말을 돌렸다.

"그, 그렇군."

어색한 웃음을 흘리는 구양도를 비롯하여 둘의 대화에 귀를 기울이고 있던 이들의 얼굴에 실망하는 기색이 역력했다.

"한데 저들은 누구인가?"

구양도가 비루먹은 강아지 꼴로 힘없이 고개를 숙이고 있는 이들을 가리키며 물었다.

"백주 대낮에 멀쩡한 사람의 목숨을 노리는 아주 질이 나쁜 놈들이지요."

그의 말에 다들 놀란 눈으로 숙살삼대의 살수들을 바라보았다.

"저자들이 자네를 죽이려 했다는 말인가? 무슨 이유로?"

"잘 모르겠습니다. 솔직히 놈들이 누구인지도 모르니까요. 해서 그 이유를 밝혀보려고 나름 애를 써봤는데 영… 지독한 놈들입니다."

"음."

구양도가 엷은 신음을 흘리며 고개를 끄덕였다.

어색한 침묵이 살짝 흘렀다.

도극성은 도극성대로, 구양도는 구양도대로 할 말이 없었기 때문이다.

특히 구양도는 북명신문이 언제 쳐들어올지 모르는 급박한 상황에서 정체가 정확하지 않은 도극성을 함부로 세가 안으로 들이기가 망설여졌다. 또 그렇다고 들이지 않자니 그것도 예의가 아니었기에 무척이나 곤란해하고 있었다.

보다 못한 구양소가 넌지시 전음을 보냈다.

[저자의 정체가 무엇인지는 모르지만 일단 안으로 들이는

것이 좋겠습니다.]

[하지만 북명신문의 첩자일 수도…….]

[그래도 일단 좋은 의도를 가지고 세가를 찾아왔다고 하는데 그런 자를 이리 문전박대할 수는 없는 것 아닙니까? 우선은 안으로 들이고, 이후 철저하게 감시토록 하면 될 것입니다.]

[알았네. 그리하도록 하지.]

전음을 끝낸 구양도가 멋쩍은 미소를 흘리며 말했다.

"이런, 내 손님을 앞에 두고 딴생각을 하고 있었군. 미안하네. 본 세가에 우환이 있어서……."

"아닙니다. 신경 쓰지 마십시오."

"자, 어서 안으로 들게나. 충아."

"예, 아버님."

"도 소협에게 방을 내드려라. 아, 그리고 그자들은 우리가 맡아둬도 될 것 같네만……."

구양도가 숙살삼대의 살수들을 가리키며 말했지만 도극성은 웃음을 지으며 거절했다.

"아닙니다. 좀 더 닦달을 해서 정체를 알아내야지요."

"알겠네. 편한 대로 하게나."

구양도가 고개를 끄덕이자 구양충이 성큼 앞서 걸으며 말했다.

"자, 따라오시지요."

도극성은 구양도에게 예를 표하고 숙살삼대의 살수들을 인솔(?)하며 그의 뒤를 따랐다.

 그들의 모습이 사라진 후, 구양도는 입가에 띤 미소를 지웠다.

 "감시에 소홀함이 없어야 할 것이네."

 "예. 너무 염려하지 마십시오. 충아에게 저자의 숙소를 묵죽신개(墨竹神丐) 어르신이 계시는 곳으로 하라 했으니 별 탈은 없을 겁니다."

 "그렇군. 잘했네, 아주 잘했어."

 그제야 구양도의 얼굴이 확 펴졌다.

 무림칠괴 중 한 명으로 구양세가를 돕기 위해 찾아온 협사 중 최고의 고수가 다름 아닌 묵죽신개였기 때문이다.

 "네놈은 누구냐?"

 다짜고짜 날아온 질문에 자신이 머물 거처를 안내하고 돌아가는 구양충에게 인사를 한 뒤 앞마당에 펼쳐진 정원의 풍경을 잠시 감상하다 방으로 들어선 도극성의 인상이 확 구겨졌다.

 어느샌가 정체를 알 수 없는 한 노인이 방에 들어와 있었다.

 방문 난간에 비스듬히 누워 코를 후비적거리는 것도 마음에 들지 않았지만, 무엇보다 사부와 비슷한 말투가 영 거슬렸다.

"그러는 노인장은 누굽니까?"

오는 말이 고와야 가는 말도 고운 법.

도극성의 말투 역시 듣기에 따라선 참으로 건방지고 도전적이었다.

"허! 요놈 보게."

그런 반응은 상상도 하지 못했다는 듯 누워 있던 노인이 벌떡 일어나 앉았다.

"나이도 어린 놈이 꽤나 건방지구나."

노한 눈빛으로 노려보는 노인의 기세는 꽤나 살벌했다. 하나 도극성이 그런 것에 겁을 먹고 물러설 위인이 아니었다.

"나이 드신 분도 만만치는 않습니다만."

도극성의 태도에 노인은 어이가 없는지 너털웃음을 터뜨리고 말았다.

"허허!"

"거, 남의 방에 함부로 들락날락하지 마시고 빨리 나가……."

"고얀!"

도극성의 말이 끝나기도 전에 노인의 몸이 방문 난간에서 사라졌다.

노인이 다시 모습을 드러냈을 때, 그는 도극성의 이마를 향해 손에 들고 있던 호리병을 휘두르고 있었다.

슬쩍 고개를 틀어 호리병을 피한 도극성이 재빨리 반격을 가하자 가슴팍을 파고드는 손길에 깜짝 놀란 노인이 황급히 뒤로 물러났다.

 노인이 물러나자 도극성도 더 이상 공격을 이어가지 않았다. 애당초 노인의 손속에서 살기가 느껴지지 않아 그 역시 적당한 선에서 반격을 끝낸 것이다.

 "뭡니까?"

 도극성이 살짝 인상을 찡그리며 물었다.

 "……."

 무림칠괴 중 한 명이자 괴팍한 성격, 그리고 그 성격만큼이나 화끈한 무공을 지닌 것으로 알려진 묵죽신개가 두 눈을 휘둥그레 뜨고 그를 바라보고 있었다.

 처음엔 그저 수상한 젊은이가 있다는, 그리고 수고스럽더라도 지켜봐 달라는 말에 흥미가 생겨 찾아온 것이었다. 그다음엔 건방진 태도에 약간의 훈계를 하고자 하는 마음과 또 적당히 무공도 시험해 볼 겸 공격을 해보았다. 한데 너무도 간단히 막히고 말았다. 물론 전력을 다한 것은 아니었지만 이런 식으로 무기력하게 막힐 것이라고는 생각도 하지 못했다. 게다가 곧바로 이어진 반격은 심장이 오그라들 만큼 빠르고 날카로웠으며, 교묘했다.

 '뭐… 이런 놈이 다 있지?'

 "딱히 볼일이 없으시면 이만 나가주시지요."

도극성이 다소간 예의를 차리며 말했다.
"놈, 누구냐고 물었다."
"그건 알아서 뭣 하시게요?"
도극성의 말투가 다시 까칠해졌다.
"허! 네놈은 내가 누구인지는 알고 까부는 것이냐?"
"남의 방에 무단으로 침입한 사람 아닙니까? 그리고 이름부터 들먹이는 사람치고 제대로 된 사람 없다고 했습니다. 자고로 상대방이 누군지 알고 싶으면 먼저 자신을 소개하는 것이 예의라 알고 있습니다만."
"함부로 주둥이 놀리다가 골로 가는 수가 있느니라."
노기가 치미는지 묵죽신개의 얼굴이 붉게 달아올랐다.
"골로 가는지는 모르겠지만 뭐, 나이 드신 분하고 드잡이질하는 것도 예의는 아니니 말씀드리지요. 도극성이라 합니다."
드잡이질 운운하는 순간 폭발하려던 묵죽신개는 도극성이 순순히 이름을 밝히자 간신히 화를 억눌렀다.
'도극성?'
어디선가 들어본 적이 있는 것 같기는 했으나 기억이 영 가물가물한 것이 명확하지가 않았다.
해서 다시 물었다.
"사문은 어디냐?"
"그것까지 말씀드릴 필요는 없을 것 같습니다만."

"어린놈이 정말 주둥이만 살았구나!!"

묵죽신개가 버럭 소리를 질렀다. 그러자 도극성도 강경하게 맞받아쳤다.

"난생처음 보는 사람이 사문에 대해 묻는다고 넙죽 대답할 놈이 있다고 보십니까? 그러시는 노인장은 누굽니까?"

도극성의 물음에 묵죽신개는 어디 자신의 이름을 듣고도 그렇게 건방질 수 있는지 두고 보자는 표정으로 가슴을 쭉 펴며 착 가라앉은 목소리로 대답했다.

"이름은 예전에 잊었고, 지금은 그저 묵죽신개라고 불리는 늙은이다."

그러면서 은근히 도극성의 표정을 살폈다. 한데 도극성은 별다른 반응을 보이지 않았다.

'이, 이놈이!'

무림에 발을 들여놓은 자치고 무림칠괴를 모르는 사람이 있을 것이란 생각은 해보지 않았다.

직접 보지는 못했더라도 최소한 명성은 들어봤을 것이다.

그게 당연했다.

그런데 저 반응은 뭐란 말인가!

괜시리 짜증이 솟구쳤다.

"지금 날 무시하는 것이냐?"

묵죽신개가 눈을 부라리며 소리쳤다.

"누가 무시한다고 그러십니까?"

"아니면! 노부의 이름을 듣고서도 어째서 아무런 반응이 없는 것이냐?"

그러자 도극성이 어이없다는 눈길로 쳐다보았다.

"억지 부리지 마십시오. 모르는 이름인 걸 어쩌란 말입니까?"

"설마하니 묵죽신개란 이름을 모른단 말이냐?"

"모릅니다."

"무림칠괴를 모른다고?"

"모릅니다."

"이!"

묵죽신개는 복장이 터지는지 가슴을 몇 번이나 두드렸다. 그리곤 정색을 하고 말을 이었다.

"아니다. 너는 알고 있어. 틀림없이 알고 있다."

도극성은 자신도 모르게 한숨을 내쉬었다.

도대체 왜 그래야 하는지는 모르겠지만 인정하지 않으면 도저히 물러날 것 같지 않았다. 꽤나 고집 세고 끈질긴 노인이란 생각도 들었다.

"예예, 알겠습니다. 아는 것으로 하지요."

하나 묵죽신개는 그게 더 화가 났다.

"이놈! 아는 것으로 하는 것이 아니라 아는 것이다! 네놈은 지금 알고 있으면서 나를 무시하고자 함이 아니더냐!"

묵죽신개의 억지에 도극성도 더 이상 참지 못하고 폭발하고 말았다.

"어쩌라는 겁니까? 모릅니다, 모른다고요. 무림칠괴가, 또 묵죽신개라는 사람이 누군지 모른다고요. 노인장이 아무리 뭐라 해도 모르는 걸 어쩌란 말입니까?"

"무, 묵죽신개라는 사람이? 참으로 버르장머리없는 놈이로고!"

화가 머리끝까지 뻗친 묵죽신개가 노호성을 터뜨리며 도극성을 향해 손을 뻗었다.

조금 전, 술병으로 도극성의 무공을 시험할 때와는 차원이 다른 동작이었다.

도극성이 콧방귀를 뀌며 손목을 후려쳤다. 하지만 마치 뼈가 없는 듯 교묘하게 꺾인 손이 그의 목을 향해 그대로 짓쳐들었다.

설마하니 상대의 공격이 취혼수를 따돌릴 줄은 생각도 못한 도극성이 깜짝 놀라며 표영이환보의 보로를 따라 뒷걸음질쳤다.

"제법이로구나!"

도극성의 신묘한 몸놀림에 감탄성을 터뜨린 묵죽신개도 개방이 자랑하는 취란선보(醉亂仙步)를 이용해 쫓아가며 계속해서 공격을 퍼부었다.

쉭 쉭! 쉭!

묵죽신개의 손이 허공을 가를 때마다 듣기에 섬뜩한 소리가 울려 퍼졌다.

그때마다 도극성은 표영이환보와 취혼수를 이용하여 묵죽신개의 공격을 적절히 물리쳤다.

"정말 이런 식으로 나올 겁니까?"

피하는 것도 한계가 있는 법이었다.

아무런 잘못도 없이 일방적으로 공격을 당하게 되자 도극성의 인내심도 한계에 다다랐다.

"어쩔 테냐? 자신있으면 공격을 해보거라."

묵죽신개가 살짝 비웃음을 흘리며 도극성을 도발했다.

그는 이미 도극성의 무례함에 대해선 잊어버린 지 오래였다. 오히려 어린 나이임에도 자신과 맞서 조금도 밀리지 않는 무공을 지닌 것에 대한 호기심과 도대체 어떤 사문이, 인물이 도극성을 길러냈는지가 궁금할 뿐이었다.

'아무리 감추려고 해도 결국은 드러나게 되어 있지.'

지금까지는 알 수가 없었으나 묵죽신개는 좀 더 치열한 싸움을 하다 보면 결국 도극성의 사문을 알 수 있으리라 여겼다.

"노인장이 자초한 겁니다."

착 가라앉은 음성과 함께 피하기만 하던 도극성의 기세가 확 변하기 시작했다.

도극성의 몸에서 뿜어져 나오는 기운이 얼마나 막강한지 막 공격을 하려던 묵죽신개가 흠칫 놀라 황급히 물러날 정도였다.
 도극성의 몸이 전진했다.
 묵죽신개의 눈에는 그렇게 보였다.
 하지만 발을 내딛는다고 여기는 순간, 그의 몸은 이미 전후좌우, 네 개의 몸으로 분리되어 있었다.
 묵죽신개는 당황하지 않을 수 없었다.
 '부, 분신술?'
 그것은 분명 아니었다.
 단지 도극성의 몸이 너무도 빨리 움직이는 바람에 잔영을 남겼을 뿐이었다.
 이미 도극성의 실력이 보통이 아니라는 것을 깨달은 묵죽신개는 더없이 신중한 모습이었다.
 "타핫!"
 묵죽신개가 힘찬 외침과 함께 취란선보의 보로를 따르며 취란수(醉亂手)를 펼치기 시작했다.
 취한 듯 비틀거리는 묵죽신개의 몸, 그리고 눈으로 파악하기가 힘들 정도로 빠르며 무수한 변화를 내포한 손 그림자가 허공을 뒤덮었다.
 팍팍!
 손과 손이 부딪치며 요란한 마찰음을 토해냈다.
 충격파에 방 안의 집기가 날아다니고 지붕이 들썩였다.
 묵죽신개의 공격이 도극성에게 피해를 주지 못한 것처럼

도극성의 공격도 묵죽신개의 환상적인 방어에 막혀 별다른 성과를 얻지 못했다.

하나 그것은 겉으로 드러난 모습일 뿐, 시간이 가면 갈수록 묵죽신개의 얼굴에 초조함이 묻어났다.

공방이 오고 가고 초식이 거듭될수록 도극성의 움직임은 더 영활해지고 교묘해지는 반면에 묵죽신개의 움직임은 조금씩 어지러워지기 시작했다. 취란선보와 취란수 자체가 그런 성격을 지니고 있기는 했으나 그 안에는 톱니바퀴보다 치밀하게 맞물려 돌아가는 질서가 있었다. 하지만 도극성의 공격에 밀린 지금은 말 그대로 손발이 어지러워진 것이었다.

'대단하구나!'

묵죽신개는 경악을 금치 못하고 있었다.

몸은 그런대로 따라갈 만했다.

지금처럼 협소한 장소에서 취란선보만큼 효과적인 보법은 없었다.

취한 듯 흔들거리는 움직임은 상대의 예측을 철저하게 차단했고 혼란을 주었으며, 무엇보다 빨랐다.

상대의 보법이 입이 쩍 벌어질 만큼 대단한 것이긴 했어도 악착같이 따라붙을 수는 있었다.

한데 문제는 바로 자신이 펼치는 취란수가 상대의 공격에 하염없이 밀린다는 데 있었다.

'무, 무슨 놈의 무공이······.'

나이 열다섯에 출도하여 강호를 활보한 지 어언 육십 년.

그동안 무수히 많은 상대와 무공을 경험해 보았지만 지금처럼 취란수를 완벽하게 막아내는 무공을 접해본 적이 없었다. 물론 소싯적에야 몇 번 패배한 적은 있었지만 무림칠괴라는 명성을 얻은 이후엔 단언컨대 단 한 번도 경험해 보지 못한 일이었다.

'아니다! 있었다!'

묵죽신개의 뇌리에 불현듯 한 가지 기억이 떠올랐다.

너무도 수치스러운지라 기억 저편에 묻어둔, 그러나 잊으려 해도 영원히 잊혀지지 않을 강렬한 기억을 심어준 자.

순간, 취혼수를 펼치며 집요하게 달려드는 도극성의 모습이 누군가와 겹치기 시작했다.

"무명신군!"

묵죽신개는 자신도 모르게 손을 멈추고 멍한 표정으로 부르짖고 말았다.

퍽!

도극성의 손이 묵죽신개의 가슴을 후려쳤다.

"큭!"

묵죽신개가 짧은 비명과 함께 밀려나며 벽에 부딪쳤다.

쿠쿠쿵!

묵죽신개와 부딪친 벽이 힘없이 무너지며 요란하게 먼지를 피워 올렸다.

"괘, 괜찮으십니까?"

도극성이 당황한 음성으로 소리쳤다.

계속 이어지는 묵죽신개의 핍박에 화가 나서 공격을 퍼붓기는 했지만 그는 상대가 최선을 다하지 않는다는 것을 이미 알고 있었다. 그랬기에 그 역시 어느 정도 여유를 둔 것이었는데, 설마하니 그런 식으로 움직임을 멈출 줄은 꿈에도 몰랐다. 황급히 공력을 회수한다고 하기는 했으나 역부족이었다.

"괜찮으십니까?"

도극성이 걱정스런 음성으로 다시 물었다. 그러자 잿빛 먼지를 뒤집어쓴 묵죽신개가 벌떡 일어나며 소리를 질렀다.

"그렇게 무식하게 패놓고! 너라면 괜찮겠느냐!"

묵죽신개의 호통 소리에 도극성의 얼굴에서 걱정하던 빛이 싹 사라졌다.

"괜찮으시군요."

"허!"

"그러게 처음부터 그만두자고 하지 않았습니까?"

"시끄럽다! 잠시 방심한 사이에 그깟 공격 한 번 성공했다고 유세를 떨고자 하느냐?"

"방심하시라고 청한 적은 없습니다만."

"이!"

묵죽신개가 당장에라도 공격을 감행할 듯 주먹을 움켜쥐었다. 하나 온몸을 부르르 떨더니 곧 땅이 꺼져라 짙은 한숨을 내뱉으며 물었다.

"무명신군과는 어떤 관계냐?"

순간 사부가 세인들에게 그런 별호로 불리는 것을 기억해 낸 도극성이 눈을 동그랗게 뜨고 되물었다.

"어떻게 사부님을 아십니까?"

'역시……'

묵죽신개의 입가에 쓰디쓴 웃음이 깃들었다.

"알 만하니까 안다."

"그렇군요."

묵죽신개의 씁쓸한 얼굴에 사부가 어떤 인물이고 어떤 성격을 지녔는지 너무나 잘 알고 있던 도극성은 더 묻지 않았다. 과거 그들의 인연이 어땠을지 물어봤자 뻔했기 때문이었다.

바로 그때였다.

구양소를 필두로 구양세가의 인물들이 그들 앞에 나타났다.

"무, 무슨 일입니까?"

구양소가 무너진 벽과 먼지를 흠뻑 뒤집어쓴 묵죽신개를 당황스런 얼굴로 바라보며 물었다.

"아, 별일 아니네. 그저 간단한 비무를 했을 뿐이야."

"예? 비무라고요?"

"그렇게 됐네. 소란을 떨어서 미안하군."

"아, 아닙니다."

구양소가 당치도 않다는 듯 고개를 흔들자 그의 뒤편으로 모습을 드러낸 구양세가의 전대 가주 구양편이 착 가라앉은 음성으로 입을 열었다.

"비무치고는 꽤나 격렬했던 모양이외다. 이리 벽이 무너지고 신개의 몸이 엉망이 된 것을 보면 말이오."

"허~ 이런! 노가주까지 오셨습니까? 이거 죄송하게 되었습니다. 때가 때이거늘, 이 늙은 거지가 사리분별을 하지 못하고 너무 심하게 난리를 피운 것 같습니다."

"무슨 말씀을. 애당초 부탁을 드린 것은 저희 쪽으로 알고 있습니다."

구양편이 그 말과 함께 뻘쭘하게 서 있는 도극성을 힐끗 바라보았다. 그러자 묵죽신개가 고개를 가로저으며 말했다.

"사도천의 첩자는 아닙니다. 그것은 제가 보증하지요."

"어르신께서 직접 확인하신 겁니까?"

구양도의 물음에 묵죽신개가 고개를 끄덕였다.

"틀림없이 확인했네."

"다행입니다. 괜한 부탁을 드린 것은 아닌가 송구스럽습니다. 그리고……."

그제야 일이 어찌 된 것인지 파악한 도극성이 다소 불편한 표정을 짓자 구양도가 민망한 표정으로 사과를 했다.

"미안하네, 도 소협. 상황이 상황인지라… 미안하네. 부디 이해를 해주게."

 고개를 숙이고 거듭 사과를 하는 구양도의 진실 어린 태도에 도극성도 화를 낼 수가 없었다.

 따지고 보면 대적이 코앞에 있는 상황에서 그 누구라도 낯선 이의 방문은 경계하고 또 경계할 터, 이해하지 못할 바가 아니었다.

 "아닙니다. 그럴 수 있는 일이지요."

 "이해해 주니 고맙군. 자네가 머물 곳은 따로 마련해 주겠네."

 "그렇게까지 하실 필요는 없습니다. 아, 그리고 잠시 기다리시지요. 조용히 찾아뵙고 드리려 했는데 어차피 이렇게 된 것, 사부님께서 구양세가에 전하라 하신 물건을 드리겠습니다."

 도극성은 대답도 기다리지 않고 침상으로 걸어가더니 그 위에 던져 놓은 행랑을 들고 나왔다. 그리곤 잔뜩 궁금한 표정을 짓고 있는 이들 앞에서 행랑에 넣어두었던 절영검보를 꺼내 들었다.

 "사부께서 돌려드리라 하셨습니다."

 도극성이 조심스레 절영검보를 건넸다.

 "이게 무엇……."

 얼떨결에 검보를 받아 든 구양도의 눈길이 책에 적힌 제목에 머물렀다.

"이, 이것은!"

구양도의 눈이 찢어질 듯 부릅떠졌다.

딱 벌어진 입, 파르르 떨리는 손길에서 그가 얼마나 당황하고, 놀라고, 경악을 하고 있는지 여실히 보여줬다.

"아, 아버님!"

구양도가 떨리는 몸을 주체하지 못하고 구양편을 바라보았다.

"대체 무엇이기에 그러는……."

외인 앞에서 구양세가의 가주로서의 체면도 잊고 너무 호들갑스런 모습을 보여준다고 여기며 눈살을 찌푸리던 구양편도 구양도가 들고 있는 검보의 정체를 알아보곤 그대로 굳고 말았다.

"절… 영… 검보."

온몸에 전율이 일었다.

이제는 아득한 전설이 되어버린, 칠십여 년 전 갑자기 난입한 괴인에게 가주였던 증조부와 세가의 어른들이 무참히 깨지면서 결국 빼앗기고 말았던 구양세가의 보물.

당시 일곱 살의 어린 나이였지만 구양편은 그때의 상황을 똑똑하게 기억하고 있었다.

절영검보를 빼앗기면서 그렇잖아도 과거의 성세가 점점 사라지고 있던 구양세가는 결국 완벽하게 쇠락의 길로 들어서고 말았다. 한데 바로 그 구양세가의 시작이요, 끝이었던 절영검보가 눈앞에 나타난 것이었다.

"저, 절영… 검보… 절영검보로구나!!"

부들부들 떨리는 손으로 절영검보를 받아 든 구양편의 눈에서 어느새 굵은 눈물이 흘러내리고 있었다.

젊어서 세가의 기대를 한 몸에 받고 동정호의 소군산을 찾았으나 소무백의 일초를 감당하지 못하고 결국 실패하고 말았던 그의 감회는 실로 남다른 것이었다.

그런 구양편을 보며 다들 숙연한 얼굴이 되었다.

"자네가… 무명신군의 제자란 말인가?"

절영검보를 품에 안고 하염없이 눈물을 흘리던 구양편이 간신히 마음을 추스르고 약간은 적개심 어린 음성으로 물었다.

"예."

"그렇… 군."

구양편이 묘한 시선으로 그를 바라보았다.

목숨보다 더 소중한 보물을 무려 칠십여 년 동안 강탈해 간 무명신군의 제자. 따지고 보면 원수도 그런 원수가 없었다. 그렇지만 강자존의 무림에서 그와 같은 일은 실로 비일비재한 것. 달리 생각하면 영원히 찾을 수 없을 것이라 여긴 절영검보를 다시 들고 온 은인도 될 수 있었다.

"무명신군께서 이것을 돌려주라 명한 것인가?"

"그렇습니다."

"허! 결국 이렇게 돌려줄 것을 무슨 이유로… 다른 말씀은 없으셨나?"

"예. 그냥 각 문파에서 얻으… 험, 빼앗아 오신 물건을 전해주라는 유언밖에는……."

유언이라는 말에 구양편은 물론이고 놀란 눈을 끔뻑거리며 연신 침을 삼키고 있던 묵죽신개마저 소스라치게 놀랐다.

"지, 지금 뭐라 했느냐? 유, 유언? 하면 무명신군께서 돌아가셨다는 말이냐?"

묵죽신개가 도극성의 멱살을 틀어쥐며 물었다.

순간, 도극성의 인상이 확 구겨졌지만 별다른 충돌이 일어나지는 않았다.

"예. 그런 유언을 남기셨습니다."

도극성이 대답을 하며 슬며시 멱살을 풀었다.

"허허! 그토록 강하던 무명신군이… 천하제일인도 결국은 세월의 힘을 이기지 못한 것인가?"

무명신군의 죽음을 접한 구양편은 허탈한 웃음을 흘리고 말았다.

"저기, 한 가지만 물어보자꾸나."

묵죽신개가 은근한 어조로 입을 열었다.

"뭡니까?"

조금 전, 멱살을 잡힌 것이 영 거슬렸는지 도극성의 대꾸엔 가시가 돋아 있었다.

'이놈이!'

많은 이들 앞에서 망신을 당했다고 여긴 묵죽신개의 안색이 확 변했지만 그래도 아쉬운 것은 그인지라 내색을 하지는 못했다.

"조금 전에 무명신군께서 각 문파에 물건을 돌려주라는 유언을 하셨다고 했지?"

"그런데요."

"혹시 말이다, 개방의… 물건은 없느냐?"

긴장이 되는지 묵죽신개는 침을 꿀꺽 삼켰다.

"개방요? 노인장께서 개방의 인물입니까?"

"이놈아, 내 별호를 보면 모르겠느냐? 당금 개방의 방주가 나를 보고 사숙이라 부른다!"

"아, 그렇군요."

도극성이 이해했다는 듯 고개를 끄덕였다.

"있느냐?"

"있긴 있습니다만……."

순간 묵죽신개의 얼굴이 확 밝아졌다.

"어, 어디에 있느냐?"

"왜 그러십니까?"

"왜 그러다니! 무명신군께서 각 문파의 보물을 돌려주라고 유언을 하셨다고 네 입으로 말하지 않았더냐?"

"그랬지요. 그래서 구양세가에 온 것이기도 하고요."

구양세가(歐陽世家) 113

"그러니까 개방의 물건은 내가 받겠다는 말이다."

"그럴 수는 없지요. 물건들은 제가 직접 방문을 하여 드려야 합니다. 타구봉 역시 제가 개방을 방문하여 방주님께 직접 전해 드릴 겁니다."

도극성이 타구봉을 언급하자 묵죽신개는 몸 둘 바를 몰랐다.

"여기서 개방까지는 수천 리 길이다. 타구봉을 내게 주면 그런 고생은 할 필요가 없다."

"그래도 안 됩니다."

"어허! 답답하구나. 네가 사부의 명을 충실히 따르려는 것은 이해하나, 바로 앞에 개방의 대표라 해도 무방한 내가 있거늘……."

"노인장이 개방의 대표라는 말을 제가 어찌 믿습니까?"

도극성이 심드렁한 표정으로 되물었다.

'이, 이놈이!'

피가 거꾸로 솟을 정도로 화가 치밀었지만 묵죽신개는 참았다. 타구봉을 되찾기 위해서 그가 감내하지 못할 것은 아무것도 없었기 때문이다.

"방금 전에 말하지 않았느냐, 노부가 현 개방 방주의 사.숙.이라고. 정히 못 믿겠다면 다른 사람들에게 물어보면 되겠고."

사실 못 믿을 이유가 없었다.

묵죽신개가 보여준 반응만으로도 그가 개방과 아주 밀접한 관계가 있다는 것과 그의 말대로 굳이 개방까지 갈 필요가 없다는 것은 도극성도 알고 있었다. 그럼에도 시치미를 딱 떼고 능청을 떠는 것은 단지 자신에게 고약하기 그지없었던 묵죽신개를 골탕 먹일 요량이었다.

그런 도극성의 의도는 완벽하게 성공을 거두었는데, 묵죽신개의 얼굴이 붉으락푸르락해지면서도 입술을 꽉 깨물고 화를 참는 것으로 증명되었다.

"묵죽신개께서 개방을 대표할 수 있는 분이라는 것은 노부가 증명을 하겠네."

보다 못한 구양편이 묵죽신개를 돕고 나섰다.

그렇잖아도 이쯤에서 멈추려고 했던 도극성이 냉큼 고개를 끄덕였다.

"알겠습니다. 어르신께서 그리 말씀하신다면 믿어야지요. 잠시만 기다리십시오, 노인장."

"고, 고맙다."

끝까지 노인장이라는 말을 거두지 않는 도극성이 괘씸하기 짝이 없었지만 묵죽신개는 행여나 다 된 밥에 코라도 빠뜨릴까 조심에 조심을 거듭했다.

잠시 후, 방으로 들어갔던 도극성이 각 파의 보물을 보관하고 있는 함을 들고 나왔다.

나무함이 열리고 온갖 물건들이 모습을 드러냈다.

타구봉은 가장 위에 놓여 있었다.

"가만있어 보자… 타구봉이면……."

도극성이 뜸을 들이자 묵죽신개가 참지 못하고 소리쳤다.

"거, 거기 있지 않느냐!"

"그렇네요."

도극성이 능청스런 웃음을 지어 보이며 타구봉을 들었다.

묵죽신개는 자신도 모르게 무릎을 털썩 꿇었다. 그리고 그 옛날, 어린 나이에 개방에 들어 처음 타구봉을 보았을 때처럼 머리를 납작 조아렸다.

"개, 개방의 삼십오대 제자 묵죽신개가 신물을 알현합니다."

묵죽신개의 난데없는 행동에 당황한 것은 오히려 도극성이었다.

"왜, 왜 이러십니까?"

황급히 무릎을 꿇은 도극성이 묵죽신개를 일으켜 세웠다.

"타구… 봉이다… 타구봉이야."

그렇게 괄괄하던 묵죽신개 역시 방금 전 절영검보를 되찾은 구양편의 반응과 조금도 다르지 않았다.

도극성의 손에 들린 타구봉을 보는 묵죽신개의 눈에 뿌옇게 습막이 어리더니 곧 뜨거운 눈물이 흘러내렸다.

잠깐 동안 벌써 두 사람의 눈물을 보았다.

그것도 대여섯 살 먹은 어린아이도 아니고 이제는 살아갈

날보다 살아온 날이 훨씬 긴 노인들의 눈물.
 도극성의 마음이 한없이 무거워졌다.
 왠지 미안한 마음에 슬그머니 고개를 든 그는 어느새 하늘을 수놓고 있는 별들을 바라보며 한숨지었다.
 '사부님, 도대체 무슨 짓을 하신 겁니까?'

第十三章

분광패도(分光霸刀)

 구양세가에서 정확히 오 리 정도 떨어진 야산.
 근 백오십에 육박하는 인원이 십 열로 도열하여 명을 기다리고 있었다.
 "준비는 잘되었겠지?"
 주북명의 물음에 그의 오른팔이라 할 수 있는 조겸(曺兼)이 공손히 대답했다.
 "예. 공격 명령이 도착한 지난밤부터 각자가 맡아야 할 임무에 대해 확실히 숙지시켰습니다."
 "선봉은 우리가 선다. 괜시리 엉뚱한 이들 세울 생각은 하지 마."

"예. 그렇지 않아도 제가 이끌 생각이었습니다. 솔직히 믿을 수가 있어야 말이지요."

조겸이 사도천의 위세에 눌려 어쩔 수 없이 제자들을 이끌고 싸움에 참여한 이들을 힐끗거리며 대답했다.

"실력도 실력이지만 사도천이, 우리 북명신문이 굴복한 이들을 방패막이로 쓴다는 소문이 돌아서 좋을 것은 없다. 그리고 기왕 시작한 싸움이니 우리의 실력을 확실히 보여줄 필요도 있겠고."

"명심하겠습니다."

"차노(車弩:수레를 이용하여 날리는 쇠뇌)는 몇 개나 준비되어 있느냐?"

주북명이 대열 맨 뒤에 세워놓은 마차 비슷한 물체에 시선을 주며 물었다.

"세 대입니다. 적습니까?"

"그 정도면 충분하다. 어차피 연노(連弩:여러 개의 화살을 연달아 쏘는 활)가 지원을 할 것이니까. 아, 그리고 묵죽신개 말인데……."

"늙은 거지는 저희들이 책임지겠습니다."

북명신문의 호법 도양(道楊)과 손문당(孫門當)이 앞으로 나섰다.

"호법들이? 상대는 무림칠괴인데……."

"그저 호사가들의 흥미거리로 꾸며댄 명칭일 뿐입니다. 게다가 언제적 칠괴입니까?"

자신감 넘치는 도양의 말에 손문당도 덧붙였다.

"묵죽신개는 그나마도 칠괴 중 가장 말석이지요."

"좋군. 묵죽신개는 그대들에게 맡기지. 확실하게 처리해야 할 것이야."

"존명."

도양과 손문당이 명을 받고 물러나자 주북명이 자신의 명만을 기다리고 있는 이들을 찬찬히 둘러보다가 손을 들었다.

"공격하랏!"

마침내 명이 떨어졌다.

"와아아아!"

"와!!"

각자의 무기를 하늘로 치켜 올리며 내지르는 함성에 야산이 들썩거렸다.

* * *

"어이, 그만들 일어나지?"

행랑과 각 문파의 보물이 든 나무함을 짊어진 도극성이 한데 묶인 채로 침상 밑에서 쭈그리고 앉아 잠을 자고 있던 숙살삼대를 발로 툭툭 건드렸다.

"으으으."

신음 소리와 함께 겨우 눈을 뜨는 살수들. 한데 몰골이 말이 아니었다.

그럴 만도 한 것이, 지난밤 묵죽신개와의 충돌 후 새로운 방에 짐을 푼 도극성은 자신을 죽이라고 사주한 숙살삼대의 배후를 캐기 시작했다. 하나 숙살삼대는 침묵으로 물음에 답을 했고 이미 죽음을 불사하며 버티는 한위의 지독함을 본 도극성은 단순히 살을 째고 뼈를 부러뜨리는 따위의 고문으로는 그들의 입을 열 수 없다고 생각하고는 결국 안타까운(?) 마음을 금치 못하며 살수들의 몸에 분골착근(粉骨着筋)이라는 수법을 사용했다.

인간으로선 감히 상상도 할 수 없는 고통을 유발하는 바, 죽은 자의 입까지 열게 만들 수 있다는 것이 분골착근의 수법인지라 실패는 생각도 하지 않았다.

하지만 숙살삼대의 살수들은 고통을 참다못해 사지를 파르르 떨며 게거품을 물고 몇 번이나 혼절을 하면서도 입을 열지 않았다. 오히려 기회만 나면 스스로 목숨을 끊으려는 시도를 멈추지 않았다.

근 한 시진에 걸친 고문에도 원하는 것을 얻지 못한 도극성은 더 이상 견디지 못하고 '독한 놈들!'이라는 외침과 함께 제풀에 나가떨어지고 말았으니, 숙살삼대의 인내심은 하늘마저 놀랄 정도였다.

아무튼 분골착근의 수법을 용케도 견디어낸 살수들의 꼴

은 실로 말이 아니었다.

축 늘어져 겨우 고개를 쳐드는 그들의 얼굴을 보자니 하룻밤 만에 무려 십 년은 늙어버린 듯한 모습이었다.

"언제까지 퍼질러 잘 거야, 빨리 일어나!"

도극성의 말에 살수들은 어이가 없다는 표정을 지었다.

퍼질러 자다니!

분골착근의 수법에 당하느라 온몸이 녹초가 됐음에도 밤새 이어지는 도극성의 잠꼬대에 제대로 잠을 잔 사람이 없었다.

녹초가 된 그들이 잠을 청하지 못할 정도로 도극성의 잠꼬대는 심했다.

하지만 그것을 알 리 없고, 알아도 신경 쓰지 않았을 도극성은 그들을 결박하고 있는 줄을 흔들어대며 계속 재촉을 해댔다.

"빨리 가자니까."

숙살삼대는 천근만근 무거운 몸을 이끌고 어쩔 수 없이 그를 따라 움직여야 했다.

바로 그때였다.

갑자기 움직임을 멈춘 도극성이 고개를 갸웃거렸다.

묘하게 귓가를 자극하는 소리.

처음엔 희미하게, 하나 곧 우레와도 같은 파공음이 들려왔다.

쐐애애액!

꽈지직!

창문을 뚫고, 벽을 뚫고, 지붕을 뚫고 무수히 많은 쇠뇌가 날아들었다.

"뭐야!"

도극성이 깜짝 놀라며 손을 흔들었다.

투투투.

옷소매에 맞아 떨어진 쇠뇌의 소리가 마치 기왓장에 떨어지는 빗줄기 소리 같았다.

꽝!

폭발음과도 같은 굉음이 터져 나오더니 한쪽 벽을 완전히 허물다시피 하며 쇠뇌 세 개가 날아들었다.

어른 팔뚝만 한 굵기에 길이만도 거의 대여섯 자에 이르는 쇠뇌. 거기에 담긴 힘은 미루어 짐작할 수 있었다.

도극성도 감히 정면으로 맞서지 못하고 슬쩍 흘려보낼 정도였는데, 흘려보낸 방향이 공교롭게도 침상 밑에 납작 엎드려 있는 숙살대 쪽이었다. 이미 몇 명은 날아든 쇠뇌에 크고 작은 부상을 입은 상태였다.

푸욱!

가죽 터지는 소리와 함께 두 명의 살수가 그 자리에서 널브러졌다. 쇠뇌가 그들의 몸을 산적 꿰듯 꿰어버린 것이었다.

핏물이 튀었다.

숨은 이미 끊어졌지만 심장은 여전히 팔딱거리며 뛰었고, 그때마다 붉은 핏줄기가 사방으로 뻗쳐 나갔다.
 그 핏줄기가 침상을, 벽을, 동료들을, 그리고 도극성의 얼굴과 옷을 붉게 물들였다.
 끈적한 액체가 얼굴을 적시는 느낌은 가히 좋지 않았다.
 더구나 그 액체가 비릿한 향이 나는 피라면 더욱 그랬다.
 도극성은 안색을 찌푸리며 절명한 두 살수를 응시했다.
 그들의 죽음에 그 자신도 어느 정도 책임이 있는 터, 비록 자신의 목숨을 노렸던 살수들이지만 왠지 기분이 더러웠다.
 도극성이 남은 살수들의 몸을 향해 손을 뻗자 순간 그들의 몸을 제어하고 있던 혈도가 모조리 풀렸다.
 도극성의 의도를 몰라 다들 의아해할 때 도극성이 한위에게 물었다.
 "아는 놈들이냐? 혹 나를 죽이려는……."
 한위는 고개를 흔들었다.
 "하긴, 나 하나 죽이자고 이 난리를 피지는 않겠지. 그렇다면 결국 사도천이란 말이겠군."
 구양세가와 사도천이 지금 어떤 상황에 처해 있는지 도극성은 너무도 잘 알고 있었다.
 지난밤, 함께 싸워달라는 구양도의 은근한 청과 묵죽신개의 부탁을 사부님의 명을 이행해야 한다는, 그리고 부모님을 뵈러 가야 한다는 핑계로 뿌리치지 않았던가.

"그런데… 해보잔 말이지!"

도극성이 너덜너덜해진 창문을 향해 손을 뻗었다.

파르르르!

요란한 소리와 함께 아예 벽면 자체가 무너져 내렸고 먼지가 가라앉으며 밖의 전경이 들어오기 시작했다.

고요했다.

그토록 살벌하게 날아들던 쇠뇌는 언제 그랬냐는 듯 자취를 감췄고 허공을 가르는 파공음도, 고통의 비명 소리도, 악에 받친 함성도 없었다.

그러나 딛고 있는 땅을 통해 은은히 전해오는 울림과 살을 에는 듯한 살기에서 도극성은 적이 다가오고 있음을 직감적으로 느끼고 있었다.

아마도 곧 본격적인 싸움이 시작되리라.

그의 예감은 갑작스레 들려온 함성에 의해 정확하게 증명되었다.

"그냥 가라."

도극성이 엉거주춤 서 있는 한위와 그의 수하들에게 말했다.

"……?"

"왜? 싫어? 설마하니 또 해볼 생각이 있는 것은 아니겠지?"

"……."

이미 한차례 그와 손속을 겨루었고 묵죽신개와의 싸움도

똑똑히 지켜본 터, 도저히 상대가 되지 않는다는 것은 그들이 더 잘 알고 있었다.

"돌아가서 전해라. 나와 무슨 억하심정이 있는지는 모르겠지만, 그렇게 뒤에서 사주하지 말고 내 목숨을 취하고 싶거든 직접 기어나오라고."

도극성은 그 말을 끝으로 고개를 돌리더니 전장을 향해 터벅터벅 걷기 시작했다.

"우리를 풀어준다는 것이냐?"

한위의 물음에 도극성은 고개도 돌리지 않고 어깨 위로 팔을 들어 두어 번 손짓을 하는 것으로 대답을 대신했다.

그 모습을 보는 한위가 피가 배어 나오도록 입술을 깨물었다.

씻을 수 없는 굴욕감, 수치심에 당장에라도 목숨을 끊고 싶은 충동이 일었다. 하나 그들의 목숨은 그들의 것이 아니었다.

"움직일 수 있겠느냐?"

한위가 수하들에게 물었다.

"예."

수하들의 대답을 듣는 한위의 시선이 싸늘한 주검으로 변한 두 명의 수하에게 향했다. 그리고 약간은 애잔한 눈빛으로 그들을 바라보다 고개를 돌렸다.

"가자."

시신을 수습할 여유 따위는 없었다.

* * *

"공격하라!"

거대한 쇠뇌를 날리는 차노를 이용하여 구양세가의 정문을 단숨에 박살을 내고 난입한 북명신문의 무인들을 차갑게 노려보던 구양도가 외쳤다.

"와아!"

구양도의 명령이 떨어지자 학익진(鶴翼陣)과 비슷한 자세로 진을 펼치고 있던 구양세가의 제자들이 적을 향해 일제히 내달렸다.

"크하하하! 하루살이 떼가 오는구나!"

선봉을 맡은 조겸이 광소를 터뜨리며 소리쳤다.

"모조리 죽여랏!"

그의 명에 따라 일렬로 정문을 돌파한 북명신문의 정예들이 좌우로 확 퍼지면서 구양세가의 제자들을 압박하기 시작하였다.

먼저 기세를 올린 쪽은 당연히 북명신문의 정예들이었다.

그들은 오늘과 같은 날을 대비하여 혹독한 훈련을 해왔고, 세력을 확장시키는 근래에 들어선 실전도 수차례 치렀다.

우선 눈빛부터 달랐다.

북명신문 정예들의 눈빛은 먹잇감을 탐하는 야수의 것과 다르지 않았다.

 세가를 지키겠다는 굳은 결의로 나선 구양세가의 제자들 역시 좋은 눈빛을 하고 있었지만 기세의 차이는 확연했다.

 "잘들 하고 있군."

 전장을 살피던 주북명이 살짝 미소를 지으며 말했다.

 도양이 맞장구를 쳤다.

 "구양세가 따위가 우리 북명신문의 정예를 막는다는 것 자체가 우스운 일입니다."

 "쇠뇌를 이용하여 놈들에게 공포감을 심어준 것이 주효한 것 같습니다."

 손문당은 정문을 단숨에 부수고 몇몇 전각까지 무너뜨린 차노의 위력과 그 짧은 시간에 구양세가를 쇠뇌로 뒤덮어 버린 연노대의 위력에 감탄을 금치 못했다.

 비록 싸움이 시작된 지 얼마 되지 않았지만 그때까지의 전황으로 보면 그들 말대로 구양세가는 애당초 상대가 되지 않을 것 같았다.

 하지만 선전을 하고 있는 그들과 달리 선봉의 뒤를 따라 구양세가로 난입하여 측면을 공격하고 있는 몇몇 문파들의 상태는 그다지 좋지 않았다.

 "아무래도 우리가 나서야겠소."

 선봉 조겸을 도와 구양세가의 좌측 측면을 돌파하라는 명을 받은 풍림당(風林堂)의 당주 마광노(馬廣盧)가 찡그린 표정으로 말했다.

"가능할지……."

풍림당과 같은 임무를 받은 음산파(陰山派)의 문주 나경(羅競)이 어두운 표정으로 대꾸했다.

그들이 바라보는 상대는 다름 아닌 묵죽신개.

묵죽신개는 구양세가를 돕기 위해 찾아온 스물두엇의 협사들을 지휘하며 풍림당과 음산파의 제자들을 유린하는 중이었다.

비록 숫자는 그들에 비해 몇 배가 되었지만 이름도 제대로 알려지지 않은 소문파의 제자들이 묵죽신개와 그의 지휘를 받는 협사들을 상대하기란 역시 힘에 부치지 않을 수 없었다. 무엇보다 묵죽신개의 힘이 너무 강력했다.

"어쨌든 상대는 해보아야 하지 않겠소?"

마광노의 말에 나경이 고개를 끄덕였다.

허공에서 시선이 부딪친 둘이 묵죽신개를 상대하기 위해 몸을 날리고, 먼발치에서 그들의 움직임을 주시하던 주북명이 도양과 손문당에게 말했다.

"그래도 문파의 수장들. 묵죽신개에게 당하게 둘 수는 없지. 가서 도와주게."

"알겠습니다."

동시에 대답을 한 두 호법이 좌측으로 이동을 하고 후미에 남아 있던 북명신문의 정예 삼십이 그들의 뒤를 따랐다.
"나도 상대를 찾아야 할 텐데……."
전장을 살피며 적당한 상대를 찾던 주북명의 눈에 백마의 갈기처럼 빛나는 수염을 휘날리며 제자들을 독려하는 노인의 모습이 들어왔다.
"구양… 편? 부족하기는 하지만 그런대로 재미는 있겠군. 칼을."
주북명이 손을 내밀자 그를 시중들고 있던 사내가 얼른 칼 한 자루를 손에 올려놓았다.

"음."
구양편의 입에서 묵직한 신음이 흘러나왔다.
그의 시선이 머무는 곳에 주북명이 서 있었다.
"분광패도 주북명."
"호~ 나를 알고 있군."
"물론. 명성이 하늘을 찌르는 분광패도를 어찌 모를까?"
"훗, 그렇기까지야."
주북명이 별거 아니라는 표정을 짓기는 했지만 호남에서 그의 명성은 음산파의 문주 나경을 단숨에 부상 입히고 그를 구하기 위해 덤벼든 도양, 소문당과 치열한 격전을 펼치는 묵죽신개와 동급, 아니, 그 이상이었다.
그는 원래 지금은 수라검문에 굴복하여 완전히 복속된 흑도의 소문파 맹호문(猛虎門)의 소문주였다. 하지만 그의 나이 열셋에 문 내에서 일어난 반역으로 부친을 잃고 동생인 주건록(朱乾爐)을 데리고 탈출하여 방황하다 전전대 북명신문의 문주를 만나게 되어 북명신문의 제자가 되었다.

그는 뼈를 깎는 노력으로 맹호문의 무공과 북명신문의 문주로부터 전수받은 무공을 엮어 하나의 무공을 만들어냈는데, 한 번 시전하면 자신이든 상대든 반드시 피를 뿌리게 한다 하여 '혈우도'라고도 칭해지는 독문도법 분광혈우십삼도(分光血雨十三刀)가 바로 그것이었다.

분광혈우십삼도로 이름을 얻은 그는 이미 자신을 뛰어넘는 무재로 이름을 날리고 있던 동생 주건록과 함께 부친을 죽이고 문파를 가로챈 수뇌들을 모조리 도륙한 뒤 맹호문을 되찾으려 하였다.

그러나 수라검문이라는 막강한 세력의 개입으로 인해 맹호문을 수복한 지 오 일 만에 결국 다시 쫓겨날 수밖에 없었다.

그 치열한 싸움 속에서 두 형제의 손에 죽어간 인원만 무려 칠십여 명이 넘었고, 이후 두 형제의 명성은 가히 하늘을 찌르게 되었다.

그런 주북명이 자신을 상대하고자 나섰으니 구양편의 얼굴이 딱딱하게 굳을 수밖에 없었다.

그렇다고 피할 수도 없는 것이 묵죽신개가 두 명의 호법에게 발목을 잡힌 지금 그를 상대할 수 있는 사람은 그나마 구양편이 유일했기 때문이었다.

'과연 분광패도!'

구양편은 그저 천천히 걸어오고 있을 뿐인데도 온몸에서 자연스레 뿜어져 나오는 기세에 숨이 턱 막힐 지경이었다.

뒤엉켜 싸우고 있는 구양세가의 제자들과 북명신문의 무인들이 자신들도 모르게 옆으로 비켜설 정도로 압도적인 기운.

"지금이라도 칼을 버리고 항복을 하면 멸문지화는 막아주도록 하지."

주북명이 담담한 음성으로 항복을 권했다.

"……"

구양편은 입을 굳게 다물고 그를 노려보았다.

'죽을지언정, 멸문지화를 당하는 한이 있어도 구양세가에 항복은 없다.'

구양편의 굳은 눈빛에서 그의 결의를 읽은 것인지 주북명이 허리에 차고 있던 칼에 손을 가져갔다.

"유감이군. 하지만 목숨으로 자존심을 지키려는 그 자세만큼은 존경스러워. 삼초를 양보하지."

구양세가의 전대 가주로서 구양편도 호남에선 꽤나 유명한 무인이었다. 또한 적에게 삼초를 양보받을 정도로 나약하지 않았고 그만큼 실력도 있었다.

"필요없다."

구양편이 노한 음성으로 되받아치며 검을 들었다.

그는 신중히 검을 곧추세우며 주북명의 눈을 노려보았다.

명성이나 실력에서 한 수 위라 할 수 있는 분광패도.

찰나의 방심도, 한 치의 실수도 용납이 안 되는 상대였다.

구양편의 검이 움직였다.

과거 구양세가를 강남 최고의 명문세가로 만들어주었던 절영검법이었다.

"차핫!"

힘찬 기합성과 함께 주북명의 왼편으로 신속하게 파고든 구양편이 일검을 날렸다.

조금 전, 삼초를 양보한다는 자신의 말을 지키기라도 하려는 것인지 주북명은 별다른 반격 없이 슬쩍 몸을 피하며 구양편의 공격을 흘려버렸다.

구양편의 눈에서 불똥이 튀었다.

파스스슷.

검에서 일어난 기운이 주변을 감싸며 주북명에게 접근했다. 순간, 주북명의 얼굴에 놀람의 빛이 드러났다.

"대단하군. 조금 전, 삼초를 양보한다는 말은 취소하지. 그댄 나와 정식으로 겨룰 수 있는 자격이 있다."

상대를 인정한 주북명이 느릿한 손길로 평생을 그와 함께한 애도를 꺼내 들었다.

꽈꽈꽝!

눈부시게 빛나던 검기가 주북명의 도에 부딪치며 요란한 소리를 빚어냈다.

하지만 빈 수레가 요란하듯 자신의 공격이 주북명에게 타격을 준 것이 하나도 없음을 구양편은 너무도 잘 알고 있었다.

구양편이 입술을 지그시 깨물었다.

검을 사선으로 세우고 시선을 상대가 아닌 검끝에 두었다.

그가 알고 있는 절영검법의 최고 절초 명성유열(鳴聲幽咽)이란 초식을 펼치기 위한 기수식이었다.

그래 봤자 검보를 빼앗기는 바람에 제대로 익힐 수가 없어 위력이 얼마나 될지, 주북명의 공격을 막을 수 있을지 장담을 할 수가 없었지만 가능성이 있다면 그것뿐이었다.

"흠!"

상대의 기세가 예사롭지 않자 주북명도 한층 신중한 자세가 되었다.

공격이 아직 시작도 되지 않았건만 밀려오는 예기가 장난이 아니었다.

온몸의 감각이 바짝 곤두서고 머리카락, 털끝 하나까지 파르르 떨었다.

호흡이 가빠지며 심장이 두방망이질치기 시작했다.

오직 생사기로에 섰을 때 비로소 느낄 수 있는 긴장감.

한동안 잊고 있던 긴장감에 주북명은 참을 수 없는 쾌감을 느끼고 있었다.

"하앗!"

힘찬 외침과 함께 구양편이 평생을 갈고닦은 힘이 명성유열이란 공격에 실려 허공을 수놓았다.

'그래, 바로 이것이지.'

주북명은 지그시 눈을 감고 오직 진정한 무인만이 느낄 수 있는 쾌감에 온몸을 내맡기며 칼을 움직였다.

거창한 기수식이 있는 것도 아니었고, 딱히 화려한 동작이 있는 것도 아니었다.

'이럴 수가!'

간단해 보이기만 하는 그의 움직임에 구양편은 꽤나 큰 충격을 받았다.

어찌 된 일인지 그의 칼이 움직일 때마다 죽을힘을 다해 일으키고 있는 검세의 흐름이 자꾸만 끊기더니 점점 그 힘을 잃었기 때문이다.

우우우웅!

주북명의 칼을 중심으로 미세한 공기의 떨림과 함께 웅후한 울림이 들려왔다.

꽈꽈꽈꽈꽝!!

구양편의 검기와 주북명의 도기가 허공에서 실타래처럼 엮이며 요란한 충돌음을 일으켰다.

힘의 차이는 여실히 드러났다.

구양편이 일으킨 검기는 신기루와 같이 씻은 듯이 사라지고 없었으나 주북명이 뿜어낸 도기는 그 힘을 잃지 않고 여전히 목표를 향해 꿈틀거렸다.

"커윽!"

구양편이 흔들리는 몸을 간신히 지탱하며 물러났다.

그 뒤를 주북명의 강맹한 공격이 뒤따랐다.

공격을 감당하기 위해 구양편은 미친 듯이 몸을 움직이고 검을 휘둘러야 했다. 그럼에도 무려 칠 장이나 밀린 다음에야 겨우 숨을 돌릴 수가 있었다.

"후욱! 후욱!"

잠깐의 충돌이었음에도 꽤나 버거웠던 모양인지 구양편이 거칠게 숨을 몰아쉬었다. 게다가 입가엔 가느다란 핏줄기까지 보이는 것을 보면 결코 가볍지 않은 내상을 당한 것이 틀림없었다.

"아버님!"

멀리서 싸움을 지휘하던 구양도가 깜짝 놀라 달려왔다.

미완성이기는 해도 절영검법의 가장 강력한 초식이라 할 수 있는 명성유열까지 펼치고서도 부친이 그토록 허망하게 밀렸다는 것이 도저히 믿어지지 않았다.

그가 보기에 부친의 마지막 공격은 과연 상상을 불허할 정도의 위력을 담고 있었다. 하지만 주북명은 그 공격을 너무나도 간단히 무위로 만들어 버렸다.

애쓸 것도 없이 그저 단 한 번의 움직임.

분광패도라는 명성을 얻을 만했다.

주북명이 간신히 호흡을 진정시킨 구양편과 그를 곁에서 호위하고 있는 구양도를 보며 가볍게 미소 지었다.

"합공을 해도 상관은 없다."

실로 자신감 넘치는 태도가 아닐 수 없었다.

* * *

"크헉!"

외마디 비명과 함께 싸움이 끝이 났다.

대대적인 공격이 펼쳐지는 틈을 타 후미로 숨어들었던 열 명의 북명신문 제자들이 전장을 향해 걸어가던 도극성을 발견하고 덤벼들었다가 일각도 버티지 못하고 피곤죽이 되어 쓰러진 것이었다.

사실 싸움이라 할 것도 없었다.

그들이 비록 북명신문의 정예고 인근에서 꽤나 명성을 날리고는 있었으나 수준이 달랐다.

애당초 도극성의 상대가 될 수 없었던 북명신문의 제자들은 무자비하게 휘두르는 도극성의 손에 거의 일방적으로 구타를 당했다.

그리고 늘 마지막을 장식하는 것은 취혼수였다.

취혼수에 얼굴을 맞은 이들은 일제히 쌍코피를 터뜨리며 그 자리에 주저앉아 멍한 표정을 짓거나 정신을 차리지 못하고 기절을 해버렸다. 더러는 악착같이 버티며 대항을 하는 자도 있었지만, 그자는 이후 더욱 비참한 꼴로 바닥에 처박혔다.

"분명 네놈들이 먼저 시작한 거다."

열 명의 병력을 간단히 무장 해제시킨 도극성이 다음 상대를 찾아 고개를 돌렸다.

병장기 부딪치는 소리, 공포 어린 함성, 살기 띤 외침이 코앞에서 들려오고 있었다.

* * *

"윽!"

짧은 신음 소리와 함께 치열하게 펼쳐지던 싸움이 잠시 소강상태를 보였다.

"흐흐흐. 맛이 어떠냐, 요놈들. 늙어 기력은 없지만 그래도 네놈들처럼 세상 물정 모르고 덤벼드는 미친개들은 한 방에 때려잡을 줄 알지. 꽤나 아플 것이다."

묵죽신개가 타구봉을 빙글빙글 돌리며 비웃었다.

"이 거지 영감탱이가!"

분광패도(分光霸刀) 141

타구봉에 손목을 맞고 물러난 도양이 버럭 소리를 질렀으나 함부로 공격을 감행하지는 못했다. 이미 묵죽신개의 무공이 어떠하다는 것을 제대로 경험한 상태였기 때문이었다.

 진정한 강자로 인정받는 이성, 오존, 오마 등과는 달리 무림칠괴는 무공보다는 개개인이 지닌 괴팍한 성품과 독특한 무공으로 인해 유명세를 치르는 인물들이었다. 물론 근본적인 실력이 받쳐 주지 않으면 그 또한 유명무실한 것이겠지만 명성에 비해 실력이 떨어진다는 것만은 분명한 정설이었다.

 하지만 묵죽신개는 그들의 생각보다 강했다.

 도양과 손문당의 연합 공격에도 묵죽신개의 행동반경은 위축되지 않았다.

 그는 둘을 상대하면서 틈틈이 위기에 빠진 협사들을 구하며 음산파와 풍림당의 제자들을 쓰러뜨렸다.

 그럴 때마다 도양과 손문당은 조롱받는 느낌을 참지 못하고 미친 듯이 달려들었지만 제대로 된 성과를 얻지 못했다. 그저 묵죽신개의 얼굴에 긁힌 상처 하나 만든 것이 전부였다.

 그에 반해 둘은 꽤나 많은 부상을 당했다. 치명적인 부상이 있는 것은 아니었으나 묵죽신개와의 실력 차를 확연히 드러내게 하는 증거가 되기엔 충분했다.

 [괜찮은가?]

 손문당이 물었다.

 [젠장. 손목이 부러진 것 같아.]

도양이 오만상을 찌푸리며 대꾸했다.

[음!]

권장지각이 특기인 도양이 한쪽 손목을 잃었다는 것은 검수에게 있어 검을 잃은 것과 마찬가지. 그렇잖아도 버거운 묵죽신개를 앞으로 어찌 상대해야 할지 막막했다.

'할 수 없군.'

도양을 부축하며 슬쩍 물러난 손문당이 그들을 지원 나온 북명신문의 수하들을 불러들였다.

순간, 여유있게 웃고 있던 묵죽신개의 안색이 살짝 찡그려졌다.

정확히 열네 명.

그들뿐이라면 아무런 문제가 될 수 없겠지만 그들에 더해 두 명의 고수가 더 있었다. 특히 손문당은 섬뜩하리만큼 날카로운 공격을 감행할 줄 아는 요주의 인물이었다.

묵죽신개가 허리춤으로 손을 가져갔다.

진흙으로 아무렇게나 구워 만든 술병이 모습을 드러냈다.

얼마 남지 않은 술을 단숨에 들이켠 묵죽신개가 거센 함성을 내지르며 달려드는 북명신문의 무인들을 향해 술병을 내던졌다.

팍!

손을 떠나면서 산산이 부서진 술병이 매서운 암기가 되어 그들을 향해 날아갔다.

안타깝게도 공격은 먹혀들지 않았다.

묵죽신개가 술병을 날리는 찰나, 손문당이 재빨리 자신의 장삼을 휘둘러 수하들을 보호했기 때문이었다.

"제법이군."

조용히 읊조리며 타구봉을 고쳐 잡는 묵죽신개의 손에 절로 힘이 들어갔다.

구양세가에 있는 적들 중 가장 강력한 인물인 묵죽신개를 북명신문의 두 호법과 북명신문의 제자들에게 맡긴 뒤 한숨 돌린 풍림당의 당주 마광노는 차후 논공행상(論功行賞)에 대비하여 죽을힘을 다해 싸웠다.

사도천에서 그가 차지하는 비중이나 무공은 보잘것없는 것이었지만 엄연히 한 문파의 우두머리로서 의기만을 가지고 구양세가를 돕기 위해 달려온 협사들에 비해 한결 뛰어난 무공을 보여주었다.

그는 손속에 인정을 두지 않았다.

보기에도 섬뜩한 대감도를 요란하게 흔들어대며 수하들을 독려하면서 몇 남지 않은 협사들을 닥치는 대로 몰아붙였다. 더구나 나경의 부상으로 음산파의 제자들까지 그의 명을 받고 일사불란하게 움직이자 구양세가를 돕기 위해 모인 협사들의 숫자는 급격하게 줄기 시작했다.

"너희들은 저곳을 지원해라."

구양편을 도와 주북명을 상대하기 위해 자리를 비운 구양도를 대신해 조겸이 이끄는 선봉대를 상대하고 있던 구양소가 구양충과 구양빙(歐陽氷)에게 열 명의 제자를 할당하여 그들을 막도록 하였다.

 마음 같아선 자신이 직접, 또는 세가의 어른들을 지원하고 싶었지만 그들은 무지막지하게 몰아쳐 오는 북명신문의 정예를 상대하느라 도저히 몸을 뺄 상황이 아니었다.

 매섭게 협사들을 몰아치던 마광노의 눈앞에 구양충과 구양빙이 모습을 드러냈다.

 "어린것들이 죽고 싶어 환장을 했구나."

 마광노가 누런 이를 드러내며 비웃었다.

 웃음보다 먼저 대감도가 날아갔다.

 목표는 구양충이었다.

 "웃!"

 만반의 준비를 하고는 있었지만 그렇게 무지막지하게 공격을 할 줄은 몰랐던 구양충이 깜짝 놀라며 방어를 했다.

 주루루룩.

 하나 구양충은 대감도에 실린 힘을 감당하지 못하고 한참이나 뒷걸음질쳤다.

 마광노가 살소를 터뜨리며 연이어 공격을 해왔다.

 애초에 실력에서 큰 차이가 나는 데다가 주도권을 잡은 마광노가 좀처럼 반격할 여유를 주지 않고 집요하게 쫓아다니며 공격을 퍼붓자 구양충은 좀처럼 반격의 실마리를 찾지 못하고 전전긍긍할 수밖에 없었다. 그나마 구양빙의 협공이 없었다면 목숨을 잃어도 몇 번을 잃어버렸을 것이다.

"악!"

뾰족한 비명이 울려 퍼졌다.

비명의 주인은 구양충을 돕기 위해 혼신의 힘을 쏟고 있던 구양빙이었다.

거듭되는 구양빙의 기습에 자꾸만 구양충을 놓치게 되자 마광노가 함정을 파고 기다렸다가 그녀의 허벅지에 깊은 상처를 입힌 것이었다.

그동안 대감도의 위협에서 간신히 몸을 피해가며 오빠 구양충을 돕던 구양빙에게 있어 허벅지의 상처는 곧 죽음과 다름없었다.

"고얀 년 같으니! 어디 좀 더 발악을 해보거라!"

마광노가 대감도를 휘휘 돌리며 겁에 질려 어쩔 줄을 몰라 하는 구양빙을 향해 다가갔다.

"죽어랏!"

구양빙의 위기를 본 구양충이 미친 듯이 공격을 퍼부었다.

하나 맹렬히 달려오는 구양충을 보는 마광노의 입가에 회심의 미소가 깃드니, 방금 전 구양빙을 잡기 위해 그를 공격하는 척하며 함정을 판 것처럼 이번엔 그 반대로 그를 잡기 위해 함정을 판 것이었다.

구양빙을 향해 움직이던 마광노가 빙글 몸을 돌리더니 대감도를 횡으로 휘둘렀다.

검은 힘없이 튕겨져 나갔고 당황한 구양충이 자세를 바로잡기도 전에 마광노의 어깨가 그의 가슴팍을 파고들었다.

"크헉!"

비명 소리와 함께 구양충의 몸이 허공으로 붕 뜨더니 한참을 날아가 처박혔다.

"흐흐, 이제 끝난 건가? 뭐, 나름 애쓴 것은 알겠다만 다 부질없는 짓이지."

마광노는 부상당한 다리를 질질 끌며 다가가 정신을 잃고 쓰러진 구양충을 품에 안은 구양빙을 보며 피식 웃음을 터뜨렸다. 그리고 그들에게 다가가 대감도를 겨누며 말했다.

"먼저 간다고 너무 억울해하지 마라. 보아하니 조금 후면 모조리 뒤따라갈 것 같으니까. 크크크."

구양빙이 그의 웃음에 몸서리를 쳤다.

한데 무엇을 본 것일까?

그녀의 눈이 갑자기 커졌다.

뭔가 이상하다고 느낀 마광노가 튕기듯이 물러나며 칼을 휘둘렀다.

깡!

묵직한 충격파가 대감도를 통해 손끝에 전해졌다.

공격이 실패했음을 직감한 마광노가 껑충 뛰어 뒤로 물러났다. 그리곤 자신의 공격을 막아선 자를 살폈다.

도극성이었다.

"네놈은 누구냐?"

간단히 그의 말을 무시한 도극성이 구양빙에게 다가갔다.

"괜찮습니까?"

구양빙이 눈물 어린 얼굴로 고개를 끄덕였다.

지난밤 도극성이 묵죽신개와 호각을 이뤘다는 것을 알고 있는 터, 살았다는 안도감에 놀란 감정을 주체하지 못한 것이다.

"어린놈이 감히!"

무시를 당했기 때문인지, 아니면 생각보다 도극성의 나이가 어려 보여 자신감이 생겼기 때문인지 마광노가 기세 좋게 달려들었다.

마광노의 공격을 바라보는 도극성의 입가에 희미한 미소가 지어졌다.

웃음이 사라지기도 전, 그의 신형이 마광노의 시선에서 사라졌다.

"헉!"

도극성이 시야에서 갑자기 사라지자 당황한 마광노가 황급히 칼을 거두고 물러났다.

이미 늦었다.

어느새 모습을 드러낸 도극성이 그의 코앞까지 육박한 것이었다.

"죽엇!"

마광노가 발작적으로 소리를 지르며 대감도를 휘둘렀으나 그의 칼보다 도극성의 손이 몇 배는 빨랐다.

쫘악!

시원스런 격타음과 함께 구양빙을 위협하며 온갖 위세를 떨어대던 마광노가 그대로 날아갔다.

"크허헉!"

무려 오 장여를 날아가 땅에 처박힌 마광노.

하필이면 그가 나가떨어진 곳이 한참 묵죽신개를 포위 공격하던 손문당의 발아래였다.

'망할.'

손문당의 얼굴이 일그러졌다.

마광노가 정신을 잃고 날아와 처박힌 것은 중요한 것이 아니었다. 이빨이 한 무더기나 빠지고 쌍코피를 폭포수처럼 흘리고 있는 것도 중요한 것은 아니었다. 그로 인해 묵죽신개를 몰아쳐 가던 공격의 흐름이 끊겼다는 것이 중요했다.

"누가 네놈더러 도와달라고 했느냐?"

도극성의 등장을 확인한 묵죽신개가 애써 반가운 맘을 숨기고 버럭 화를 냈다.

"도움을 드리려고 한 것은 아닙니다. 그저 하다 보니 그리 된 것이지요."

"쓸데없는 소리 할 시간 있으면 저쪽이나 얼른 가서 도와 줘."

묵죽신개가 주북명의 공세 속에서 근근이 버티고 있는 구양편과 구양도를 가리키며 말했다.

"괜찮겠습니까?"

도극성이 손문당 등을 힐끗거리며 물었다.

"괜찮아. 나, 묵죽신개다."

순간 도극성은 자신도 모르게 피식 웃고 말았다.

일전에도 느낀 것이지만 묵죽신개의 말투와 행동이 어딘지 모르게 사부와 비슷했기 때문이었다.

'그렇지만 실력이야…….'

사부의 무지막지한 무공을 떠올리던 도극성은 고개를 흔들고 말았다.

애당초 비교 자체가 불가능한 것이었다.

묵죽신개의 부탁 아닌 부탁을 받아들인 도극성이 몸을 돌리려는 찰나, 둘의 대화를 어이없는 표정으로 듣고 있던 손문당이 그의 발길을 막았다.

"건방진 애송이 같으니! 끼어들었으면 끝장을 보고 가야 하지 않느냐?"

"나도 그러고 싶은데 영감님이 신경 쓰지 말라는군요."

도극성이 대수롭지 않은 표정으로 가볍게 대답을 하곤 옆으로 비껴 지나가려 했다.

"그럼 그냥 뒈져라!"

벼락같이 외친 손문당이 도극성을 향해 검을 휘둘렀다.

꽤나 근접한 거리.

무방비 상태의 도극성.

거기다 검의 움직임이 가히 전광석화와 같았다.

묵죽신개마저 깜짝 놀라 도극성을 걱정할 정도로 손문당의 공격은 치명적이었다.

그러나 섬전과도 같았던 검은 빈 허공만을 갈랐을 뿐이고, 오히려 공격한 손문당이 몇 걸음 뒤로 물러났다.

'이럴 수가!'

손문당은 찢어질 듯 부릅떠진 눈으로 침을 꿀꺽 삼켰다.

그가 바라보는 방향에 도극성의 등이 있었다.

도극성은 당연히 성공할 것이라 여겼던 공격을 너무도 쉽게 피해 버리고 자신에게 미소를 지어 보이는 여유까지 부리며 몸을 돌렸다.

'엄청난 고수다.'

다른 이들은 미처 알아채지 못했겠지만 도극성은 단순히 공격을 피한 것만이 아니었다.

도극성은 교묘하게 발과 몸을 움직여 손문당의 검을 피한 후 곧바로 반격을 가했는데, 단전으로 파고드는 손길이 어찌나 빠르고 날카로운지 손문당은 어찌 손쓸 틈이 없었다.

단전을 무방비 상태로 공격당한 손문당은 죽음을 각오했다.

도극성의 손길이 도착하는 순간, 두 눈을 질끈 감는 그의 몸은 딱딱하게 경직되었다.

그러나 생각과는 달리 몸에는 아무런 이상이 없었다.

도극성이 그저 장난질을 하듯 툭 치고 물러갔다는 것을 알아차렸을 땐 그는 이미 한참이나 앞서 걷고 있었다.

무인으로서 적에게 생명을 적선받는 것처럼 모욕스런 일은 없었다.

수치심으로 몸을 떨어야 했고, 당장 달려가 모욕의 대가를 치르게 해야 했다.

하지만 손문당은 움직이지 못했다.

그 역시 나름 고수라고 자부하는 인물.

단 한순간의 충돌로 그는 자신이 도극성의 상대가 되지 못함을 느낀 것이었다.

머릿속이 백지장처럼 변해 버린 그가 정신을 차린 것은 묵죽신개 때문이었다.

"쯧쯧, 누가 그의 제자 아니랄까 봐… 참 모질게도 팼다."

묵죽신개가 혀를 차며 안쓰러운 눈으로 시체처럼 늘어진 마광노를 바라보았다.

그 옛날, 소무백에게 제대로 당한 적이 있었던 묵죽신개에게 마광노의 일은 웬일인지 남의 일처럼 느껴지지가 않았다.

수십 년의 세월이 지난 지금도 당시의 기억이 너무도 선명하게 떠올랐다.

묵죽신개는 자신도 모르게 뺨을 쓿었다.
"후~ 그 아픔은 맞아본 사람만이 알지."
묵죽신개와 마광노, 적어도 지금 이 순간만큼은 둘은 적이 아니었다.

第十四章

운룡기협(雲龍奇俠)

"윽!"

외마디 비명과 함께 구양세가의 제자를 핍박하던 북명신문의 제자가 앞으로 고꾸라졌다.

자신이 누구에게 당한 것인지도 모르고 쓰러진 그는 들고 있던 칼마저 빼앗기는 수모를 당했다.

"가볍네."

빼앗은 칼을 횡횡 돌려본 도극성이 고맙다는 표정으로 고개를 숙이는 구양세가의 제자에게 고개를 살짝 끄덕이며 구양편, 아니, 정확히 말해서 그를 몰아붙이고 있는 주건명을 향해 걷기 시작했다.

한데 그 사이에 거쳐야 할 장애물이 너무 많았다.

구양세가와 북명신문의 제자들이 아귀처럼 뒤엉켜 난전에 난전을 거듭하고 있었기 때문이었다.

사실 그냥 간단히 무시하고 지나가면 될 일이지만 도극성은 그렇게 하지 않았다.

"크헉!"

"큭!"

비명 소리가 급격하게 늘기 시작하면서 북명신문의 제자들이 추풍낙엽처럼 쓰러져 버렸다.

구양소와 비교적 여유있는 싸움을 벌이고 있던 조겸이 그 광경을 보며 깜짝 놀랐다.

황급히 몸을 뺀 후 당황하고 있는 수하들에게 소리쳤다.

"뭣들 하느냐? 놈을 집중 공격해라!"

명령이 떨어지기가 무섭게 전열을 정비한 북명신문의 제자 여덟 명이 도극성을 순식간에 포위했다.

그 움직임이 어찌나 빠르고 정확한지 도극성도 감탄을 금치 못했다.

'과연 천하제패를 노린다더니만······.'

사도천을 이루는 여섯 문파의 하나. 그리고 그 문파의 말단들이 보여준 실력을 감안했을 때, 사도천이 지닌 저력이 어떠할지 미루어 짐작할 수 있었다.

하지만 감탄은 그저 감탄일 뿐.

그들이 포위를 하거나 말거나 아예 안중에도 두지 않은 도극성은 구양편을 구하기 위해 일직선으로 나아갔다.

"쳐랏!"

누군가의 명령이 떨어지자 도극성의 정면을 막고 있던 두 사내가 괴성을 지르며 달려들고 동시에 좌우 측면과 배후에서도 공격이 시작됐다.

정면의 두 사내는 수직과 수평으로 칼을 휘두르고, 좌우 측면의 네 사내는 목덜미와 허리를 노리며 일직선으로 찔러왔다. 그리고 명령을 내린 마지막 사내가 포함된 배후에선 두 사내가 서로의 칼을 교차시키며 사선으로 칼을 휘둘렀다.

여덟 개의 칼이 일제히 도극성의 급소를 노리며 날아들었다.

팔방을 완벽하게 차단하고 쇄도하는 합공엔 허점이란 없어 보였다.

게다가 거의 동시에 이루어진 공격이라 헤집고 들어갈 틈도 보이지 않았다.

팔 인의 연수합격.

고수를 상대하기 위해 사도천에서 수하들에게 집중적으로 연습시킨 공격 방법이었다.

'훌륭하군.'

수하들의 연수합격을 보며 조겸이 한껏 뿌듯한 표정으로 고개를 끄덕였다.

갑작스런 고수의 출현으로 나름 긴장을 했건만 연수합격이 생각보다 너무도 완벽한 형태로 이루어졌다.

그는 공격의 성공을 믿어 의심치 않았다.

도극성에게 공격을 퍼붓는 이들 또한 당연히 그리 생각했다.

그러나,

"느려."

무덤덤한 표정의 한마디로 그들의 기대를 가볍게 짓밟아 버린 도극성이 가볍게 숨을 들이켜면서 칼을 휘둘렀다.

순간, 실로 놀라운 일이 벌어졌다.

따따따따땅!

요란한 금속성과 함께 도극성을 공격하던 이들의 움직임이 일시에 멎었다.

도극성의 급소를 노리며 짓쳐들던 여덟 개의 칼은 모조리 두 동강이 나버렸고 부러진 칼날이 허공으로 튀어 올랐다.

"저, 저저!"

여유롭게 결과를 기다리던 조겸의 눈이 휘둥그레졌다.

"이, 이게 무슨 말도……."

말을 이을 수가 없었다.

그가 본 것이라곤 수하들이 찬탄을 보내도 아깝지 않을 연수합격을 펼쳤다는 것과 그 공세 아래 도극성이 거의 무방비로 노출되어 있다는 것.

마지막 결정적인 순간에 잠깐 움직임이 있었던 것 같기도 하고 천둥이 치는 듯한 소리도 잠깐 들었지만, 그렇다고 이런 말도 안 되는 결과가 나올 줄은 꿈에도 몰랐다.

조겸은 혹여 자신이 잘못 본 것은 아닌가 하여 연신 눈을 비벼댔다.

그래도 눈앞에서 벌어진 참담한 현실은 사라지지 않았다.

"이럴 수가!"

도저히 이해를 할 수 없는 일이 벌어지고 말았다.

상대라 해봐야 고작 스무 살 남짓.

나이가 어리다고 고수가 아니라는 법은 없지만 지금 보여 준 실력은 단순한 고수 수준이 아니었다.

지금 이곳에서 그만한 실력을 지닌 사람을 고른다면 오직 주건명과 묵죽신개 정도뿐이었다.

"비켜."

단 한 번의 칼질로, 물론 단순한 칼질이 아니라 소무백 스스로 무적의 도법이라 칭한 붕천삼식을 살짝 응용한 것이었지만, 어쨌든 상대의 무기를 박살 낸 것은 물론이거니와 전의마저 상실케 만든 도극성이 부릅뜬 눈으로 바라보는 이들을 향해 낮게 깔린 저음으로 경고를 보냈다.

자신도 모르게 물러나는 사내들.

생사를 결하는 전장에서 적의 위협을 두려워하여 물러나는 일은 상상도 할 수 없는 일이었다.

하나, 너무도 압도적인 힘에 굴복을 당한 터라 그들의 이성은 이미 마비가 된 상태였다. 그저 살고자 하는 본능에 충실할 뿐이었다.

"이런."

그들을 스쳐 지나가던 도극성의 얼굴에 다급함이 묻어났다.

북명신문의 제자들을 상대하느라 조금 지체한 사이에 주건명과 맞서 싸우던 구양편과 구양도가 절체절명의 위기를 맞은 것이었다.

급했다.

일단 공격을 멈추게 만들어야 했다.

도극성이 방금 전, 자신이 부러뜨린 칼날을 발로 차올리는 것과 동시에 횡으로 칼을 휘둘렀다.

챙!

날카로운 금속성과 함께 부러진 칼날이 맹렬히 회전을 하며 날아갔다.

피리리리릿!

날카로운 파공성을 감지한 주건명이 흠칫 몸을 떨며 고개를 돌렸다.

눈으로 식별하기 힘든 물체가 엄청난 속도로 허공을 가르며 날아들었다.

"헛!"

주건명의 입에서 경악성이 터져 나왔다.

뭔가가 다가온다고 느끼며 고개를 돌렸건만 그것이 이미 그의 코앞까지 육박하고 있지 않은가!

놀랄 틈도 없었다.

몸을 틀거나 칼을 휘둘러 피하기엔 늦었다.

주건명은 그 즉시 구양편 등에게 향했던 칼을 돌려 수직으로 세우며 몸을 보호했다.

꽝!

도극성이 날린 칼날이 주건명의 칼과 부딪치며 굉음을 터뜨렸다.

칼날과 칼날이 허공에서 얽혔음에도 금속성이 아니라 마치 폭약이 터진 듯 굉음이 들리는 것은 두 사람의 내력이 실로 만만치 않음을 보여주는 것이었다.

"크으."

주건명의 입에서 짧은 신음이 흘러나왔다.

전광석화와도 같은 순발력으로 칼날을 막아내기는 했어도 작심하고 공격을 한 도극성과는 달리 그는 제대로 준비된 상태가 아니었다. 같은 힘이라면 공격을 한 쪽이 절대적으로 유리할 수밖에 없었다.

주건명은 목구멍으로 치고 올라오는 울혈을 간신히 되돌려보내며 자신이 만들어낸 발자국을 헤아려 보았다.

다섯 걸음.

움푹 파인 발자국이 너무도 선명하게 뇌리에 각인되었다.

주건명이 천천히 고개를 들어 자신을 공격하고 어느새 코앞까지 다가와 있는 인물을 확인했다.

'강하군.'

그것이 바로 도극성을 본 주건명의 첫 느낌이었다.

'그리고… 어리군.'

도극성이 생각보다 어리다는 것을 비로소 인식한 주건명이 조금은 어이없는 표정을 지었다.

하나, 그 표정은 금방 사라졌다.

단 한 번의 공격에 무려 다섯 걸음이나 밀려난 주제에 상대의 나이를 따지는 것 자체가 우스운 일이기 때문이었다.

"누구냐?"

"구양세가의 손님."

도극성이 어깨를 으쓱이며 대꾸했다.

어떻게 생각하면 꽤나 건방지고 도발적인 태도였으나 주건명은 신경 쓰지 않았다.

"인사를 받았으니 답례를 해야겠지."

제대로 된 상대를 만났다고 생각한 주건명이 한껏 기운을 끌어모았다.

우우우웅.

주인의 마음을 읽었는지 비스듬히 세운 칼에서 웅후한 떨림이 흘러나오고 한 번 시전하면 누군가는 반드시 피를 뿌려야 한다는 분광혈우십삼도가 펼쳐졌다.

'흠.'

모든 방위를 가르며 쇄도하는 주건명의 칼에 도극성의 얼굴에도 살짝 긴장의 빛이 흘렀다.

"세상에!"

도극성의 도움으로 간신히 목숨을 연명한 구양편과 구양도가 주건명의 진정한 실력을 보고선 입을 쩍 벌리고 말았다.

분광이라는 말 그대로 주건명의 칼은 너무도 빨랐다.

단순히 빠르기만 한 것이 아니라 소름이 끼칠 정도로 날카롭고 정확했다.

주건명이 자신들을 상대로 본신의 실력을 제대로 발휘하지 않았다는 것을 비로소 느낄 수 있었다.

구양편은 한순간에 산산조각이 나는 도극성의 모습을 떠올리며 차마 보지 못하고 고개를 돌리고 말았다.

그러나 어려서부터 천하제일인이었던 사부의 취혼수에 이골이 날 대로 난 도극성에게 주건명의 칼은 그렇게 놀랄 정도로 빠른 것이 아니었다. 물론 당시 그의 실력에 맞춰 적절히 수위를 조절한 소무백에 비해 주건명의 칼에는 상대를 반드시 쓰러뜨리겠다는 강력한 의지가 담겨 있었고, 그만큼 무시무시한 위력을 뿜어내고 있었지만 도극성에게는 분광혈우십삼도보다 더욱 강력하고 위력적인 도법이 있었다.

이제 겨우 육성을 넘겨 칠성에 이르렀으나 그것만으로도

분광혈우십삼도와 능히 견줄 수 있는 천하제일의 도법 붕천삼식이 도극성의 손에서 펼쳐졌다.

꽝! 꽝! 꽝!

우렛소리와 함께 주건명과 도극성의 칼이 내뿜은 기운이 허공에서 살벌하게 부딪쳤다.

서로의 도기가 허공에서 상쇄되자 본격적인 육박전이 시작되었다.

먼저 기선을 잡은 것은 주건명이 아니라 의외로 도극성이었다.

챙! 챙! 챙!

무식하다 싶을 정도로 휘두르는 도극성의 칼이 주건명의 머리로, 어깨로, 허리로 떨어져 내렸다.

하지만 주건명의 완벽한 방어에 막혀 단 하나의 공격도 성공하지 못했다.

그것과는 상관없이 도극성의 공격은 계속됐다.

일정한 틀이나 형식도 없었다.

그저 본능적으로 찌르고, 휘두르는 것이 마치 뒷골목 시정잡배가 칼을 잡고 휘두르는 것 같았다.

그럼에도 뭐라 표현할 수 없는 묘한 기세가 있어 주건명은 쉽게 반격의 실마리를 찾지 못했다.

칼이 한 번 부딪칠 때마다 더욱 기세를 올리는 도극성에 비해 그의 공격을 다소간 여유있게 막아내는 것으로 보였던 주건명의 안색은 오히려 점점 더 창백해져 가고 있었다.

'이럴 수가 있는가?'

자신이 지닌 내력은 대략 이 갑자 정도.

한데 서너 배는 족히 어려 보이는 도극성의 내력은 분명 자신보다 윗길이었다.

'무, 무슨 놈의 공력이……'

주건명은 당황하고 있었다.

무공의 고하에서 나이가 절대적이지 않다는 것은 오랜 경험을 통해 너무도 잘 알고 있었지만 설마하니 내공마저 이토록 무지막지할 줄은 꿈에도 몰랐다.

지칠 줄 모르고 끊임없이 공격해 오는 기세가 마치 야수와 같지 않은가!

그렇다고 언제까지 이렇듯 뒤로 밀릴 수는 없었다.

"하아앗!"

이를 악문 주건명의 칼이 막강한 강기에 휩싸이며 도극성의 칼에 정면으로 충돌해 갔다.

기세는 좋았다.

하나, 뇌성벽력과 같은 폭음이 들리더니 오히려 반격을 가한 주건명이 탁한 신음을 내뱉으며 무려 일곱 걸음이나 뒤로 물러나고 말았다.

게다가 그의 의지와는 상관없이 한쪽 팔이 덜렁거리는 것을 보면 방금의 충돌에 꽤나 심각한 부상을 당한 것 같았다.

상의에 피가 묻어 나오는 것으로 보아 도극성 역시 부상을 당한 모양이었으나 주건명에 비할 바가 아니었다.

싸움이 시작된 지 반 각도 채 되지 않아 벌어진 일이었다.

주변 공기가 차갑게 내려앉았다.

도극성이 등장하고 그와 주건명이 본격적인 싸움을 시작하면서 치열하게 펼쳐지던 구양세가와 북명신문의 싸움은 이미 멈춰져 있었다.

유일하게 싸움이 지속되고 있는 곳은 도양과 손문당, 그리고 그들을 지원하는 수하들의 합공 속에서 꽤나 살벌하게 싸우고 있는 묵죽신개의 걸걸한 기합성이 터져 나오는 곳뿐이었다.

모두들 어이없는 표정으로 도극성을 바라보았다.

묵죽신개를 제외하면 지금 이 자리에 있는 그 누구도 주건명의 손속을 감당할 수 없었다.

엄밀히 말해 주건명이 전력을 다했을 경우 삼십 초를 버틸 수 있는 자도 한둘이 있을까 말까였다.

그런데 이제 갓 무림에 출도한 것으로 보이는 애송이가 반 각도 되지 않은 짧은 시간에 주건명을 패배 직전까지 몰아간 것이었다.

실로 기겁할 일이 아닐 수 없었다.

"도대체 무슨 무공이냐?"

주건명이 흔들리는 팔을 잡고 물었다.

대체 어떤 무공이 그토록 살벌하고 흉험한 기세를 뿜어내는지 무척이나 궁금해하는 표정이었다.
　"그, 그게……."
　도극성은 난처했다.
　붕천삼식을 기본 바탕으로 응용하기는 했지만 정식으로 펼친 것은 아니었기 때문이었다.
　당연히 명칭이 있을 리 없었다.
　그저 초혼잠능대법을 통해 본능적으로 익힌 실전도법(?)이 명칭이라면 명칭이었다.
　도극성이 머뭇거리자 주건명은 약간은 아쉬운 듯한, 그러나 깔끔하게 물러났다.
　"대답하기 곤란하면 관두거라. 아무튼 대단했다."
　"아직 불완전한 무공이외다."
　"……."
　아무런 의미도 없이 그저 툭 던진 도극성의 한마디에 주건명은 표정이 확 일그러졌다.
　"불완전한 무공이 그 정도라… 나 정도에겐 제대로 된 무공을 사용할 필요도 없다는 말인가? 좋아, 그럼 어디 제대로 된 무공을 보도록 하지."
　나직이 뇌까린 주건명이 칼을 고쳐 잡았다.
　한쪽 팔이 부러지기는 했지만 칼을 쥔 손은 멀쩡하고 아직 모든 밑천을 보여준 것도 아니었다. 다시 한 번 승부를 겨룰 여력은 충분히 남아 있었다. 또한 조금 전엔 북명신문의 장로로서 싸웠지만 이제는 분광패도 주건명이라는 개인의 이름으로 싸울 생각이었다.

그 차이는 생각보다 큰 것이었다.

주건명의 몸에서 전과는 확연히 다른 기세가 피어올랐다.

도대체 자신이 무슨 말을 잘못했는지 이해를 하지 못한 도극성이 갑자기 돌변한 주건명의 태도에 의아해하며 다시 자세를 잡으려 했다.

바로 그 순간, 약간은 지친 듯한, 그러나 한없이 자신감 넘치는 음성이 들려왔다.

"아직도 계속할 생각이냐?"

주건명이 고개를 돌렸다.

그의 눈에 어깻죽지에서 피를 흘리며 걸어오는 묵죽신개의 모습이 들어왔다.

'묵죽신개… 그렇다면?'

주건명이 슬쩍 고개를 빼며 묵죽신개의 뒤편을 살폈다.

그의 예상대로 묵죽신개와 싸웠던 도양과 손문당은 치명적인 부상을 입고 쓰러져 있었다. 그를 지원했던 수하들 역시 멀쩡한 사람이 아무도 없었다.

'과연 묵죽신개.'

가슴 한 켠이 서늘해졌다.

도양과 손문당의 합공이라면, 게다가 열 명이 넘는 수하들의 지원이라면 그 자신도 이긴다고 장담할 수 없는 수준이었다. 한데도 묵죽신개는 그런 합공을 완벽하게 박살 내버린 것이었다. 그것도 고작 어깻죽지 하나를 대가로 내주면서.

무림칠괴, 과연 허명은 아니었다.

누가 뭐라 떠들어대도 분명 한 시대를 풍미하는 고수들인 것이다.

"아직도 계속할 생각이냐고 물었다. 그렇다면 내가 상대해주마. 나도 부상을 당했고 네놈도 부상을 당한 것 같으니 공평한 싸움이 될 터. 자, 덤벼라!"

묵죽신개가 타구봉을 빙글빙글 돌리며 당장에라도 공격할 것만 같은 자세를 취했다.

그런 묵죽신개를 보며 주건명은 입술을 꽉 깨물었다.

치욕적인 상황이었다.

마음 같아선 당장에라도 공격을 하고 싶었다.

결과에 상관없이 목숨을 걸고 싸워보고도 싶었다.

하지만 그럴 수가 없었다.

묵죽신개가 포위망을 무력화시키는 순간, 싸움의 승패는 이미 결정난 것이나 다름없이 되어버렸고 자신의 말 한마디에 수십 명의 목숨이 달려 있었다.

전체적인 전력이야 구양세가에 비해 여전히 압도적이었어도 단 한 명, 도극성의 존재로 인해 그 전력은 아무것도 아닌 그야말로 무용지물이 되고 말았다.

자신이 도극성을 상대하는 사이 활개를 칠 묵죽신개를 생각하면 싸움을 진행시킬 엄두가 나지 않았다.

지그시 눈을 감고 애써 치욕을 감내한 주건명이 짙은 한숨과 함께 눈을 뜨며 말했다.

"졌다."

숨죽여 기다리던 구양세가의 제자들과 몇 남지 않은 협사들이 미친 듯이 함성을 내질렀다.

"와아아아!"

"이겼다!"

그와는 반대로 북명신문의 제자들은 말할 수 없이 침통한 표정이었다.

"깨끗이 패배를 인정하고 이대로 물러나겠다."

주건명의 말에 묵죽신개가 콧방귀를 뀌며 비웃었다.

"흥! 쳐들어올 때는 언제고!! 이제 와서 상황이 불리해지니까 패배를 인정하고 물러가겠다? 지랄한다."

"……"

모욕을 참기 위해 주건명이 이를 꽉 깨물었다.

"왜 계속 날뛰어보시지?"

"……"

도극성이 보다 못해 묵죽신개를 말리고 나섰다.

"거, 그만 하시죠."

"뭐라고?"

묵죽신개가 발끈하여 노려봤다.

"졌다잖습니까? 깨끗하게 패배를 인정하고 이제 물러간다고요. 그만하면 된 거 아닙니까?"

"무슨 소릴! 주변을 돌아봐라. 죽은 자가 수십이다. 게다가 만약 싸움에서 졌다면 또다시 죽었을 자가 수십이다. 그렇게 무책임하게 살상을 해놓고 한다는 소리가 뭐? 패배를 인정해? 염병!"

묵죽신개가 그렇게 따지고 들자 도극성도 뭐라 대꾸를 하지 못하고 머리만 벅벅 긁었다.

"내 말이 틀려? 주둥이가 있으면 어디 내뱉어봐라."

묵죽신개가 주건명을 노려보며 소리쳤다.

"……"

패자는 말이 없는 법.

묵죽신개의 비난에도 주건명은 할 말이 없었다.

"되었소이다. 그의 말대로 이만 끝냅시다."

구양편이 한숨을 내쉬며 말했다.

"노가주!"

묵죽신개가 깜짝 놀라며 돌아보자 구양편이 살며시 고개를 흔들었다.

"보내주지 않으면 어쩝니까? 이들을 다 죽입니까? 본 세가가 비록 지금은 힘이 없어 이런 한심한 꼴이 되었지만 항복해 오는 적을 공격한 적은 없습니다."

"끙!"

묵죽신개가 신음과도 같은 소리를 흘리며 한 걸음 뒤로 물러났다.

구양편의 말에도 일리가 있기에, 게다가 아무리 그가 참여하여 도운 싸움이기는 해도 엄연히 싸움의 주체는 구양세가가 아니던가.

구양세가에서 그냥 보내겠다고 하는데 뭐라 끼어들 수는 없었다.

"도 소협, 그냥 보내도 괜찮겠지?"

"물론입니다."

도극성이 주저없이 대답을 하자 살짝 고개를 끄덕인 구양편이 묵묵히 서 있는 주건명에게 말했다.

"가시오, 당장."

여러 말이 필요없었다.

"고맙소."

주건명은 그 한마디를 남기고 빙글 몸을 돌렸다.

"돌아간다."

주건명의 입에서 철군의 명이 떨어지자 북명신문의 제자들이 동료들의 시신을 수습하기 시작했다.

"아, 그전에 한 가지만 물어보죠."

도극성이 입을 열자 좌중의 시선이 일제히 그에게 쏠렸다.

"뭐냐?"

"이 싸움, 완전히 끝난 겁니까?"

"무슨 의미냐?"

주건명이 의혹 어린 눈으로 되물었다.

"싸움이 완전히 끝난 것인지 묻고 있는 겁니다."

"네가 보고 있는 그대로다."

주건명이 착 가라앉은 음성으로 대꾸했다.

"하면 이후 북명신문, 아니, 사도천이 구양세가를 다시 찾는 일은 없다고 생각하면 되겠습니까?"

순간 주건명의 눈동자가 살짝 흔들리고, 묵죽신개가 두 눈을 반짝이며 그와 도극성을 번갈아 응시했다.

"……"

주건명은 쉽게 대답하지 못했다.

북명신문만의 일이라면 확답을 할 수가 있었으나 사도천의 일까지 그가 다짐할 수는 없었기 때문이었다.

"뜸 들이지 말고 빨리 대답해라!"

묵죽신개가 호통을 쳤다.

냉막한 눈으로 그를 노려본 주건명이 도극성을 향해 천천히 입을 열었다.

"북명신문이 다시 찾는 일은 없을 것이다. 그건 약속할 수 있다. 하나, 사도천이라고까지는 확답할 수 없다. 이번 일은 어디까지나 북명신문 단독의 일이었으니까."

"닥쳐……."

"아, 정말! 영감님은 좀 가만히 계시고!!"

묵죽신개가 발작적으로 소리를 지르려 하자 도극성이 재빨리 말을 끊었다.

"뭐라!!"

"일단 믿도록 해보자구요."

"뭘 보고 믿어!!"

"그래도 이름깨나 있는 사람 같은데 설마하니 거짓말을 하겠습니까?"

순간 주건명이 온몸을 부르르 떠는 것을 간파한 묵죽신개가 마음껏 조롱을 했다.

"흐흐흐. 하긴 이름깨나 있긴 하지."

이름깨나 있는 사람.

분광패도 주건명의 명예가 한순간에 무너지는 순간이었다.

"네… 이름은 무엇이냐?"

주건명이 입술을 잘근잘근 씹으며 물었다.

눈빛이 얼마나 살벌한지 그 순간만큼은 묵죽신개마저 은근히 고개를 돌릴 정도였다.

도극성이 왜 궁금해하는 것이냐는 눈빛을 보내자 주건명이 살광을 뿜어내며 말했다.

"난 빚을 지고는 못사는 성격이다. 너와의 약속대로 북명신문이 구양세가를 다시 건드릴 일은 없겠지만 너는 아니다."

한마디로 선전포고였다.

주건명의 살기 띤 언사에 기분이 확 상했는지 도극성의 입꼬리가 올라갔다.

결국 주건명과 그의 뒤에서 입을 꽉 다물고 노려보는 북명신문의 제자들을 둘러보며 한마디를 툭 내뱉었다.

"뭐, 그러시던가."

* * *

"누구 손에 있다고?"

"현재 대붕금시(大鵬金匙)는 백하오협(白河五俠)이라는 의형제들의 손에 있다고 합니다."

"백하… 뭐?"

"하남성 남부 일대를 주름잡는 자들입니다만……."

"그딴 건 알고 싶지도 않고. 어떠냐? 우리가 의도한 대로 제대로 진행은 되고 있는 것이냐?"

"그렇습니다. 대붕금시가 출현한 지 꼭 열흘 만에 벌써 스물두 번의 주인이 바뀌면서 사상자가 백여 명에 이릅니다. 지금은 백하오협이 차지하고 있습니다만, 그들을 쫓고 있는 이들의 수가 수백이 넘는지라 주인이 언제 또 바뀔지는 아무도 모릅니다."

중년인의 말에 노인이 고개를 끄덕였다.

"좋아, 잘되고 있군. 한데 숙살삼대로부터 연락이 왔다고 하지 않았느냐?"

"그, 그렇습니다."

"어찌 되었다고 하더냐?"

"그, 그게……."

말끝을 흐린 중년인이 한위로부터 전해져 온 서찰을 노인에게 전했다.

별다른 표정 변화 없이 서찰을 읽던 노인이 서찰을 휙 던지며 말했다.

"쯧쯧, 시험을 해보라고 보냈더니만 아주 제대로 망신을 당하고 돌아온 셈이군."

노인이 혀를 차자 그 앞에 엎드려 있는 중년인이 식은땀을 흘리며 대답했다.

"생각보다 대단한 놈 같습니다."

"하긴, 그 늙은이의 제자인데 그만한 실력쯤은 지니고 있어야겠지. 그나저나 아쉽군. 사도천과 정파 놈들하고 제대로 붙게 만들 수 있었는데 말이야."

"사도천에서 구양세가를 공격했다는 것 자체로 이미 그들의 관계는 충분히 악화되었을 것입니다."

"그도 그렇지만 결과가 너무 약해. 홋, 분광패도란 자, 허명만 있던 자였나?"

"그렇지는 않습니다. 북명신문에서 다섯 손가락 안에 들 정도로 강한 무공을 지닌 자입니다."

"호~ 그래? 그렇다면 결코 만만한 자는 아니라는 말인데… 놈이 그런 자를 쓰러뜨렸단 말이지? 제법이군."

뭐가 그리 흥미로운지 연신 입가에 미소를 띠며 생각에 잠기던 노인이 문득 입을 열었다.

"놈을 사도천과 붙여보면 어떨까?"

"예, 예?"

예상치 못한 말에 중년인이 발딱 고개를 쳐들었다.

"재밌겠군, 재밌겠어. 신산(神算)."

"예."

"사도천과 놈을 제대로 한판 붙게 만들어야겠다. 구양세가에서 한 번 얽혔으니 어렵지는 않을 게다. 추진해 봐."

명이 떨어졌다.

거부할 힘도, 엄두도 내지 못했다.

그냥 따르면 되는 것이다.

"존명!"

"그리고 하나 더."

신산이라 불린 중년인이 공손히 머리를 조아리며 다시금 명을 받겠다는 태도를 취했다.

"묵혈(墨血)을 움직여라."

신산이 흠칫 놀라며 바라보자 노인이 피식 웃으며 물었다.

"뭘 그리 놀라느냐? 사도천을 놈과 붙게 만들 것이니 다른 놈들도 좀 재밌게 해줘야 하지 않겠느냐?"

"다른 놈들이라 하오시면……."

"누구긴, 구파일방을 비롯한 정파 놈들하고 수라검문이지."

노인이 부드럽게 미소 지었다.

하나, 웃음이 지닌 의미는 실로 섬뜩하기 그지없었다.

     *   *   *

소문은 정말 빨랐다.

분광패도 주건명이 패했다.

그 몇 마디가 전 무림에 퍼져 나가는 데엔 사흘이란 시간이면 충분했다.

최근에 주변 문파를 통합해 가며 욱일승천하는 사도천이 구양세가를 노리고 있다는 것과 같은 정파들의 외면으로 전통의 구양세가가 무너지기 일보 직전이라는 소식은 웬만한 이들이라면 다 알고 있는 사실이었다.

그리고 분광패도 주건명이 지휘하는 북명신문의 제자들이 구양세가를 공격하기 시작했다는 것이 전해졌을 때 누구라도 구양세가의 멸문을 떠올렸다. 비록 묵죽신개를 비롯하여 협사들이 구양세가를 돕기 위해 힘을 보탰지만 노도처럼 밀려드는 북명신문의 기세를 감당할 수 있을 것이라 생각하는 사람은 아무도 없었다.

하지만 기적은 일어났다.

하늘에서 떨어진 것인지 아니면 땅에서 솟아난 것인지, 자신을 죽이려 했다는 살수 몇 명을 끌고 난데없이 나타난 한 청년이 사도천의 한 축을 담당하는 북명신문, 그리고 그 북명신문의 장로 분광패도 주건명을 무참히 깨버린 것이었다.

또한 싸움에 참여했던 협사들에 의해 청년이 과거와는 달리 이제는 제법 많은 이들에게 알려진 천하제일인 소무백의 제자이자 그가 팔룡의 전설을 깰 것이라 장담했던 인물이라는 것도 곧 밝혀졌다.

사람들은 미친 듯이 열광하고 환호했다.

새로운 영웅의 탄생에 축복을 보내며 그에게 운룡기협(雲龍奇俠)이란 별호를 안겨주었다.

이후, 사람들의 시선은 운룡기협에게 속된 말로 개망신을 당한 사도천이 어찌 행동할지에 쏠려 있었다.

第十五章
주유천하(周遊天下)

일심전의 공기는 차가웠다.

차갑다 못해 냉기가 풀풀 풍겼다.

회의를 소집하고 모든 인원이 모인 지 벌써 일각이나 지났지만 사마휘는 단 한 마디도 하지 않고 침묵을 지키고 있었다.

그의 입은 일각이 훌쩍 지나 이각이 다 되어갈 즈음에야 비로소 열렸다.

"어찌… 된 일이오?"

모든 이들의 시선이 일제히 풍도건에게 향했다.

사흘 전 같은 장소, 같은 사람들이 모여 결정한 바에 따르면 북명신문은 구양세가의 공격을 포기하고 그냥 철수키로 하였다.

한데 그런 결정이 난 지 채 반나절도 되지 않아 북명신문을 이끌고 있는 수건명은 구양세가에 대대적인 공격을 퍼부었고 결과는 이미 만천하에 알려진 대로 참패. 북명신문은 말할 것도 없고 사도천의 명예마저 땅에 떨어진 상태였다.

"잘… 모르겠습니다."

풍도건이 곤혹스런 표정을 지으며 대답했다.

"잘 모르겠다니? 그게 무슨 말도 안 되는 소리요?"

광풍곡주 오활이 벌떡 일어나며 소리쳤다.

사마휘가 그에게 흥분을 가라앉히라는 손짓을 하곤 다시 물었다.

"문주께서도 아시다시피 지금 사도천의 모양새가 꽤나 우습게 되었소이다. 결정대로라면 북명신문은 구양세가를 공격하지 말았어야 했소. 그리고 했다면 당연히 궤멸을 시켜야 하고. 한데 결과는……. 그런데 이제 와 문주께서 모른다고 하시면 참으로 곤란하외다."

부드럽고 정중한 어조였지만 그 안에는 풍도건과 나아가 북명신문에 대한 강한 질책이 담겨 있었다.

"혹 책임을 면해보고자 하려는 것이오?"

사혈림주 설악이 다소 빈정거리는 음성으로 물었다.

"후~ 어찌 책임을 면하고자 하겠습니까? 구양세가를 공격하지 말았어야 했는데 공격한 것은 분명 우리 북명신문의 잘못, 책임을 회피하거나 변명 따위를 하지는 않을 것입니다. 다만 도저히 이해할 수 없는 것이 하나 있습니다."

"그게 무엇입니까, 문주."

풍도건이 무조건 잘못을 인정하고 나오자 굳었던 사마휘의 안색이 조금은 풀어졌다.

"당시 문주님과 여러분들과의 상의 후 본 문은 구양세가에서 철수를 결정했고, 그 즉시 주건명 장로에게 전서구를 띄웠습니다. 당시 전서구에 보낼 내용을 적은 사람이……."

"바로 저였습니다."

주건명의 동생이자 사도천 십이장로 중 한 명인 주건록이 말을 받았다.

"오랫동안 못 뵌 형님께 안부도 전할 겸해서 제가 직접 작성하였습니다."

"공격을 철회하라는 명이었나?"

사마휘가 물었다.

"그렇습니다. 한데 상황이 이상하여 황급히 알아본 바에 의하면 형님께 전달된 전서구의 내용은 제가 보낸 것과는 전혀 달랐습니다."

"다르다니? 도대체 뭐가 다르다는 말인가?"

오활이 이해할 수 없다는 표정을 지으며 물었다.

"전서구가 전한 서찰엔 이렇게 적혀 있었다고 합니다. '즉시 공격하여 구양세가를 섬멸할 것. 조력자가 있으면 그 또한 적으로 간주, 철저하게 괴멸할 것'이라고 말입니다. 참고로 말씀드리자면 제가 보낸 서찰은 저리 간단히 끝나지 않았습니다."

일순, 일심전에 묘한 침묵의 기운이 감돌았다. 그만큼 주건록의 말이 시사하는 의미는 컸다.

침묵을 깬 사람은 역시 사마휘였다.

"하면 전서구가 바꿔치기를 당했단 말인가?"

"현재로선 그럴 가능성이 가장 큽니다."

"음."

사마휘가 묵직한 신음을 내뱉으며 의자 뒤로 한껏 몸을 젖혔다.

북명신문이 수뇌회의의 중재를 무시하고 일방적으로 구양세가를 공격할 수는 없었다.

감히 그럴 리가 없었고 그럴 수도 없었다. 애당초 숨기려야 숨길 수가 없는 일이었다.

'그렇다면 대체 누가 서찰을 바꿔치기했단 말인가? 설마하니?'

뭔가를 떠올린 사마휘가 사도천의 눈과 귀의 역할을 하는 유명밀부 부주 고휘(高暉)에게 시선을 돌렸다.

"근래 들어 수라검문의 움직임은 어떻소?"

이미 사마휘와 같은 생각을 하고 있던 고휘가 그 즉시 대답을 했다.

"여전히 아무런 움직임이 없습니다."

"전혀 없다는 말이오?"

"암중으로 움직일 수는 있겠지요. 하나, 지금까지 그 어떤 움직임도 포착되지는 않았습니다."

"천주께선 수라검문에서 전서구를 바꿔치기했다고 생각하십니까?"

설악이 물었다.

"단언할 수는 없으나 배제해서도 결코 안 된다고 생각하오. 생각해 보면 우리와 구파일방, 혹은 여러 세가들이 다툼을 벌인다고 가정을 했을 때 가장 이득을 볼 수 있는 곳은 바로 수라검문이오. 게다가 근래 들어 납작 엎드린 모양이 영 수상쩍기도 하고 말이오."

사마휘의 말에 모두들 고개를 끄덕였다.

"고 부주."

"예, 천주."

고휘가 조용히 대답했다.

"이후부터 수라검문에 대한 경계를 더욱 확대토록 하시오. 물론 지금까지 잘해오셨지만 아무래도 일이 심상치가 않소. 더욱더 주의를 부탁드리오."

"알겠습니다. 그리하지요."

"그리고 풍 문주."

"예, 천주."

"전서구가 바꿔치기가 되었든 어쨌든 북명신문은 수뇌회의의 결과를 뒤집고 구양세가를 공격하였소. 결과적으로 사도천에 큰 누를 끼치게 된 터. 이번 실수를 만회하기 위해서라도 꽤나 노력해야 할 것이오."

"알고 있습니다."

풍도건이 침통한 표정으로 고개를 끄덕였다.

실수를 만회한다는 것은 당분간 사도천의 궂은일을 도맡아 해야 한다는 것을 의미했고, 그로 인해 북명신문이 앞으로 얼마나 많은 피해를 감수해야 할지 몰랐다.

사마휘의 말이 끝나기가 무섭게 오활이 입을 열었다.

"그건 그렇고… 그냥 두고만 보실 생각입니까?"

"무엇을 말입니까?"

"도극성인가 뭔가 하는 놈 말입니다. 놈으로 인해 사도천의 명예가 땅에 떨어졌습니다. 그냥 둬서는 안 될 것입니다."

오활의 말에 현음궁주 산정호도 맞장구를 쳤다.

"세인들의 눈이 우리에게 향해 있습니다. 당연히 응징을 해야 한다고 봅니다만."

"풍 문주는 어찌 생각하시오?"

사마휘가 공을 풍도건에게 넘겼다.

풍도건은 생각할 것도 없이 대답했다.

"그냥 두고 볼 수는 없지요. 일이야 어찌 되었든 놈으로 인해 우리 북명신문은 물론이고 사도천까지 망신을 당한 셈이니까요."

"하면 문주께서 맡아주시겠소이까?"

"물론입니다."

"그럼 되었소. 아, 그리고 이번에 움직일 인원은 보다 신중하게 선택해 주시구려. 지난번과 같은 일이 또다시 벌어지면 안 되니까."

그러자 주건록이 벌떡 일어나며 말했다.

"제가 갈 것입니다."

"자네가?"

"예."

사마휘가 잠시 주건록의 얼굴을 바라보았다.

형이 당한 망신을 동생이 갚겠다는 데야 말릴 수가 없었다. 게다가 주건록의 무공은 이미 주건명을 넘어선 지 오래인지라 믿음이 갔다.

"알겠네. 그리 알고 있지. 후, 그나저나 녀석이 꽤나 아쉬워하겠어."

"예? 무슨 말씀인지……"

주건록이 고개를 갸웃거리며 묻자 사마휘가 너털웃음을 터뜨리며 말했다.

"녀석이 지금 이곳에 있었다면 자신이 나설 것이라고 길길이 날뛰었을 것 같아서 말이네."

사마휘가 누구를 언급하는지 이해한 수뇌들의 얼굴에 웃음이 깃들었다.

오활이 맞장구를 쳤다.

"어쩌면 이미 구양세가의 일을 전해 듣고 부리나케 달려오고 있을지도 모르는 일입니다."

"설마 그럴 리야 있겠습니까? 소천주가 살피러 간 곳이 다름 아닌 수라검문입니다."

설악이 웃으면서 고개를 흔들자 산정호가 정색을 하며 말했다.

"하지만 소천주가 누굽니까? 능히 달려오고도 남음이 있습니다. 그걸 말리려면 수행하는 예당겸 대장로가 고생깨나 하겠습니다."

"하하하!"

"허허허!"

산정호의 말에 다들 인정을 하면서 호탕한 웃음을 터뜨렸다.

처음 착 가라앉았던 일심전의 분위기를 생각하면 꽤나 화기애애한 분위기로 바뀐 것이었다.

하지만 북명신문의 문주 풍도건과 주건록은 웃고 싶어도 도저히 웃을 수가 없었다.

* * *

"준비는 끝났느냐?"

"예."

장문인 운선(雲仙)의 물음에 장로 운정(雲淨)을 비롯하여 십오 명의 제자들이 일제히 대답했다.

"무척이나 먼 길이다. 서둘러야 할 것이다. 사제."

이번 출정에 책임을 맡고 있는 운정이 공손히 대답했다.

"예, 장문인."

"부탁하네. 꼭 찾아와야 하네."

"명심하겠습니다."

"그리고… 몸조심하고."

'장문인이 되시고도 대사형의 저 여린 성격은 변하지 않으시는군.'

살짝 떨리는 장문인의 음성에 운정은 자신도 모르게 흐뭇한 미소를 지었다.

"걱정하지 말고 편히 계십시오. 신물은 제가 반드시 찾아오겠습니다."

"믿겠네."

힘차게 고개를 끄덕인 운선이 운정을 비롯하여 그와 함께 먼 길을 떠나는 제자들의 어깨를 일일이 다독여 주었다.

그날, 소림과 더불어 정파의 양대거두로 일컬어지는 무당파의 산문이 활짝 열리며 운정 이하, 열다섯 명의 제자들이 하산을 했다.

 호남의 남부, 상강(湘江)의 하류에 자리한 강남의 맹주 남궁세가(南宮世家).

 사도천이 점점 세력을 넓히는 와중에서도 여전히 무림오대세가의 하나로 막강한 영향력을 지닌 곳.

 두두두두두.

 해가 중천에 뜰 무렵, 일단의 마군(馬群)이 정문을 빠져나왔다.

 그 수는 정확히 열둘.

 정문을 빠져나온 그들은 말의 고삐를 낚아채 급정거를 한 후, 웅장하기 그지없는 남궁세가를 잠시 바라보다 곧 방향을 돌려 내달리기 시작했다.

 무당파에 이은 남궁세가의 움직임.

 그와 같은 상황은 무림 곳곳의 여러 문파에서 동시다발적으로 벌어지고 있었다.

    *   *   *

 무이산맥 남쪽 끝 자락에 자리한 천화산 중턱.

 햇빛이 쨍쨍 내리쬐는 오후, 빠르게 산을 오르는 사내들이 있었다.

인원은 다섯.

앞선 사람은 텁수룩한 수염이 인상적인 삼십대 후반 정도의 건장한 사내였고 뒤를 따르는 네 명의 사내는 약 이십대 중후반 정도의 청년들이었다.

"너무 늦다. 서둘러라."

삼십대의 사내가 점점 차이가 벌어지는 청년들을 힐끗 돌아보며 소리치고 청년들은 땀을 뻘뻘 흘리며 황급히 따라붙었다.

그렇게 정신없이 달리기를 얼마간, 그들은 집채만 한 바위가 우뚝 솟아 있는 곳에 도착할 수 있었다.

그 바위 뒤편엔 장정 두어 명이 어깨를 나란히 하고 들어갈 수 있는 동굴이 있었는데, 바로 그곳이 장차 수라검문을 이어받을 후계자들만이 접근할 수 있다는 수라동(修羅洞)이었다.

수라동은 평범한 동굴이었다.

보물이나 무공비급 등이 산처럼 쌓여 있는 것도 아니었고 특별한 안배가 준비되어 있는 곳도 아니었다. 다만 초대 수라검문 문주의 무공이 바로 그 동굴에서 완성되었다는 점 때문에 수라검문의 후계자들의 폐관수련 장소로 이용되는 것뿐이었다. 하지만 그 신성함이나 상징성만큼은 실로 대단한 것이었다.

"너희들은 여기서 기다려라."

삼십대의 사내, 문주 좌패천의 전위부대라 할 수 있는 충혼대(忠魂隊) 소속 일조 조장 장초(張超)가 손짓을 하며 조심스레 발걸음을 움직였다.

그리곤 동굴 입구에서 누군가를 불렀다.

"아가씨."

대답이 없었다.

"아가씨 계십니까?"

웅웅거리는 울림만이 동굴에서 들려올 뿐 대답은 여전히 없었다.

"흠, 어디 가셨나?"

고개를 갸웃거린 장초가 뒤로 물러나 수하들에게 명했다.

"아가씨께서 잠시 자리를 비우신 모양이다. 급한 일이니 즉시 흩어져서 찾도록 해라."

"예."

명을 받은 청년들이 그 즉시 사방으로 흩어지고, 장초는 바위 그늘에 기대어 휴식을 취했다.

잠시 후, 사방으로 흩어졌던 수하들이 돌아왔다. 하지만 그 누구도 아가씨의 행방을 찾아오진 못했다.

"이상한 일이군. 폐관수련 중이시라 멀리 가지는 않으셨을 텐데."

벌떡 몸을 일으킨 장초가 수라동으로 다시 발걸음을 움직였다.

"아가씨."

몇 번을 불러봐도 대답은 들려오지 않았다.
"잠시 들어가겠습니다."
답답한 마음을 참지 못한 장초가 결국 수라동으로 들어섰다.

평소라면 감히 상상도 할 수 없는 행동이었지만 반드시 데리고 나오라는 좌패천의 엄명이 있었기에 가능한 행동이었다.

수라검문의 성지로 추앙받는 것과는 달리 수라동의 내부는 별것없이 그저 어디에서나 흔히 볼 수 있는 동굴에 불과했다.

단지 동굴 특유의 눅눅한 습기가 완벽하게 제거되고 툭툭 튀어나온 돌조각이 다듬어져 있는 것에서 사람의 손길이 조금 미쳤구나 하고 생각할 정도였다.

"아가……."
무엇을 본 것일까?
장초의 얼굴이 딱딱하게 굳었다.
보름달보다 더 커진 눈동자, 쩍 벌어진 입에서 그가 얼마나 놀라고 있는지 알 수 있었다.

그는 미친 듯이 요동치는 가슴을 애써 진정시키며 반듯하게 정돈된 침상—침상이라 봐야 평평한 나무판자 비슷한 것에 이불보를 씌워놓은 것에 불과했지만—으로 다가갔다.
침상 위엔 서찰 하나가 놓여 있었다.

그 서찰을 보는 장초의 머리엔 오직 한 가지 생각밖에는 떠오르지 않았다.

'죽었다.'

"움직여야 한다고?"

"그런 망신을 당했으니 사도천이 가만있을 리가 없습니다. 아마도 전력을 다해 놈을 치려고 할 것입니다. 어쩌면 이미 움직였는지도 모르지요."

사부인 천리심안 가등전의 공부를 이어받고 지난해부터 부군사 직에 오른 천리투안(千里透眼) 여전(呂電)이 말했다.

"하긴, 나라도 그렇겠지. 그런데 사도천 놈들이야 명예를 회복하기 위해서라지만, 그렇다고 우리가 나설 필요가 있을까?"

"우리뿐만 아니라 이미 많은 문파에선 움직이고 있을 것입니다."

"그러니까 왜 움직이냐고?"

좌패천이 답답하다는 신호를 보냈다.

"운룡기협이 지닌 물건들 때문이지요."

"물건들이라면… 아, 그거."

대수롭지 않다는 표정으로 말을 하기는 했지만 좌패천은 순간적으로 움찔했다.

"운룡기협은 사부의 명을 받들어 그 물건들을 원 주인에게 돌려준다고 하였습니다. 하지만 언제 돌려받게 될지는 기약할 수 없습니다. 만약 그사이에 그 보물들을 강탈을 당하거나 잃어버리게 된다면……."

여전은 차마 뒷말을 잇지 못하다가 곧 정색을 하고 말을 이었다.

"제가 사도천의 군사라면 그까짓 실추된 명예보다는 오히려 그가 지닌 보물을 노리겠습니다."

"보물을 노린다?"

"예. 만약 놈들이 본 문의 보물인 묵마환을 가지고 어떤 요구나 장난을 친다고 상상을……."

"그만!"

잠깐 듣는 것만으로도 짜증이 나는지 좌패천이 여전의 말을 끊었다.

"군사는 어찌 생각하느냐?"

좌패천이 이제는 더 이상 굽어질 수도 없는 허리를 가지고 간신히 몸을 지탱하고 있는 군사 가등전에게 물었다.

"과거, 묵마환은 문주의 권위를 상징하는 절대적인 신물이었습니다. 하지만 수십 년이 지난 지금은 아니지요. 솔직히 자존심 상하고 기분은 나쁘겠지만 묵마환 자체가 지닌 가치는 별로 없습니다. 다만 운룡… 그가 지닌 모든 보물이 사도천에게 접수되는 것만은 막을 필요가 있어 보입니다."

"흠, 군사도 그리 생각한단 말이지. 좋아, 그 많은 보물들을 사도천 놈들에게 빼앗길 수는 없는 노릇이지. 화검종."

좌패천이 수라전단(修羅戰團)의 단주이자 이미 십여 년 전 수라검문 사상 최연소로 장로 자리를 꿰찬 화검종을 불렀다.

"예, 문주님."

"다녀와."

"제가 말입니까?"

화검종이 조금 당황한 듯한 얼굴로 묻자 좌패천이 착 가라앉은 음성으로 되물었다.

"그럼 내가 갈까?"

"아, 아닙니다. 당장 출동을 하겠습니다."

화검종이 벌떡 일어나며 부산을 떨었다.

"너무 요란하게 움직이지는 말고 적당히, 적당히 해."

"알겠습니다."

"무엇보다 사도천 놈들이 날뛰게 놔둬선 안 될 것이고. 뭐, 그 와중에 몇 가지 부산물을 얻어오는 것은 내 뭐라 말을 하지 않겠다."

한마디로 사도천이 도극성의 보물을 독식하는 것을 막되 가능하면 수라검문으로 가져오라는 말이었다.

화검종이 씨익 웃었다.

"맡겨주십시오. 싹 쓸어가지고 오겠습니다."

좌패천이 흐뭇한 미소를 지으며 고개를 끄덕였다.

확실히 화검종은 말귀를 잘 알아들었다.

"아, 그리고 군사."

"예."

"네가 뭘 모르는 것이 하나 있다."

"무슨……."

"묵마환 말이다. 단지 상징적인 의미만을 가지고 있진 않아."

"하면 다른 용도라도 있는 겁니까?"

"묵마환은 말이다……."

바로 그때였다.

"문주님!"

문주의 전위부대인 충혼대 대주 당사총(唐仕總)이 다급히 달려왔다.

"무슨 일이냐?"

화검종이 눈을 부라리며 소리쳤다.

좌패천을 가장 가까이서 호위하기에 수라검문 내에서 충혼대의 위상은 상당한 것이었고, 대주 당사총에 대해선 어지간한 일이 아니면 호법이나 장로들도 조금씩은 양보하는 것이 보통이었다.

그런 충혼대와 충혼대주의 위상이 전혀 통하지 않는 인물들도 있었으니 그중 한 사람이 바로 화검종이었다.

다른 사람 같았으면 그냥 무시하고 지나갔을 테지만 소리친 사람이 화검종인 것을 확인한 당사총이 손에 든 서찰을 황급히 넘기며 대답했다.

"수라동에서 연락이 왔습니다. 그런데……."

"그런데 뭐!"

"그 서찰만 남기고 아가씨께서……."

그 말에 깜짝 놀라 서찰을 펼치는 화검종. 하나 그보다 먼저 서찰을 낚아채는 손이 있었으니.

화검종이 고개를 홱 돌렸지만 손의 주인이 좌패천인 것을 확인하고는 그대로 찌그러졌다.

"이, 이 녀석이 무슨 짓을!"

단숨에 서찰을 읽어 내려간 좌패천이 온몸을 부들부들 떨었다.

주유천하(周遊天下).

서찰엔 단 네 글자만 적혀 있었다.

*   *   *

보름 전, 구양세가를 떠나 지루하기 그지없는 배 안에서의 생활을 견디지 못하고 결국 구강에서 하선한 도극성이 강줄기를 따라 동쪽으로 이동한 지도 벌써 나흘이 지났다.

"후~"

나뭇등걸에 기댄 채 밤이슬을 피해 잠시 휴식을 취하는 도극성의 입에서 한숨이 흘러나왔다.
　그의 뇌리에 구양세가를 떠나올 때 묵죽신개와 나누었던 말이 자연스레 떠올랐다.

"앞으로 무엇을 할 생각이더냐?"
"팔룡전설을 깨뜨릴 겁니다."

　어려서부터 하도 많이 들어온 데다가 사부와의 약속도 있었고 그 옛날, 동정호 소군산에서의 좋지 못한 기억으로 인해 팔룡의 전설을 깨뜨리는 것은 이미 그의 숙명이 되어 있었다.

"어떻게 팔룡전설을 깰 생각이냐? 그리고 그 후엔 무엇을 할 생각이지?"

　너무도 평범하고 쉬운 질문에 도극성은 답을 하지 못했다.
　지금껏 팔룡전설을 깨뜨려야 한다고만 여겼지, 그 방법과 또 이후의 일은 단 한 번도 생각해 본 적이 없기 때문이었다.

"뭐, 어떻게든 되겠지요."

　도극성이 한참을 머뭇거리다 한 대답이었다.

묵죽신개는 그런 도극성을 물끄러미 바라보다가 피식 웃고 말았다.

대화는 그것으로 끝이 나고 말았다.

한데 묵죽신개의 웃음이 그와 헤어진 다음에도 좀처럼 뇌리에서 떠나지 않았다.

"젠장."

괜시리 우울한 마음에 옆에 놓인 돌멩이 하나를 집어 냅다 던져 버렸다. 손을 떠난 돌이 순식간에 어둠 속으로 사라져 버렸다.

"될 대로 되라지. 일단은 부모님을 만나뵙고, 또 사부가 전해주라는 물건을 전해주고… 팔룡은… 뭐, 그건 그때 가서 생각해 보면 되겠지."

일단 마음을 정하자 그동안 애써 참았던 허기가 갑작스레 밀려들었다.

"으으… 배고파."

지나오는 길에 인가가 없었던 것은 아니었지만 삼 년 내내 흉년이 드는 바람에 인심은 각박해질 대로 각박해져 있었다.

그나마 마음씨 좋은 주인을 만나도 음식이라고 내어놓는 것이 삶은 감자 한두 개가 전부인 터.

그동안 제대로 먹지를 못해서 그런지 뱃가죽이 마치 등에 붙는 것 같은 느낌이었다.

벌떡 일어난 도극성은 주린 배를 움켜쥐고 길을 서둘렀다.

밤이슬을 맞으며 밤새 꼬박 걸음을 옮긴 뒤, 이른 아침 간신히 안경부(安庚府) 외각에 도착한 도극성은 우선적으로 끼니를 해결할 수 있는 곳을 찾기 시작했다.

꽤나 이른 시간이라 문을 연 곳이 좀처럼 보이지 않아서 그는 한참을 헤맨 끝에 그제야 막 영업을 시작한 조그만 주점 하나를 발견할 수 있었다.

도극성은 사막에서 녹지를 만난 상인처럼 주점을 향해 미친 듯이 달리기 시작했다.

이른 아침에도 불구하고 손님은 꽤 많았다.

'장사가 잘되는군.'

손님들 대부분이 등에 칼을 찬 무인이라는 점이 조금 이상하기는 했지만 도극성은 별다른 생각 없이 자리에 앉았다.

"아무거나 빨리 되는 것으로. 술은 됐고."

도극성은 점소이가 주문을 받으러 오기가 무섭게 외쳤다.

"저, 죄송합니다만… 아침 일찍인지라 지금은 소면밖에 되지 않습니다."

"상관없어. 빨리만 내와."

점소이가 물러나고 도극성은 연속으로 엽차 석 잔을 마시며 허기를 달랬다.

"그나저나 뭔 놈의 손님이 이리 많아."

도극성이 삼삼오오 계속해서 들어오는 손님들을 보며 혀를 내둘렀다.

그가 주점에 도착했을 때에도 꽤나 많았지만 어느샌가 주점이 꽉 찰 정도로 손님들이 밀려들었기 때문이었다.

도극성이 바쁜 걸음으로 움직이는 점소이를 붙잡고 물었다.

"뭔 일이래? 사람들이 왜 이리 몰려?"

그러자 점소이가 오히려 이상한 눈으로 도극성을 바라보며 되물었다.

"왜라니요?"

"이유가 있을 것 아냐? 이 이른 아침에 손님들이 이리 몰려드는 이유. 게다가 다들 보니 평범한 사람들도 아니고."

그제야 사람들의 차림이 심상치 않다는 것을 느낀 모양이다.

"정말 모르십니까?"

"모르니까 묻지."

"이야~"

점소이는 어찌 모를 수가 있냐는 표정으로 탄성을 내지르며 입을 열었다.

"오늘 오후부터 상관세가(上官世家)에서 군웅대회가 열리는 걸 정말 모르신다고요?"

"군웅대회? 무슨 난리라도 난 거야?"

도극성이 조금은 놀란 눈으로 물었다.

그가 알고 있는 상식으로 군웅대회는 무림에 큰일이 벌어졌을 때 여러 의견을 모으기 위해 열리는 것이기 때문이었다.

"난리는 무슨 난리요. 아니, 난리라면 난리인가? 어쨌든 난리라기보다는 축제의 한마당이지요."

도대체 이해할 수가 없었다. 해서 그냥 빤히 바라보며 다음 말을 기다렸다.

"백인비무는 아시나요?"

당연히 몰랐다.

"모르지."

점소이의 표정이 '뭐, 이런 인간이 있냐?'라는 표정으로 바뀌었다. 하지만 도극성이 슬며시 동전 하나를 쥐어주자 태도를 싹 바꿨다.

점소이는 몸에 붙은 쓸개라도 빼어주겠다는 자세로 굽실거리며 현란하게 입을 놀리기 시작했다.

"백인비무는 지금으로부터 약 사백여 년 전, 정체를 알 수 없는 신비한 여검수가 비무첩을 들고 다니며 뭇 고수들에게 백 번의 비무를 신청하면서부터 유래되었다고 합니다. 처음 비무첩을 받은 사람들은 모두 그녀를 비웃었는데, 놀랍게도 그녀는 백 번의 비무를 하는 동안 단 한 번의 패배도 하지 않고 상대를 완벽하게 굴복시켰다는군요. 사람들은 백인비무가 끝난 뒤에야 비로소 그녀가 바다 건너 검의 하늘이라는 검각에서 온 고수라는 사실을 알게 되었고, 백 번의 승부를 승리로 이끈 무위를 인정하여 검후라 칭송하며 절대적인 존경심을 보내게 되었답니다. 이후, 그 같은 일이 반복되어 삼십 년이란 시간이 흐르면 비무첩을 든 여검수가 어김없이 출도를 했다는군요. 중요한 것은 올해가 전대 검후가 출현한 지 꼭 삼십 년이 되는 해이고, 들리는 소문에 의하면 벌써 백인비무가 시작되었다는 것이지요."

점소이는 꽤나 긴 얘기를 몇 번의 호흡으로 노래하듯 단숨에 읊어나갔다.

"사백 년 가까이 벌써 열두 번의 백인비무가 있었지만 지금껏 단 한 번도 패하지 않았다니 정말 대단하지 않습니까?"

점소이는 마치 자신의 일이라도 되는 양 흥분해서 떠들어 댔다. 하지만 잠깐 동안 눈을 반짝거리며 흥미를 보였던 도극성은 곧 신경을 끊어버렸다.

사부가 수집(?)한 신물에 검각의 보물도 있었기 때문인 데다가 그사이 주문한 소면이 나왔기 때문이었다.

도극성은 탁자 위에 올려진, 뜨거운 김이 무럭무럭 치솟는 소면을 보며 황홀한 표정을 지었다. 그리곤 누가 빼앗아 먹기라도 하는 듯 헐레벌떡 먹기 시작했다.

한데 두어 젓가락질이나 했을까?

방해자가 나타났다.

"저기……."

도극성이 입에 소면을 문 자세 그대로 고개를 쳐들었다.

그의 눈에 난처한 웃음을 짓고 있는 점소이와 일행이 아닌지 약간은 어색한 표정으로 서 있는 이십대 중반의 남자와 갓 이십 전후로 보이는 여인의 모습이 들어왔다.
"자리가 없어서… 죄송합니다만 합석을 했으면……."
더 들을 필요도 없었다.
소면 먹는 데 탁자 하나를 다 차지하는 것도 아니고 허락 못할 이유가 없었다.
입에 든 소면 때문에 입을 열기 곤란했던 도극성이 점소이에게 고개를 끄덕이며 허락을 하고 뻘쭘하게 서있는 남녀에게 앉으라고 손짓을 했다.
그리곤 다시 먹는 일에 열중했다.
자리에 앉기도 전에 이미 시켰는지 두 남녀 앞에 소면 두 그릇이 즉시 배달되었다.
도극성이 워낙 허겁지겁, 그리고 맛있게 먹는 모습을 본 터라 그들 역시 기대를 품고 젓가락질을 시작했다.
그러나 변두리에 있는 작은 주점, 그것도 아침 일찍 밀어닥치는 손님들 때문에 정신없이 만든 소면이 맛있을 리가 없었다.
면은 덜 익었고 국물은 몇 번을 우려냈는지 짜기만 했다.
"으으으."
눈빛이 허여멀건한 것이 무슨 대갓집 도령 같은 사내가 젓가락을 집어 던지고 입에 남아 있는 소면 맛을 지우기 위해 엽차를 벌컥벌컥 들이켰다.

그에 반해 여인은 군소리없이 묵묵히 그릇을 비워갔다.

그릇을 비워가는 속도가 상당히 빠른 것이 그녀 역시 도극성 못지않게 허기가 졌던 모양이었다.

"세상에! 두 분 정말 대단하오. 그게 입으로 들어간단 말이오?"

사내가 혀를 내두르며 물었다.

"맛만 좋습니다."

면발은 물론이고 국물까지 완벽하게 마셔 버린 도극성이 배를 두드리며 말했다.

"그게 어디 사람이 먹을 음식이오? 면발은 제대로 익지도 않았고 국물은 소금을 통째로 들이부었나 짜기만 한 것이영… 소저도 참 대단하오."

사내가 도극성보다 한참을 늦게 먹기 시작했지만 거의 동시에 그릇을 비워 버린 여인을 보며 고개를 흔들었다.

민망함을 감추기 위함인지 여인은 입가에 미소를 띠며 살짝 고개를 숙였다.

"그나저나 이렇게 만난 것도 인연인데 통성명이나 합시다. 난 양림(楊林)에서 왔소. 목인술(睦引術)이라 하오."

'꽤나 말이 많은 사람이군.'

그다지 통성명 따위를 하고 싶지는 않았지만 상대가 저리 나오니 인사를 안 할 수 없었다.

"도극성입니다."

"도 소협이었군. 반갑소. 한데 무공을 익힌 것 같은데 사문이?"

"천문동문입니다."

대충 얼버무린 도극성의 말에 목인술이 고개를 갸웃거렸다.

"흠, 미안하구려. 내가 인근의 모든 문파들은 알고 있지만 천문동문은 처음 들어보오."

"이 지역에 있는 것이 아니니 모를 수도 있지요. 그냥 조그만 문파입니다."

"하하, 알려지지 않은 문파가 더욱 무서운 법. 어쨌건 빠른 길이기는 하나 도적놈들이 많아 이쪽 길로 다니는 사람이 별로 없는데, 이 주점에서 만나게 된 것으로 보아 도 소협도 이번 군웅대회에 참여하려는 것 같구려. 나도 그렇다오. 하하, 더욱 반갑소."

졸지에 군웅대회에 참석하는 사람이 돼버린 도극성이 멍하니 바라보는 사이 목인술은 북치고 장구 치고 혼자 장단을 맞추고 있었다.

"아, 이런! 그러고 보니 너무 우리끼리만 얘기를 나눈 것 같소. 소저의 방명이……."

그토록 말이 많던 목인술도 이때만큼은 잠시 말끝을 흐렸다. 제아무리 넉살이 좋아도 여인의 이름을 함부로 물을 수는 없었기 때문이다.

다행히 여인은 그다지 꺼려하지 않고 대답했다.

"벽하라고 해요. 소벽하."

여인이 머리에 장식한 옥접을 어루만지며 은근히 도극성의 표정을 살폈다. 한데 도극성의 표정에 별다른 변화가 없자 조금은 실망한 듯 말을 이었다.

"장평(長坪)에서 왔어요."

"장평이라면······."

"무이산이 있는 곳이에요."

"아! 무이산. 이야~ 꽤나 먼 곳에서 오셨구려. 설마하니 군웅대회 때문에 온 것 같지는 않소만."

"친척집에 가다가 소문을 듣고 왔어요. 볼거리가 많다고 해서요."

소벽하가 빙그레 웃으며 말했다.

순간, 목인술은 멍한 얼굴이 되어 한참 동안이나 그녀의 얼굴을 바라보았다.

두 사람의 대화에 그다지 신경 쓰지 않고 있던, 그저 엽차나 더 가져다 달라고 점소이를 부르려다가 우연찮게 그녀의 미소를 보게 된 도극성 역시 마찬가지였다.

"험험."

간신히 자신의 실수를 깨달은 목인술이 헛기침으로 애써 무안함을 지우며 입을 열었다.

"그, 그렇소. 볼거리가 많기는 하오. 특히 검후와 대결할 상대를 뽑는 비무대회는 그중 최고라 할 수 있을 것이오."

"비무대회? 검후와 싸우는?"

도극성이 관심을 보였다.

"그렇소. 사실상 이번 군웅대회의 목적이 바로 거기에 있소."

"참 할 일도 없는 사람들이네."

도극성이 어이없다는 표정으로 고개를 흔들었다. 그깟 비무 한 번 하자고 난리법석을 떠는 것이 영 이해가 되지 않는 것이었다.

"허! 군웅대회에 참석하면서도 그 의미를 모르다니. 이럴 수가 있나! 도 소협은 어찌 생각하는지 모르지만 무인으로서 검후와 싸울 수 있다는 것은 실로 엄청난 영광이오. 뿐이오? 이번 비무대회엔 만년한철로 만들어졌다는 천하의 명검 오정신검(五靜神劍)까지 걸려 있소."

"오정신검이요?"

"그렇소. 검후와 대결을 하는 무인을 결정하는 비무요. 당연히 그 자리에 어울리는 고수가 우승을 해야 된다고 여긴 상관세가에서 오정신검을 우승 상품으로 내걸었소. 덕분에 소문을 듣고 인근에서뿐만 아니라 먼 지역에서도 많은 무인들이 비무대회에 참석코자 속속 도착하고 있다오."

"아~"

도극성은 이제야 구름같이 밀려드는 인파를 이해할 수 있었다.

 검후와의 비무도 비무지만 목인술의 말대로 오정신검이 무인이라면, 누구라도 탐을 낼 명검이라면 어쩌면 다들 그것을 노리고 참여하는 것이란 생각이 들었다.

 "하면 목 형께서도 비무대회에 도전을 하십니까?"

 "부족한 실력이기는 해도 장부로서 한 번 도전은 해볼까 하오."

 목인술이 어깨를 으쓱거리며 대답했다.

 말은 그리해도 자신의 실력에 꽤나 자신있어하는 모습이었다.

 도극성이 슬쩍 그를 살폈다.

 '쯧쯧, 힘들겠네. 그다지……'

 한눈에 보아도 사내의 실력을 알 수 있었다.

 열심히 수련한 흔적은 보였지만 고수라 하기엔 다소 무리가 있는 터. 그래도 격려의 말을 하지 않을 수 없었다.

 "목 형이라면 틀림없이 좋은 성적을 낼 수 있을 겁니다."

 "하하하! 그리 말해주니 참으로 고맙소. 내 부족한 것이 많으나 열심히 해볼 생각이오. 한데 도 소협은 비무대회에 참여하지 않을 생각이오?"

 도극성이 고개를 흔들었다.

 "이 먼 곳까지 와서… 아니지. 꼭 비무대회에 참여하는 것이 군웅대회의 전부는 아니라오. 많은 사람들과 만나며 견문을 넓히고 인연을 쌓으면 그 또한 나쁘지는 않을 것이오."

 목인술은 도극성이 실력이 부족하여 비무대회에 참가할 엄두를 내지 못하는 것이라 여기곤 나름 위로의 말을 건넸다.

 "자, 이럴 게 아니라 그만 일어납시다. 저 산만 넘으면 그럴듯한 주점이 있는 것으로 알고 있소. 내 그곳에 가서 거하게 한잔 쏘겠소. 벽하 소저도 함께 갑시다."

第十六章
비무대회(比武大會)

 비록 무림오대세가의 명성에는 미치지 못해도 상관세가는 그들 나름대로 무림에서 확고한 위치를 차지하는 가문이었다.
 특히 두 개의 상단, 네 개의 표국, 그리고 헤아릴 수 없을 정도로 많은 객점과 주점을 소유하고 있는바 금력(金力)에서만큼은 단연 최고였다.
 그토록 막강한 부를 지닌 상관세가에서 심혈을 기울인 군웅대회였으니 여타 군웅대회와 그 규모나 화려함에서 비할 바가 아니었다.
 장장 오 일 동안 열리는 군웅대회에 참석하기 위해 상관세가에 들어선 인원만 무려 오백이었고, 상관세가가 외부에 마련한 숙소에서 머무는 인원까지 합치면 거의 이천에 육박하는 인원이 군웅대회에 참여하고자 모였으니 전 무림을 상대로 열리는 것도 아니고 한 지역에서 열리는 군웅대회치고는 실로 엄청난 인원이라 할 수 있었다.

게다가 오랜만에 열린 군웅대회를 구경하고자 하는 단순 관람객과 장사를 하려는 장사치까지 몰려드니 상관세가 주변 십 리 안팎으론 그야말로 발 디딜 틈도 없었다.

그토록 화려하게 막이 오른 상관세가의 가주인 상관로(上官櫓)의 환영인사와 개회사, 그리고 군웅대회에 초청을 받은 무림명숙의 축사로 시작된 군웅대회도 벌써 사흘째로 접어들었다.

활짝 개방된 상관세가의 정문, 그리고 정문에서 쭉 뻗어나간 대로의 좌우에 마련된 간이 주점에 도극성 일행이 앉아 있었다.

조그만 주점에서 우연찮게 합석을 한 이후 벌써 나흘째 함께 움직이고 있는 그들은 꽤나 친밀해져 있는 것 같았다.

술잔을 권하는 손은 자연스러웠고 부르는 호칭도 상당히 편해졌으며, 특히 대화에 거침이 없었다.

그들 대화의 대부분은 군웅대회와 군웅대회에 참여하는 인물들, 그리고 엄청난 인원이 몰려들었음에도 너무도 완벽하게 행사를 치러내는 상관세가의 역량에 대한 감탄 등이 대부분이었다. 물론 대화라고 해봐야 도극성과 소벽하는 거의 듣는 편이었고 말의 구 할 이상은 목인술 혼자 떠들어댄 것이었지만.

어쨌든 언제부터인가 대화의 주제는 군웅대회의 백미라할 수 있는 비무대회로 넘어가 있었다.

워낙 참가 신청이 많은 관계로 상관세가는 비무대회의 참가 자격에 몇 가지 제한을 두었다.

첫째, 전통이 있는 문파나 가문의 제자는 예선을 면제받았고, 둘째, 강호명숙이나 문파의 추천장이 있어도 예선을 면제받았다.

추천을 받지 못하고 무작정 예선으로 몰리게 된 이들의 불만이 쏟아져 나오긴 했으나 그들은 무작위 추첨을 통해 예선을 치러야 했다.

그렇게 해서 지난 이틀간의 예선을 통해 선발된 인원과 추천으로 이미 본선에 오른 이들을 합하면 그 수가 정확히 서른두 명이었다.

그 서른두 명은 다시 갑, 을, 병, 정에 각 여덟 명씩 배정되었다.

"으흐흐. 이것참, 긴장되는군."

도극성은 당연히 몰랐지만 양림목가는 그래도 꽤나 유명한 무가였다.

그 양림목가의 후예로 예선을 치르지 않고 바로 본선에 오르는 행운을 잡은 목인술이 몸을 부르르 떨며 술잔을 기울였다.

"을조라고 했습니까?"

"그렇네. 을조 마지막 순번이네."

"상대는 누굽니까?"

"글쎄, 아직은 모르겠네. 뭐, 운이 없는 누군가겠지."

엄청난 자신감이었다.

그러나 그 자신감 속에 담긴 떨림을 읽어낸 도극성과 소벽하가 자신들도 모르게 피식 웃고 말았다.

그 웃음을 본 목인술이 눈을 부라리며 말했다.

"어허, 왜들 이러실까? 설마하니 내가 진다고 생각하는 것은 아니겠지?"

"그럴 리가요. 잘하시리라 믿어요."

소벽하가 입가를 살며시 가리며 웃었다.

'참 적응 안 되는 웃음이란 말이야.'

도극성은 마력과도 같은 소벽하의 웃음을 보며 혀를 내둘렀다.

그녀는 나라를 뒤흔들, 아니, 한 지역을 뒤흔들 정도로 아름답지는 않았지만 길을 걷다 다시 돌아볼 정도의 미모는 분명 갖추었다.

그래도 그 정도 미모는 사람이 많은 번화가나 기루에 가면 흔히 볼 수 있을 정도였다.

하지만 그녀에겐 남들이 지니지 못한 뭔가가 있었다.

그중 하나가 바로 웃음이었는데 깔깔 웃는 것도 아니고 그저 살포시 짓는 미소엔 사람의 마음을 뒤흔드는 묘한 힘이 깃들어 있었다.

그러고 보니 저런 웃음을 어디선가 본 것도 같은 느낌이 들었다.

'소… 벽하. 이름도 익숙하단 말이야.'

고개를 갸웃거리며 생각에 잠긴 도극성. 하나 그는 결국 아무것도 기억을 해내지 못했다.

"자, 가지."

"벌써요? 너무 이른 것 아닙니까?"

"좋은 자리를 차지하기 위해선 부지런해야 돼. 조금만 있으면 몰려드는 사람들로 인해 인산인해(人山人海)가 된다고."

목인술은 그다지 내켜하지 않는 도극성을 억지로 일으켜 세우며 앞장서 걸었다.

도극성이 질린다는 표정으로 그의 뒷모습을 바라보았다.

사실 군웅대회는 흥미로웠다.

무수히 많은 사람들이 모여 만들어내는 흥겨운 잔치 분위기에 잠시 취하기도 했고, 비무대회에서 어떠한 일들이 일어날까 궁금하기도 했다.

그렇다고 시작하기 훨씬 전부터 자리를 차지하고 앉아 기다리고 싶은 마음은 없었다.

자리가 없으면 자리가 없는 대로, 가까이에서 보지 못하면 먼발치에서 보면 그뿐이었다.

"후~ 내가 여기서 뭘 하는 것인지."

아무리 난생처음 접하는 군웅대회라지만 고향 가기도 바쁜데 너무 지체하는 것은 아닌지 살짝 걱정이 들었다.

도극성이 한숨을 내쉬자 뭐가 재미있는지 소벽하의 입가에 또다시 웃음이 걸렸다.

'젠장.'

그것 역시 한숨거리였다.

둥둥둥둥.

심장을 묘하게 흥분시키는 북소리와 함께 일단의 무리들이 연단에 모습을 드러냈다. 이번 군웅대회를 주관하는 상관세가의 수뇌들과 그들이 초청한 무림명숙들이었다. 특히 그들 중 몇은 이번 비무대회의 판관 자격으로 연단에 올랐다.

그들이 등장했다는 것은 곧 비무대회가 시작될 시간이 임박했다는 것을 의미했다.

'어라? 저 영감도 왔네.'

연단 위를 살피던 도극성이 구양세가에서 헤어진 묵죽신개를 발견하고 피식 웃음을 터뜨렸다.

생판 모르는 사람들 속에서 그래도 아는 얼굴이라고 왠지 반가운 마음이 들었다.

한데 바로 그때였다.

"어? 자네도 출전하나?"

"예?"

목인술의 말에 도극성이 무슨 소리냐는 듯 쳐다봤다.

"자네도 비무대회에 출전하느냔 말일세."

"뭔 소리를 합니까? 신청도 안 했는데 제가 어찌… 그리고 별로 관심도 없습니다."

관심도 없다는 말이 조금은 거슬렸지만 지금 중요한 것은 그것이 아니었기에 목인술은 정색을 하며 손가락으로 뭔가를 가리켰다.

"하면 저것은 뭔가? 어째서 자네 이름이 저곳에 올라가 있는 것이지?"

"도대체 무슨 말을 하는……."

고개를 돌려 목인술이 가리키는 곳을 바라보던 도극성의 얼굴이 딱딱하게 굳었다.

비무대 한 켠에 마련된 대진표에서 자신의 이름을 발견한 것이었다.

그것도 갑조의 첫 번째 선수가 아닌가.

"뭐, 뭐야!"

도극성이 자리에서 벌떡 일어났다.

그리곤 보다 자세히 살펴보기 위해 대진표가 붙어 있는 곳으로 달려갔다.

잘못 본 것이 아니었다.

도극성이란 이름이 갑조 첫 번째 비무자로 당당히 올라가 있었는데 이름 옆에는 조그만 글씨로 다음과 같이 적혀 있었다.

추천자—묵죽신개.

순간, 도극성의 얼굴이 제대로 일그러졌다.

"묵죽신개라면… 무림칠괴? 허~ 난 자네가 어찌 예선도 치르지 않고 본선으로 직행했는지 이상했건만 묵죽신개 노선배님의 추천이 있었군. 세상에! 자네, 그분과도 인연이 있나? 대단하군, 대단해!"

목인술이 도극성의 속도 모르고 침을 튀며 연신 탄성을 내질렀다.

'저 영감탱이가 정말!'

머리끝까지 화가 치민 도극성이 이글거리는 눈빛으로 묵죽신개를 노려봤다.

그 눈빛 때문인지 아니면 이미 도극성의 존재를 알고 있었기 때문인지 주변 사람들과 한창 이야기에 바쁘던 묵죽신개가 슬쩍 고개를 돌리더니 손을 들어 아는 체를 해왔다.

너무도 자연스럽고 태연스런 묵죽신개의 행동에 도극성의 속은 부글부글 끓어올랐건만 눈치없는 목인술은 묵죽신개를 향해 연신 허리를 꺾고 있었다.

 그사이 비무대회의 대표판관으로 소개된 한 노인이 비무대에 올라 인사말과 간단한 규칙에 대해 소개하고 있었다.

 물론 도극성은 듣지 않았다.

 묵죽신개를 향해 전음을 보내기에도 바빴기 때문이었다.

 [이게 무슨 짓입니까?]

 [무슨 짓이긴? 비무대회 아니더냐?]

 [누가 비무대회에 나간다고 했습니까?]

 [무림에 발을 들여놨으면 이런 경험도 해보는 것이다. 좋은 기회지 않느냐? 이참에 운룡기협의 명성을 제대로 날려보거라. 흐흐흐, 운룡기협이라… 그럴듯해.]

 [난 그딴 명성은 필요없으니까 필요하면 영감님이나 많이 날리시던가요.]

 빈정이 잔뜩 상하자 말투부터 확 변했다.

 [성질하고는. 네놈은 어째서 남의 선의를 그렇게 무시하는 것이냐?]

 [선의는 무슨 얼어죽을 선의! 지금 장난하는 것 아닙니까?]

 도극성이 묵죽신개와의 언쟁에 핏대를 올리는 사이, 그의 이름과 그가 상대해야 하는 사람의 이름이 호명되었다.

 [너 부른다.]

묵죽신개가 장난스런 음성으로 말했다.

짜증이 화산 폭발하듯 솟구쳤다.

[누가 상관이나 한답니까?]

더 이상 얘기를 나누다간 복장이 터질 것 같은 기분에 묵죽신개를 바라보던 도극성이 고개를 홱 돌려 버렸다.

"문인창(聞人彰) 공자께선 이미 비무대에 올랐습니다. 도극성 공자도 비무대에 오르십시오."

도극성이 아무런 반응이 없자 비무대회를 진행하는 사내의 얼굴에 난처함이 떠올랐다.

시작이 좋아야 끝도 좋은 법.

첫 출발부터 기권승이면 비무대회의 흥미가 확 떨어질 수 있기 때문이었다.

"도극성 공자 안 계시오?"

사내가 주변을 두리번거리며 재차 물었다.

"자, 자네."

도극성은 아예 무시를 하고 태연히 서 있는데 안달이 난 것은 오히려 목인술이었다.

"신경 꺼요. 비무대회에 나갈 생각 없습니다."

순간, 목인술은 망연자실한 표정을 지었고 소벽하도 약간은 아쉬워하는 눈빛이었다.

"마지막으로 한 번 더 부르겠습니다. 도극성 공자는 어서 비무대에 오르시오. 다섯 셀 때까지 오르지 않으면 기권한 것으로 간주하겠소. 하나, 둘……."
 사내가 숫자를 세기 시작하자 이곳저곳에서 웅성거리기 시작했다.
 "넷… 다서……."
 "자, 잠깐! 여기 있소이다!"
 결국 참지 못한 목인술이 번쩍 손을 들고 말았다.
 "뭣 하는 겁니까?"
 깜짝 놀란 도극성이 버럭 소리를 지르는 바람에 모든 이들의 시선이 일제히 그들에게 쏠렸다.
 "도극성 공자시오?"
 대회를 진행하는 자가 물었다.
 "내가 아니라 이 친구가……."
 목인술이 기어들어 가는 음성으로 도극성을 가리켰다.
 "난 참가하지 않는다고 했습니다."
 "너, 너무 아깝지 않은가?"
 "아까울 것 없습니다. 안 하기로 했으면 안 하는 겁니다."
 도극성의 태도는 단호했다.
 "지금 즉시 비무대에 오르지 않으면 기권하는 것으로 간주할 수밖에 없소. 괜찮겠소?"
 진행자의 물음에 도극성은 간단히 고개를 끄덕이는 것으로 대답을 대신했다.
 진행자의 얼굴에 실망의 빛이 깃들었다.

하나 본인이 싫다면 어쩔 수 없는 일이었다.
"첫 번째 비무는 도극성 공자의 기권으로……."
바로 그때였다.
"잠깐만 기다리시오."
진행자가 자신의 말을 끊은 사람을 향해 고개를 돌렸다.
그는 다름 아닌 먼저 비무대에 오른 문인창이었다.
구강 문인세가의 장손으로 올해 나이 스물다섯이 된 그는 훤칠한 키, 조각 같은 외모를 지닌 데다가 뛰어난 무공까지 익혀 그를 배출한 문인세가는 물론이고 장차 큰 영웅이 될 것이라 하여 인근 지역 사람들에게까지 기대를 한 몸에 받고 있는 사내였다.
"무슨 일입니까?"
진행자의 물음에 대답을 하는 대신 문인창의 시선은 도극성에게 향해 있었다.
"형장, 무슨 일인지는 모르나 웬만하면 비무대에 오르시오."
이건 또 무슨 헛소리냐는 표정으로 바라보는 도극성.
"본선 첫 시합부터 기권승이라면 김이 확 빠지잖소. 내 사정을 봐서 적당히 할 터이니 올라오시오."
문인창이 여유롭기 그지없는 자세로 도극성에게 손짓을 했다.
'사정을 봐? 적당히?'

어이가 없었다.

황당해서 말도 안 나왔다.

당장에라도 달려가 요절을 내고 싶었다.

그렇다고 비무대에 오르자니 그 또한 모양새가 좋지 않았다.

내심 갈등을 하고 있는데 결정적인 한마디가 더 들려왔다.

"그래도 걱정이 된다면 내 십 초를 양보하겠소. 또한 한쪽 손을 쓰지 않을 터이니 걱정 말고 올라오시오."

엄청난 선언이었다.

문인창은 상대를 한 수, 아니, 서너 수는 아래로 보고 있어야 할 수 있는 말을 거리낌없이 내뱉었다. 그것도 수천 명이 운집해 있는 곳에서.

게다가 들려오는 한줄기 전음이 있었으니.

[쯧쯧, 한심하기는! 무명신군은 단 한 번도 도전하는 자를 피하지 않았다.]

묵죽신개의 전음은 그렇잖아도 활활 타오르는 불길에 기름을 끼얹는 격이었다.

도극성이 천천히 몸을 일으켰다.

다른 이는 눈치 채지 못했지만 소벽하는 도극성이 들고 있던 술잔이 먼지가 되어 사라지는 것을 볼 수 있었다.

절로 안쓰러운 마음이 들었다.

물론 그 안쓰러운 마음의 상대는 도극성이 아니라 거만한 자세로 서 있는 문인창이었지만.

"하하! 이제야 결심이 선 것이오? 잘 생각……."

몸을 일으킨 도극성을 보며 호탕하게 웃던 문인창의 안색이 확 변했다.

천천히 비무대로 오르는 도극성의 몸에서 뿜어져 나오는 기운이 결코 예사롭지 않음을 느낀 것이었다.

"와아아아!"

"시작이다!!"

도극성이 비무대에 오르자 천지가 떠나가라 함성이 울려 퍼졌다.

진행자의 얼굴에도 안도의 빛이 스쳐 지나갔다.

우여곡절이 있었지만 자신의 의도대로 도극성이 비무대에 오르자 묵죽신개는 기분이 좋았다.

그의 웃음을 본 상관세가의 가주 상관로가 너털웃음을 흘리며 물었다.

"허허, 꽤나 애를 먹이는 친구군요. 노선배께서 추천을 했다고 들었습니다만, 어떤 친구입니까?"

"글쎄. 딱히 뭐라 정의를 내리기가 어려운 녀석이라고나 할까."

"그런가요? 허허, 그나저나 상대가 너무 좋지 않습니다. 하필이면 옥기린(玉麒麟) 문인 공자라니. 그렇지 않습니까, 가주?"

상관로가 문인창을 극찬하며 문인세가의 가주를 바라보았다.

"허허, 옥기린이라니요, 가당치도 않습니다. 게다가 상대는 묵죽신개께서 추천한 친구입니다. 길고 짧은 것은 대봐야 알겠지요."

문인세가의 가주 문인학(聞人學)이 허연 수염을 쓸어 올리며 말했다. 하지만 그 말속에는 이미 승부는 끝났다는 자신감과 손자 문인창에 대한 엄청난 자부심이 깃들어 있었다.

"그렇군. 저 아이가 자네의 손자였군그래."

"그렇습니다, 선배."

"자세를 보니 어린 나이에 제법이야."

묵죽신개 같은 노기인이 손자를 칭찬하자 그렇게 뿌듯할 수가 없었다.

"과찬입니다. 아직 많이 부족하지요."

"후~ 그런데 상대가 너무 좋지 않아."

"염려하지 마십시오. 너무 심하게 하지는 않을 것입니다."

문인학이 염려하지 말라는 표정으로 말했다.

그러자 한숨을 푹 내쉰 묵죽신개가 고개를 흔들었다.

"말귀를 못 알아듣는군. 나는 저놈을 걱정한 것이 아니라 자네의 손자를 걱정한 것일세."

"예? 무슨……."

"하필이면 만나도 저런 괴물을 만났으니… 게다가 적당히 사정 봐주면서 한다고 했나? 쯧쯧, 도발을 해도 아주 제대로 도발을 했어."

"……."

상관로와 문인학은 묵죽신개가 무슨 말을 하는지 이해를 할 수가 없었다.

문인창은 또래 중 최고의 고수라 할 수 있었다.

비무대회에 앞서 구강 인근에서 패악질을 하던 백호쌍흉(洎湖雙兇)을 단칼에 보내면서 그 실력은 이미 만천하에 입증된 상태였다.

'훗, 자존심 때문이로군.'

상관로와 문인학이 서로의 얼굴을 보며 의미심장한 웃음을 흘렸다.

문인창은 확실한 우승 후보였다.

가문의 기대를 한 몸에 떠안고 있는 그에게 있어 우승은 당연한 일이었다.

비무대회를 관전하는 모든 이들의 생각도 그랬다.

비무대회에 출전한 명단을 살펴봐도 그와 상대할 수 있는 사람이 거의 없었다.

그나마 실력이 있는 자들은 모두 다른 조에 몰려 있어 상대적으로 편한 문인창과는 달리 꽤나 힘든 일정을 치러야 했기 때문이었다.

어쩌면 하늘을 찌르는 그의 인기에 영합한 주최 측에서 그걸 염두하여 그리 조를 편성한 것인지도 몰랐지만, 어쨌든 그는 누구도 부인하지 못하는 강력한 우승 후보였다.
 그런데 그런 모두의 기대를 뒤엎어 버리는 어처구니없는 사태가 발생하고 말았다.
 그 시작은 작은 타격음으로 시작되었다.
 짝!
 충격은 그다지 크지 않았으나 상대에게 뺨을 맞았다는 것은 참으로 수치스런 일이 아닐 수 없었다.
 하나 상대의 움직임이 제대로 보이지 않았다면 단지 수치스러움을 떠나 심각한 문제가 아닐 수 없었다.
 지금 도극성을 쳐다보는 문인창이 그랬다.
 그는 별다른 통증이 느껴지지 않는 뺨을 어루만지며 멍한 얼굴을 하고 있었다.
 자신만만하게 선공을 양보했고, 상대는 별다른 토를 달지 않고 자신의 호의를 받아들였다.
 '도대체 언제?'
 분명 접근하는 도극성의 움직임은 파악하고 있었다.
 느리다고는 할 수 없었지만 그렇다고 그리 빠르지도 않았다.
 어깨가 들썩이는 것도 정확하게 파악했다.
 그런데 파악했다고 여긴 순간 이미 그의 손길이 뺨에 머물다가 사라졌다.

문인창은 도극성의 손이 언제 자신의 **뺨**을 때리고 지나갔는지 이해를 할 수가 없었다. 비단 그뿐만 아니라 그와 도극성 사이에 무슨 일이 벌어진 것인지 모르는 사람이 대부분이었다.

그걸 정확하게 본 사람은 오직 연단에 올라 비무대회를 참관하고 있는 몇몇 고수들뿐이었다.

'빠르다.'

문인창의 무난한 승리를 예상하고 있던 문인학의 얼굴이 딱딱하게 굳었다.

그는 자신도 모르게 묵죽신개를 바라보고 있었다.

비로소 그가 한 말의 의미를 깨달은 것이었다.

찰나지간에 벌어진 일이었지만 그 한 번의 움직임으로 그는 도극성의 실력을 어느 정도 인식할 수 있었다.

손자라서가 아니라 문인창은 또래에선 적수가 없을 정도로 훌륭한 실력을 지니고 있었지만 도극성은 그 수준 자체가 다른 것이다.

"저기……."

문인학이 묵죽신개를 부르려는 순간이었다.

"아!"

바로 옆에 있던 상관로의 경악성에 문인학의 고개가 비무대로 향했다.

그의 눈에 뒷걸음질치며 비틀거리는 문인창의 모습이 들

어왔다.

"어, 어찌 된 것입니까?"

문인학이 물었다.

상관로가 너무도 놀란 기색을 감추지 못하고 대답했다.

"또, 또다시 뺨을 맞았습니다. 손자 분께서 공격을 퍼부었지만……."

"그렇다고 고작 뺨 한 대에……."

"한 대가 아닐세."

묵죽신개가 고개를 흔들었다.

"예?"

"도합 네 대. 좌우 번갈아가며 정확하게 네 대를 맞았네."

"으으으."

문인학이 몸을 부르르 떨었다.

수많은 이들 앞에서 무참히 뺨을 맞고 비틀거리는 손자의 모습. 문인창의 수치감이 자신에게 밀려드는 것 같았다.

"이대로… 이대로 끝나지 않을 겁니다."

문인학이 이를 꽉 깨물며 말했다.

"그렇지. 이대로 끝나지는 않을 게야."

"암요. 손자 분이 잠시 방심을 해서 그렇지, 곧 정상적인 모습을 찾을 겁니다."

상관로가 나름 위로의 말을 건넸다. 그러자 묵죽신개가 한심하다는 듯 쳐다보며 역정을 냈다.

"쯧쯧, 저 움직임을 보고도 그런 말이 나오는가? 차라리 이대로 끝나는 것이 좋을 것이야. 내가 조금 전에 말했지, 도발을 해도 아주 제대로 했다고. 원래대로라면 처음 뺨을 맞았을 때 끝날 싸움이었어. 한데 벌써 다섯 대나 맞았네. 그게 뭘 의미하는지 아는가? 아주 작심을 했다는 게야, 작심을."

"……."

문인학은 대답하지 않았다.

분명 상대의 실력이 월등함은 그도 느끼고 있었지만 이대로 무력하게 끝낼 문인창이 아니었다. 아니, 그리 믿고 싶은 것일 수도 있었다.

어지러움증이 밀려오는지 문인창이 머리를 흔들었다. 조금은 정신이 맑아지는 듯했다.

간지러운 느낌에 손을 들어 코밑을 쓰윽 닦았다.

피가 묻어 나왔다.

얼마나 많은 피가 흘렀는지 상의는 이미 붉게 물들어 있었다.

고개를 돌려 관중을 살폈다.

믿을 수 없는 결과에 다들 어리벙벙한 표정이었다. 특히 그를 응원하는 수많은 여인들은 어쩔 줄 몰라 하며 눈물을 흘리고 있었다.

'놈은? 놈은 어디 있지?

문인창이 도극성을 찾았다.

도극성은 좌측 이 장 밖에서 뒷짐을 지고 서 있었다.

문인창이 정신을 차린 것을 확인한 도극성이 착 가라앉은 음성으로 말했다.

"지금도 한 손으로 나를 상대할 수 있다고 생각하나?"

"너……!!"

"사과를 한다면 이것으로 그만둘 용의가 있다."

"개소리!!"

문인창이 살기 어린 눈으로 소리쳤다.

그에 대한 도극성의 반응은 냉정한 것이었다.

"거절한 것으로 알겠다."

도극성이 한 걸음을 내딛자 문인창은 자신도 모르게 뒷걸음질쳤다.

방금 전의 자신감 넘치는 어조는 어느샌가 사라지고 없었다.

"우우우우!"

관중들 사이에서 몇몇 야유의 음성이 터져 나왔다. 물론 여전히 문인창을 응원하는 함성이 압도적으로 많았지만 오직 야유만이 문인창의 귓가로 파고들었다.

'야유? 설마하니 이 문인창에게 야유를 보내는 것이냐? 고작 저런 놈 하나를 상대하지 못하고 피한다고? 겁을 먹고 도망을 간다고?'

뒷걸음질치던 문인창의 발걸음이 딱 멈췄다.

동시에 도극성을 노려보는 눈빛에서, 그를 겨누고 있는 검에서 무시무시한 살기가 뿜어져 나왔다.

"나는 문인창이다!"

스스로의 이름을 채찍질하듯 외친 문인창이 허공으로 몸을 띄웠다. 그리곤 그가 알고 있고 현재 가장 잘 사용할 수 있는 무공을 펼쳤다.

환한 대낮임에도 확연히 구별할 수 있는 검광이 허공에 충천하고, 무수히 많은 검이 도극성을 노리며 짓쳐들었다.

"아!"

이곳저곳에서 탄성이 터져 나왔다.

드디어 문인창의 본 실력이 나오는 것이라 여긴 것이었다.

물론 그에 동의하지 않는 사람들도 있었다.

대표적인 사람이 연단의 묵죽신개를 비롯하여 몇몇 고수들, 그리고 무엇보다 정면으로 공격에 맞서야 하는 도극성이 그랬다.

문인창의 공격을 물끄러미 바라보던 도극성의 걸음걸이가 조금 변했다.

몸도 흔들렸다.

그 어떤 상황에서도 도극성의 몸을 완벽하게 지켜줄 수 있는 표영이환보였다.

<u>스스스</u>.

도극성의 신형이 비무대 위를 물 흐르듯 부드럽게 미끄러져 움직이고 그토록 매섭게 보이던 문인창의 공격은 도극성의 잔상만을 쫓으며 허무하게 실패로 돌아갔다.

문인창의 공격을 가볍게 피해낸 도극성이 그의 품을 파고들었다.

문인창이 기겁을 하며 피해보려 애썼지만 그러기엔 도극성의 움직임이 너무도 빠르고 신묘했다.

"문인창이라고? 그래서 어쩌라고?"

나직이 비웃어준 도극성의 손이 움직였다.

피하고 싶었지만 그럴 수가 없었다.

도극성이 이미 문인창의 움직임을 완벽하게 제어하며 손을 썼기 때문이었다.

쫙!

비무대 주변의 누구라도 들을 수 있을 정도로 우렁찬 격타음이 들리고 외마디 비명과 함께 문인창의 몸이 도극성이 휘두른 팔의 방향으로 실 끊어진 연처럼 날아갔다.

한데 그것이 끝이 아니었다.

도극성의 몸이 바람처럼 움직였다.

"안 돼!"

도극성의 의도를 알아차린 묵죽신개가 기겁하며 소리를 질렀다.

그러거나 말거나 문인창이 날아가는 방향에 미리 도착해

있던 도극성이 재차 손을 휘둘렀다.

쫙!

또다시 들려오는 격타음.

문인창은 이번엔 비명도 지르지 못하고 날아온 곳으로 되돌아가 무참히 처박혔다.

그래도 정신을 잃지 않았는지 늘어진 개구리처럼 사지를 뻗고 누운 몸이 연신 꿈틀댔다.

도극성이 그를 향해 걸어갔다.

"그만 하게. 승부는 이미 났네."

비무대회의 관관 중 한 명이 황급히 일어나 말렸으나 도극성은 대꾸도 하지 않았다. 대신 문인창의 옆에 쪼그리고 앉아 그의 귀에 조용히 속삭였다.

"호랑이는 토끼 한 마리를 잡을 때에도 최선을 다한다. 한데 여우도 되지 못하면서 그런 자신감은 뭐냐? 앞으론 그런 근거없는 자신감은 드러내지 마라. 토끼가 비웃는다."

문인창의 어처구니없는 행동을 가볍게 비웃어준 도극성이 그의 볼을 살짝 두드렸다.

앞니의 절반 이상이 부러져 나가고 머리부터 시작해서 전신을 짜르르 울리는 통증에 혼절하기 일보 직전인 문인창. 그럼에도 흠칫 몸을 떠는 것을 보면 그 짧은 시간 동안 도극성이 그에게 얼마나 무시무시한 공포감을 심어준 것이었는지 알 수 있었다.

천천히 몸을 일으킨 도극성이 주변을 둘러보았다.
아무도 입을 열지 못했다.
그를 말렸던, 그리고 승리를 선언해야 했던 판관도, 당연히 문인창의 승리를 예상하고 있던 관중도 모두 놀란 눈으로 바라만 볼 뿐이었다.
심지어 그가 비무대에 오르는 데 혁혁한 공을 세운 목인술조차도 벌어진 입을 다물지 못하고 있었다.
하지만 진정 놀라운 일은 그다음에 벌어졌다.
묵죽신개를 지그시 쏘아본 도극성이 막 그의 승리를 선언하려는 판관을 향해 한마디를 던진 것이었다.
"기권하겠소."
도극성은 판관의 대답도 듣지 않고 몸을 휙 돌렸다.
상대를 초죽음이 되도록 몰아붙인 승자가 기권을 해버린 초유의 사태에 장내는 또다시 술렁일 수밖에 없었다.
사람들이 어찌 생각하든 눈곱만큼도 신경 쓰지 않고 비무대를 내려가려던 도극성의 몸이 그대로 굳었다.
누군가가 그의 뒤에 나타나 엄청난 살기를 뿜어댔기 때문이었다.
도극성이 천천히 몸을 돌렸다.
그의 앞엔 안광이 형형한 노인이 한 명 서 있었다.
"네가 도극성이냐?"
노인이 칼칼한 음성으로 물었다.

"그리 묻는 영감은 누구요?"

시건방진 말투가 아닐 수 없음에도 노인은 화를 내지 않았다.

"주건록이라 한다."

"주… 뭐요?"

들어본 적이 없었던 도극성이 고개를 갸웃거렸다.

하나, 바로 그 순간 주변은 일대 난리가 났다.

그도 그럴 것이 난데없이 비무대에 모습을 드러낸 노인이 다름 아닌 북명신문의 장로 주건명의 동생이자 사도천의 십이장로인 일도진천(一刀震天) 주건록이었기 때문이다.

연단에 앉아 있던 명숙들이 분분히 몸을 일으키며 경계의 눈빛을 보내자 주건록이 그들을 향해 조용히 입을 열었다.

"그대들과는 상관이 없소. 아울러 군웅대회를 망칠 생각도 없소. 노부는 그저 이 아이에게 볼일이 있을 뿐이오."

"하지만 비무대에 오른 순간부터 이미 본 대회를 망치고 있는 것이오."

상관로가 인상을 찌푸리며 말했다.

"진정 망치고 싶지 않으면 잠시만 기다리시오."

"음."

무시무시한 경고를 날려 상관로의 입을 막아버린 주건록이 도극성에게 전음을 보냈다.

[영강평(迎江坪)에서 기다리겠다.]

"별로 생각이 없소만."

"마음대로 해라. 그런다고 피할 수 있는 것은 아니니까."

"흥. 그거야 두고 보면 알 것이고."

도극성이 콧방귀를 뀌자 주건록이 피식 웃으며 말했다.

"듣던 대로 배짱은 좋군. 동료들도 네 녀석만큼이나 배짱이 좋았으면 좋겠구나."

순간 입가의 웃음을 지운 도극성이 목인술과 소벽하를 찾아 시선을 돌렸다.

없었다.

방금 전까지만 해도 자리에 앉아 있던 목인술과 소벽하의 모습이 감쪽같이 사라져 버린 것이다.

"당신……."

"노부도 이런 식은 별로 좋아하지 않는다. 단지 피곤함을 피하고 싶을 뿐. 네가 오면 무사히 풀어주도록 할 것이다."

"……."

"기다리고 있겠다."

도극성은 침묵을 지켰다.

그의 얼굴을 잠시 응시하던 주건록이 상관로 등에게 고개를 돌렸다.

"무례했다면 용서하시오."

가볍게 사과를 한 주건록이 비무대에서 내려서자 군웅들이 일제히 갈라서며 그에게 길을 내주었다.

"누굽니까?"

도극성의 물음에 어느새 그의 곁으로 다가온 묵죽신개가 무거운 얼굴로 대답했다.

"방금 듣지 않았느냐? 일도진천 주건록이라고. 한 가지 덧붙이자면, 네가 구양세가에서 제대로 망신을 준 주건명의 동생이기도 하지."

"아!"

비로소 지금의 상황을 이해한 도극성이 고개를 끄덕이다 다시 물었다.

"그런데 영강평은 또 어딥니까?"

第十七章
영강평(迎江坪)

 영강평은 영강사라는 조그만 절의 뒤편에 펼쳐진 넓은 들밭을 이르는 말로 때로는 곳곳에 갈대의 군락이 있어 노군평(蘆群坪:갈대가 무리진 평원)이라 불리기도 하는 곳이었다.
 주건록의 초대(?)를 받은 도극성이 죽어도 따라가겠다는 묵죽신개마저 뿌리치고 그곳에 모습을 드러낸 것은 서산마루에 걸린 해가 붉은 기운을 드리우기 시작할 무렵이었다.
 "왔군."
 "왔소."
 도극성의 심드렁한 대답에 주건록의 입가에 살짝 미소가 지어졌다 사라졌다.

"날파리들이 꽤나 많군."

주건록이 곳곳에 펼쳐진 갈대 군락을 살피며 말했다.

이미 그곳에 수상한 자들이 은신해 있다는 것을 눈치 채고 있던 도극성이 오히려 이상한 표정을 지으며 고개를 흔들었다.

"나는 모르는 자들이외다."

"그래? 뭐, 상관은 없다."

말은 그리해도 주건록은 이미 수하들에게 주의를 기울이라는 명을 은밀히 내려놓은 상태였다.

"한데 그들은 어디에 있습니까?"

"누구… 아! 잊고 있었군."

주건록이 손짓을 하자 무리 뒤편에서 결박당한 목인술과 소벽하의 모습이 보였다.

"괜찮습니까?"

"괘, 괜찮네."

목인술이 울먹이는 듯한 얼굴로 고개를 끄덕였다.

"어디 다치신 데는 없습니까?"

"예. 괜찮아요."

두려움에 어쩔 줄을 몰라 하는 목인술에 비해 소벽하는 도극성은 물론이고 주건록까지 슬며시 쳐다볼 정도로 무척이나 담담한 모습이었다.

"내가 왔으니 약속대로 풀어주시오."

"너무 서두르지 마라. 때가 되면 알아서 풀어줄 테니까."
"약속을 어길 셈입니까?"
도극성의 음성이 싸늘해졌다.
"함부로 지껄이지 마라. 분명 풀어준다고 했다."
"믿을 수 없소."
"믿고 안 믿고는 네 자유다. 하니, 우선은 나와의 일을 해결하자꾸나. 내 형님께서 네게 큰 빚을 지셨다고 들었다."
"……."
"해서 그 빚을 내가 갚고자 한다."

그 빚이라는 것이 무엇을 의미하는지 모를 리 없었지만 도극성은 코웃음을 치며 비웃었다.

"훗, 이렇게 빚을 갚는 법도 있었군."
"건방 떨지 마라."

차갑게 일갈한 주건록이 뇌문도(雷紋刀)를 비스듬히 누이며 다가왔다.

"무기가 없는 자를 핍박했다는 소리를 듣고 싶지는 않다."

그 말에 수하 중 하나가 목인술의 검을 빼앗아 도극성에게 던졌다.

도극성은 거절하지 않았다.

상대가 주건록 혼자라면 모를까 어쩌면 그의 수하도 상대해야 할 터. 오십이 넘는 인원을 상대하려면 아무래도 무기를 드는 편이 낫다고 생각한 것이었다.

영강평(迎江坪) 251

"오시오."

도극성이 검을 까딱이며 말했다.

"지옥을 보여주마!"

말은 거칠었으나 도극성에게 다가가는 주건록의 심장은 차갑게 식어 있었다.

수십 년간 강호를 주름잡은 형 주건명이 상대를 얕잡아보거나 하지는 않았을 터. 형을 꺾은 도극성은 분명 실력자였다.

그 정도의 실력자에게 잠깐의 방심이 어떤 결과를 가져오는지 그는 너무도 잘 알고 있었다.

'이 영감, 강하군.'

도극성은 점점 거리를 좁혀오는 주건록의 살벌한 기세를 온몸으로 느끼며 상당히 긴장하고 있었다.

파스슷!

주건록의 뇌문도에서 한줄기 도기가 충천하며 마침내 싸움이 시작됐다.

단숨에 삼 장의 거리를 좁힌 도기가 마치 화살과도 같이 도극성의 목을 노리며 쇄도했다.

순식간에 접근한 도기를 보는 도극성의 눈은 조금의 동요도 없었다.

그저 왼쪽 발을 축으로 비스듬히 몸을 돌려 도기를 흘려보낼 뿐이었다.

도기에 스친 머리카락이 우수수 쏟아졌으나 더 이상의 위협은 없었다.
 주건록이 공격을 하는 동시에 도극성 역시 한줄기 검기를 날려 그의 움직임을 묶었기 때문이었다.
 "제법이구나!"
 진심이었다.
 그런 식으로 간단히 공격을 피하고 오히려 역공을 펼칠 줄은 미처 생각지 못했다.
 주건록이 재차 도를 휘두르고 그에 맞추어 도극성의 검도 움직였다.
 쨍!
 커다란 충돌음과 함께 도극성과 주건록 사이를 중심으로 엄청난 압력이 주변으로 휘몰아쳐 갔다.
 둘이 뿜어낸 도기와 검기가 허공에서 충돌한 것이었다.
 "어디 또 막아보거라!"
 주건록이 한껏 기세를 올리며 뇌문도를 휘둘렀다.
 그러자 몇 가닥의 도기가 마치 생명이 깃든 것처럼 살아 움직이며 꿈틀댔다.
 '장난 아닌데.'
 감탄만 할 시간은 없었다.
 도극성이 표영이환보의 보로를 따라 표홀히 움직이며 검을 휘두르자 그의 검에서 마치 안개가 피어오르는 듯한 기운이 흘러나왔다.

운예명멸(雲霓明滅)!

칠초 사십구식으로 이루어진 무극진천검법의 첫 번째 초식이었다.

꽈꽈꽝!

조금 전과는 비교도 되지 않는 굉음이 영강평에 울려 퍼지고 주건록의 공격을 막아낸 도극성의 반격이 곧바로 이어졌다.

"헛!"

승기를 잡을 것이라 기대한 것은 아니었지만 그래도 어느 정도 곤란은 줄 수 있을 것이라 여긴 공격이 간단히 막히고, 오히려 날카롭기 그지없는 반격이 날아들자 주건록은 혀를 내둘렀다.

그는 생각할 겨를도 없이 황급히 몸을 날렸다.

단순히 제자리에서 뇌문도를 움직여 막아내거나 피하기엔 각기 다른 방향에서 날아오는 세 줄기의 검기는 너무도 버거웠다.

한 줄기 검기가 허리춤을 살짝 스치며 지나가고 나머지 두 줄기의 검기는 뇌문도를 사용해 가까스로 막아낼 수 있었다.

조금만 반응이 늦었어도 그대로 황천을 구경할 뻔한 주건록이 피가 배어 나오는 허리를 보며 침을 꿀꺽 삼켰다.

'이놈, 진짜다.'

두 노인.

도극성과 주건록이 치열한 싸움을 벌이는 곳에서 정확히 이십 장 정도 떨어진 갈대 군락에 몸을 숨기고 주거니 받거니 하며 싸움에 대해 논하는 두 노인이 있었다.

"허, 이걸 믿어야 하나?"

"그러게 말입니다. 일도진천 주건록 하면 결코 만만치 않은 놈인데 무명신군 그 늙은이가 정말 괴물 같은 놈을 키워냈습니다."

"그래도 주건록이 그대로 당하고 있지만은 않을 걸세. 명색이 일도진천 아닌가?"

"뭐, 그렇겠지요. 지금까지는 그저 탐색전에 불과하니까요. 게다가 까딱 잘못하다간 형의 복수는커녕 그대로 골로 간다는 것을 느꼈으니 죽을힘을 다할 겁니다. 그건 그렇고, 언제까지 지켜만 보실 생각입니까?"

"글쎄, 저 아이 나름대로 생각이 있겠지."

슬그머니 갈대를 치우는 노인, 다름 아닌 전 수라검문의 태상호법이자 지금은 수라곡의 곡주의 지위로 있는 강호포였다. 그리고 다른 노인은 장로 직에서 물러나 마찬가지로 수라곡으로 자리를 옮긴 마도병이었다.

"그래도 그렇지요. 저것들을 그냥 콱!"

마도병이 콧김을 뿜어내며 주먹을 움켜쥐었다.

"관둬. 저 아이의 요청이 있기 전까진 우린 그저 지켜보기로 한 약속을 잊었는가? 아이들에게도 쓸데없이 나서지 말라고 일러두고."

"그래도……."

"어허!"

"후~ 알겠습니다. 그리 전하겠습니다."

짧게 한숨을 내쉰 마도병이 어딘가로 전음을 보내고, 그 모습을 보던 강호포도 내심 한숨을 내쉬었다.

'우리가 걱정할 것은 저 아이가 아니라 오히려 우리들일세. 벽하와 우리들이 없어진 것을 아시면 문주께서 가만히 있지 않으실 텐데 말이야.'

좌패천이 길길이 날뛰는 것을 생각하자 절로 몸서리가 쳐졌다.

'늙어 이 무슨 고생이란 말인가.'

꽝! 꽝!

지축을 흔드는 굉음에 영강평의 갈대들이 몸서리를 쳤다.

마도병의 말대로 조금 전의 싸움은 말 그대로 탐색전에 불과한 것이었으나 그렇다고 특별히 달라질 것도 없었다.

확실히 기선을 제압한 도극성은 조금의 틈도 주지 않고 주건록을 몰아붙였다.

운예명멸, 열결벽력(列缺霹靂), 구만진최(邱㰴震摧)로 이어지는 무극진천검법의 화려한 초식들과 무수한 변초들에 의해 주건록은 벌써 몇 번이고 위기에 몰렸다가 간신히 벗어났다.
 '웃!'
 주건록에게 또다시 위기가 찾아들었다.
 생각할 겨를이 없었다.
 절대적인 위기임을 느낀 주건록이 본능적으로 몸을 굴렸다.
 나려타곤(懶驢打坤)!
 그 모습이 너무나 참담하고 비굴하여 차라리 죽음을 택할지언정 절대 행하지 않는다는 도피법.
 그러나 계속해서 이어지는 도극성의 공격을 피하기에 나려타곤만큼 좋은 것은 없었다.
 한참 동안 몸을 굴려 겨우 공격에서 벗어난 주건록이 비장한 표정으로 몸을 일으켰다.
 옷은 이미 넝마로 변해 버렸고 그가 흘린 피와 흙이 한데 뒤엉켜서 처참하기 그지없는 모습이었다.
 '상처 입은 곰만큼 무서운 것은 없는 법인데……'
 간신히 몸을 일으켜 자세를 바로 하는 주건록을 바라보는 도극성의 안색은 그리 밝지 않았다.
 그토록 맹렬히 몰아붙였음에도 치명적인 타격을 주지 못했다는 부담감, 그리고 주건록 같은 고수가 치욕을 감내하고 나려타곤을 사용했다는 것은 뒤이어 따라올 역공이 그만큼

영강평(迎江坪)

무서울 수도 있음을 의미하는 것이기 때문이었다.

"이런 치욕을 맛볼 것이란 생각은 내 생전 꿈에도 해본 적이 없다."

주건록이 형편없이 변한 자신의 몰골보다 상처 입은 자존심에 허탈해하며 말했다.

"……."

도극성이 아무런 대꾸를 하지 않자 입술을 질끈 깨문 주건록이 뇌문도를 고쳐 잡았다.

"이쯤 되면 끝장을 보아야겠지."

주건록의 뇌문도가 회전을 하기 시작했다.

천천히, 그러다가 점점 빠르게 회전하는 뇌문도가 주변의 공기를 서서히 끌어당기기 시작했다.

그가 사용하려는 무공이 무엇인지 가장 먼저 눈치 챈 사람은 초조히 지켜보는 북명신문의 제자들이 아니라 놀란 눈을 비비는 마도병이었다.

"경뢰분천(驚雷粉天)!!"

주건록에게 일도진천이라는 별호를 안겨준 도법이 바로 뇌전십팔도(雷電十八刀)였고, 그중에서 가장 극강의 초식으로 알려진 것이 바로 경뢰분천이었다.

그 옛날, 주건록을 한 수 아래로 보고 여유롭게 상대하다 그가 펼친 경뢰분천에 하마터면 목숨을 잃을 뻔했던 마도병이 그때의 일을 떠올리며 몸서리를 쳤다. 지금 생각해도 경뢰분천의 위력은 압도적이었다.

휘류류륭!

맹렬히 회전하는 소용돌이.

주건록은 어느샌가 소용돌이 속으로 모습을 감추었다.

사막에 부는 용권풍은 저리 가라 할 정도로 무시무시한 바람 앞에 도극성이 서 있었다.

'어디.'

도극성이 소용돌이 속으로 검을 찔러 넣었다.

한데 소용돌이에 부딪치자마자 검이 산산조각이 나며 흩어져 버렸다.

그것을 시작으로 마치 무너진 둑을 쏟고 내려가는 강물처럼 실로 거대한 힘이 도극성을 향해 밀려들었다.

자신의 진기가 담긴 검이 설마하니 그토록 맥없이 부서질 줄은 생각도 못했던 도극성이 황급히 물러나더니 그 즉시 어깨에 메고 있던 목함을 풀었다. 그리곤 손에 잡히는 대로 무기 하나를 꺼내 들었다.

검이었다.

그 검은 목함에서 모습을 드러내는 순간부터 예사롭지 않은 기운을 뿜어냈다.

누구도 그 검의 유래를 알지 못했다.

오직 한 무리의 사람들.

강호포와 마도병처럼 갈대 군락에 몸을 숨기고 사태의 추

영강평(迎江坪) 259

이를 살피던 한 무리의 사람들만이 그 검의 존재를 알고 있었다. 물론 그중에서도 검을 알아본 사람은 오직 한 명뿐이었다.

"아, 안 돼!"

도극성이 검을 꺼내자마자 그 검이 어떤 검인지 알아본 노인이 안타까이 부르짖었다.

그것을 알 리 없는 도극성이 그 검을 이용해 주건록의 경뢰분천에 맞서기 시작했다.

도극성이 표영이환보를 펼치며 연속으로 검을 휘둘렀다.

한 번, 두 번, 세 번……

파스스스슷.

도극성이 검을 휘두를 때마다 무시무시한 검기가 뿜어져 나왔다.

수십, 수백 갈래로 뻗어나가며 이미 어두워진 주변을 환히 밝히는 검기의 파편들이 변초에 변초를 거듭하면서 영강평을 완전히 뒤덮어 버렸다.

아직 구성까지밖에 이르지 못한 것이었지만 무극진천검법의 위력을 세상에 알리기엔 조금도 부족함이 없었다.

충돌음 따위는 없었다.

덮치는 파도에 무너지는 모래성처럼 무극진천검법으로 인해 펼쳐진 검기의 그물에 주건록의 공세는 너무도 힘없이 완벽하게 흡수되어 버렸다.

강호포와 마도병은 눈앞에 펼쳐지는 장면에 두 눈을 부릅떴다.

'세상에 이럴 수가! 어찌 이런 무공이!'

고작 두서너 호흡 만이었다.

도극성이 검을 휘두르고 검에서 뿜어져 나온 검기가 주건록의 경뢰분천을 무참히 분쇄해 버린 뒤, 사방 십 장을 완벽하게 초토화시켜 버리는 데 걸린 시간은 그토록 짧았다.

강호포와 마도병이 미친 듯이 날뛰는 심장을 겨우 달래며 도극성을 바라보았다.

천천히 검을 거두는 도극성의 모습이 눈에 들어왔다.

힘들어하는 표정이 역력한 것을 보면 그 역시 꽤나 무리를 한 모양이었다.

그리고 그의 정면에 부러진 뇌문도를 움켜쥐고 힘겹게 버티고 선 주건록의 모습이 보였다.

"허허, 허허허!"

주건록의 입에서 허탈한 웃음이 흘러나왔다.

"무슨 무공이냐?"

웃음을 멈춘 주건록이 물었다.

"무극진천검법입니다."

"무명… 신군의?"

도극성이 살짝 고개를 끄덕였다.

"과연. 천하제일인의 무공. 엄청났다."

"……."

도극성은 아무런 말도 하지 않았다.

"만나서… 반가… 웠다."

그 말을 끝으로 주건록의 신형이 천천히 무너지기 시작했다.

애당초 모든 심맥이 끊기고 심장이 파열된 상황에서 지금까지 버틴 것이 기적이라면 기적인 상태.

이미 그의 몸 상태를 알고 있었던 도극성이 슬며시 고개를 돌렸다.

쿵!

마침내 주건록이 무거운 몸을 바닥에 뉘었다.

흐릿해져 가는 눈빛.

그 속에서 주건록은 사마휘의 당부를 떠올렸다.

'혹여 무명신군이 살아 있을지 모르니 될 수 있으면 목숨만은 뺏지 말라고 했소, 천주? 안타깝게도 녀석이 이미 무명신군이오.'

그렇게 일도진천 주건록은 숨을 거두었다.

주건록이 숨을 거두는 것을 느끼며 도극성은 짧게 한숨을 내뱉었다.

'아직은 무리군.'

은현선문의 모든 무공의 바탕이라 할 수 있는 삼원무극신공이 아직 칠단계로 접어들지 못한 지금, 구성의 무극진천검법은 분명 무리가 있었다. 그렇다고 주화입마에 든다거나 치명적인 내상을 당하는 것은 아니었다. 단지 진기의 이동이 원활하지 못하고 수발이 자유롭지 못해 마음먹은 대로 무공을 펼칠 수가 없었다.

믿기 힘든 결과에 영강평은 일시 침묵에 휩싸였다. 하지만 그 침묵은 오래가지 않았다.

"네, 네놈이 감히!"

주건록을 수행하기 위해 따라온 북명신문의 장로 주용(周龍)이 노호성을 터뜨렸다.

"공격하랏! 장로님의 복수를 해랏!"

그의 명에 무려 오십이 넘는 북명신문의 제자들이 일제히 도극성을 향해 달려들었다.

'젠장.'

피할 수만 있다면 피하고 싶은 싸움이었다. 그러나 붙잡힌 목인술과 소벽하 때문에라도 피할 수가 없었다.

도극성이 다시 검을 들었다.

바로 그때였다.

"멈춰랏!"

갈대 숲에 은신해 있던 한 무리의 사람들이 갑작스레 모습을 드러내며 도극성과 북명신문의 제자들 사이로 뛰어들었다.

조금 전, 도극성이 함에서 검을 꺼내자마자 검의 정체를 알

영강평(迎江坪) 263

아본 노인과 그를 따르는 다섯 명의 사내들이었다.

"점창파(點蒼派)? 네놈들이 어찌?"

갑자기 나타난 이들의 옷이 점창파의 복색임을 알아본 주용이 황급히 수하들을 제지하며 물었다.

"도 소협과 일도진천의 대결은 정당한 것이었다. 한데 어찌 이런 비겁한 행동을 한단 말이냐?"

점창파의 노인이 근엄하게 꾸짖었다.

"그건 저자와 우리 사이의 일, 점창파가 끼어들 일이 아니다."

"끼어들어야겠다면?"

"죽여주지."

주용이 살기로 번들거리는 얼굴로 쏘아붙였다.

"할 수 있다면 해보거라."

점창파의 노인이 검을 꺼내 들자 그를 수행하던 사내들 역시 일제히 검을 빼 들었다.

"이것들이!"

주용이 이를 부득 갈았다. 하나 쉽게 공격 명령을 내릴 수가 없었다.

점창파와 싸운다는 것은 구파일방, 나아가 정파라 자처하는 이들 모두를 적으로 돌린다는 것을 의미하기 때문이었다.

'흠.'

갑작스런 상황 변화에 도극성은 당황할 수밖에 없었다.

아군이 늘어난 것은 반길 일이었으나 자신과 아무런 관계도 없는 점창파가 어째서 자신을 도우려는 것인지 이해할 수가 없었다.

그가 그런 의문을 품기를 기다렸다는 듯 낯설지 않은 전음이 날아들었다.

[그리 놀랄 것 없다.]

상관세가에서 따돌리고 온 묵죽신개였다.

[어르신.]

기분 좋을 땐 어르신, 나쁠 땐 영감탱이였다.

[네놈이 들고 있는 검을 보거라. 점창파의 상징인 화룡검(火龍劍)이 아니더냐? 크크크, 조금 전 네가 화룡검을 빼 들고 일도진천과 맞설 때 철검자(鐵劍子)의 표정을 봤어야 했는데.]

[하면?]

[그래. 행여나 검에 문제가 생길까 나선 것이다. 아, 그리고 한 가지 더 일러주자면 이 근처에 저들과 같은 의도를 지닌 자들이 아주 득실득실댄다는 것이지. 못 믿겠다면 불진을 꺼내보거라. 무당파의 말코도사들이 바람과 같이 달려올 테니까.]

묵죽신개가 키득대며 웃었다.

"흐음."

비로소 점창파가 자신을 돕기 위해 나선 이유를 알았다. 또한 주변에 무수히 숨어 있는 이들의 존재에 대한 의문도

풀렸다.
 그 순간, 무슨 생각을 했는지 도극성의 입가에 묘한 미소가 지어졌다.
 "생면부지인 저를 돕기 위해 나서시다니! 이 은혜를 어찌 갚아야 할지 모르겠습니다."
 도극성의 말에 철검자가 담담히 말을 받았다.
 "무림인으로서 정당한 대결에서 이기고도 다수에게 핍박받는 이가 있다면 돕는 것이 당연한 이치. 마음에 두지 마시게."
 "감사합니다. 한데 죄송하오나 저 많은 이들을 상대하기엔 노선배님의 검이 조금 낡은 듯합니다. 이 검을 쓰시지요."
 도극성은 철검자가 뭐라 대꾸를 하기도 전에 그에게 화룡검을 건넸다.
 얼떨결에 검을 건네받은 철검자가 멍한 눈으로 화룡검과 도극성을 번갈아 바라보았다.
 그의 얼굴이 순간적으로 붉게 물들었다.
 도극성이 자신들의 의도를 훤히 알고 있다고 생각하자 부끄러움을 참지 못한 것이었다.
 "자, 자네……."
 "어차피 주인의 손으로 되돌아갈 물건이었습니다."
 "고맙네. 진정 고마우이."
 뻔한 상황을 내색하지 않고 체면을 생각해 준 도극성의 마음씀씀이가 그렇게 고마울 수가 없었다.

"그렇다고 빈손으로 싸울 수는 없으니 다시 무기를 찾아볼까나?"

도극성이 큼지막한 목소리로 외치며 목함을 열어젖혔다. 그리곤 묵죽신개가 시킨 대로 불진을 꺼내 흔들었다.

"뭐, 무기로 쓰기엔 적당하지 않지만 뭐, 이 정도로도 충분하겠지."

도극성이 시치미를 뚝 떼고 불진을 흔들어대자 저 멀리 갈대 숲에서 바람과 같이 달려오는 이들이 있었다.

"우, 우리 무당파도 도 소협을 돕겠소!"

무당파의 장문 운선 진인에게 불진을 회수해 오라는 특명을 받고 하산한 장로 운정과 제자들이었다.

그들이 모습을 드러내자 도극성은 이번엔 검패 하나를 꺼내 들었다.

"이건 암기로 쓰면 딱이겠군."

말이 끝나기가 무섭게 남궁세가를 떠나 도극성의 발자취를 쫓아 영강평까지 온 남궁세가의 검수들이 모습을 드러냈다.

"남궁세가에서도 돕겠소이다!"

"그럼 이번엔 이걸로……."

그러자 아미파가 번개같이 나타났다.

점창파에 이어 무당파, 남궁세가, 그리고 아미파까지 나타나자 주용은 그야말로 정신을 차릴 수가 없었다. 게다가 그들이 이끌고 온 이들이 하나같이 각 문파의 최정예 고수들, 비록 수적으론 우위를 점하고 있었으나 상대가 될 수가 없었다.

하지만 그것이 끝이 아니었다.

청성파(青城派)가 모습을 드러냈다.

검귀들만 모여 있다는 해남파(海南派)에서도 진땀을 흘리며 달려왔다.

구파일방은 물론이고 모용세가(慕容世家), 하북팽가(河北彭家), 산동악가(山東岳家) 등 사천당가를 제외한 오대세가도 모조리 모였다.

'어찌들 알고… 아, 영감.'

개방의 정보력은 그야말로 무림 최강.

지금의 상황에 묵죽신개가 개입했음은 이론의 여지가 없었다.

"나~원."

도극성의 입에서 어처구니없는 웃음이 흘러나왔다.

"이래도 계속할 생각입니까?"

도극성의 물음에 주용은 시뻘게진 얼굴로 대꾸를 하지 못했다.

이미 상황이 어찌 돌아가는지 눈치를 챈 그는 도극성의 한마디에 자신을 포함한 북명신문의 모든 제자들의 목숨이 끝장날 수 있음을 알고 있었다.

"어찌 생각할지 모르겠으나 저 양반의 목숨은… 후~ 내가 원한 것은 아니었습니다."

"……"

"이 물건이 무엇인지 아시겠습니까?"

도극성이 주먹만 한 구슬 하나를 꺼내 들었다.

주용이 아무런 반응을 보이지 않자 설명을 곁들였다.

"환혼주로 알고 있소이다만……"

그 한마디에 주용의 안색이 확 돌변했다.

"돌려주겠습니다. 하니, 이번 일은 이쯤에서 끝내는 것이 어떻겠습니까?"

거절할 명분이 없었다.

뭇 문파들과 세가의 등장으로 주건록의 복수는 꿈도 꾸지 못할 상황이고, 오히려 목숨을 건져 가면 다행이었다. 그런 상황에서 사도천의 보물인 환혼주를 회수해 가면 그에게도, 그리고 북명신문에도 그 이상 바랄 것이 없었다.

끄덕.

주용의 고개가 끄덕여지자 도극성은 조금도 주저없이 환혼주를 건네줬다.

"저들도 풀어주시지요."

도극성이 여전히 결박당해 잡혀 있는 목인술과 소벽하를 가리키며 말했다.

주용의 손짓에 그들을 묶고 있던 결박이 풀렸다.

휘청거리는 걸음으로 달려오던 목인술은 도극성의 주변에 워낙 쟁쟁한 인물들이 자리하고 있자 슬그머니 뒤로 물러났다.

"그럼 오늘 일은 이쯤에서 매듭짓는 것으로 하겠습니다. 그리고 이 물건들도 원래의 주인에게 돌아갈 것입니다."

도극성의 말에 초조한 기색으로 사태의 추이를 지켜보던 이들의 얼굴에 화색이 돌았다.

하지만 그들과는 달리 발을 동동 구르는 사람들이 있었으니.

"저 많은 문파에서 신물을 찾아 몰려들고 있건만 본 문에선 뭘 하고 있는지 모르겠군."

도극성을 찾아 묵마환을 회수하려던 인원이 소벽하와 그들을 찾아 헤매고 있다는 것을 모르기에 강호포는 답답함을 감추지 못했다.

"우, 우리라도 나가야 하는 것 아닙니까?"

"……."

"곡주님!"

마도병이 안절부절못하며 물었다.

"나가면? 저놈들이 보고 있는 상황에서 납작 엎드려 인사라도 하자는 말인가?"

"그렇다고 이 좋은 기회를 그냥 버릴 수는 없는 것 아닙니까? 묵마환이 바로 저기에 있습니다."

"되었네. 조만간 회수할 기회가 있겠지."

그러나 그리 말을 하는 강호포의 음성도 살짝 떨리고 있었다.

"으으으."

마도병은 안타까움에 어쩔 줄을 몰라 했다.

강호포는 차마 보지 못하겠다는 듯 고개를 돌려 버리고 말았다.

그러는 사이 수라검문의 보물 묵마환은 다시 도극성의 목함 속으로 사라지고 말았다.

第十八章

대정련(大正聯)

중악(中岳) 숭산(嵩山).

파란 하늘, 산 정상에 걸려 있는 뭉게구름, 산들바람에 부대끼는 나뭇잎 소리와 때때로 들려오는 은은한 종소리.

숭산은 예로부터 오악의 하나로 이름난 명산이었지만 무엇보다 숭산의 이름을 드높인 것은 소실봉 중턱에 위치한 무림의 태산북두, 소림사였다.

한데 언제부터인가 고즈넉함으로 가득 차 있어야 할 숭산에 팽팽한 긴장감이 감돌고 있었다.

소림사로 이르는 곳곳에 무승들이 경계를 섰고, 전란이 벌어져도 결코 닫히지 않는다는 산문도 굳게 닫혀 있었다. 특히 귀한 손님을 맞이하고 있는 방장실의 경계는 그 어느 곳보다 삼엄했다.

소림사는 물론이고 정파무림을 이끈다 해도 과언이 아닌 소림 방장의 방장실.

침향(沈香)의 그윽한 향기 속에서 승(僧), 도(道), 속(俗) 등 각각의 복장을 한 인물들이 더없이 진지한 표정으로 앉아 있었다.

그들의 면면을 간단히 살펴보면,

소림사의 당대 방장 공진 대사, 무당파의 문주 운선 진인, 화산파의 문주 이진한, 종남파의 문주 곡상천(曲常天), 개방의 방주 구인걸(丘仁傑) 등 구파일방의 문주들과 최고 원로들이었다. 더구나 상석에 앉아 지그시 눈을 감고 있는 인물은 다름 아닌 정파무림의 신화이자 절대적인 추앙을 받고 있는 무림이성, 즉 불성과 도성이었으니 어지간한 일이 아니면 도저히 한자리에 모일 수 없는 그들이 소림사의 방장실에 모인 것이었다.

먼저 입을 연 사람은 소림사의 방장 공진 대사였다.

"소승이 여러분을 모신 이유는 다들 잘 아시리라 믿습니다."

"대충 짐작은 하고 있습니다. 한데 그토록 심각한 상황이란 말씀입니까?"

종남파의 장문인 곡상천이 물었다.

대답은 공진 대사가 아니라 개방의 방주 구인걸의 입에서 흘러나왔다.

"심각해도 보통 심각한 상황이 아닙니다. 여러분의 이해를 돕기 위해 우선 당금 무림의 상황에 대해 간단히 설명을 하도록 하겠습니다."

나이 사십에 개방의 방주가 된 구인걸은 모인 사람들 중 말석에 앉아 있는 소림의 무광과 화산의 영운설을 제외하곤 최연소였기에 개방의 방주답지 않게(?) 언행에 각별히 신경을 쓰고 있었다.

각 문파 역시 나름대로 신경 쓰고 있는지라 무림의 상황에 대해서 모르지는 않았다. 하나, 무림 최고의 정보망을 자랑하는 개방에 비할 바가 아니기에 조용히 입을 다물었다.

구인걸이 눈짓을 하자 땟국물이 줄줄 흐르는 소화자(小花子:어린 거지)가 코를 훌쩍이며 자기 키보다 훨씬 커 보이는 두루마리를 가지고 오더니 거치대 위에 걸었다.

이곳저곳 얼룩진 두루마리에는 중원의 지형과 각 문파의 세력 분포도가 무척이나 정밀하게 그려져 있었다.

사람들이 감탄할 사이도 없이 구인걸이 두루마리의 한쪽 지점을 가리켰다.

"근래 들어 사도천이 무섭게 세를 확장하는 것은 다들 아실 겁니다. 놈들의 안방이라 할 수 있는 강서 지역은 물론이고 절강과 안휘, 호남 지역까지 이미 놈들의 수중에 장악되었다고 봐도 과언이 아닙니다."

"호남엔 남궁세가가 있지 않습니까? 그리 호락호락 당할 리가 없을 텐데요?"

구인걸만큼이나 어린 나이에 장로 직에 올라 점창 장문인의 신뢰를 한 몸에 받고 있는 냉혼상(冷混想)이 물었다.

"물론 남궁세가가 굳건히 버티고 있는 호남의 남부는 비교적 안전합니다. 하지만 전체 지역으로 볼 때 남궁세가의 영향력이 미치는 곳은 얼마 되지 않고 그나마도 점점 줄어들고 있습니다. 중부와 북부는 거의 넘어갔다고 보는 것이 맞을 겁니다. 얼마 전 악양에서 큰 실패를 보는 바람에 그 행보가 멈췄지, 그렇지 않았다면 이미 장강을 넘어 호북까지 노렸을 것입니다."

순간, 모든 이들이 구양세가를 구해낸 운룡기협 도극성의 이름을 떠올렸다.

그 기억의 연장선상에 몸서리쳐지도록 두려운 한 사람이 있었다.

무명신군 소무백.

묵죽신개로부터 그의 죽음을 전해 들었을 때 얼마나 놀랐던가!

"개방에서 판단할 때 사도천이 지닌 현재의 전력이 어느 정도라 생각하는가?"

착 가라앉은 음성.

화산파 전대 장문인 검존 순우관의 물음에 구인걸은 절로 긴장했다.

그가 아무리 개방의 방주라지만 배분이라든가 무림에서의 그 위치가 달랐기 때문이었다.

"사도천의 핵심이라 할 수 있는 여섯 문파 외에 백 명 이상의 제자들을 보유하고 있는 문파가 넷에 오십 이상이 아홉, 그리고 그 외의 문파들은 헤아리기도 힘들 정도입니다. 일시에 동원할 수 있는 병력이 어림잡아 천오백은 될 것이고 열흘 안으로 그만한 인원을 충원할 수가 있습니다."

구인걸의 설명에 다들 입을 쩍 벌렸다.

사도천이 거대하다는 것은 익히 알고 있었지만 그 정도일 줄은 미처 생각지 못한 것이었다.

"문제는 지금 이 순간에도 그 세력이 조금씩 커지고 있다는 것입니다."

"특단의 대책이 필요할 것 같군요."

청성파의 대장로 천선자(闡仙子)가 한숨을 내쉬며 말했다.

"그렇습니다. 당장에라도 저들에 의해 압력을 받고 있는 문파들을 지원해야 합니다. 구양세가에서와 같은 행운을 다시 기대해서는 안 될 것입니다."

"수라검문은 어떻습니까, 방주?"

공동파의 장로 덕상 진인(德相眞人)의 물음에 구인걸이 살짝 호흡을 가다듬었다.

"무섭게 세를 늘리는 사도천과는 달리 수라검문은 별다른 움직임이 없습니다. 그러나 보이는 칼보다 보이지 않는 칼이 더 무서운 법이듯, 어쩌면 사도천보다 더 경계해야 할 곳이 바로 수라검문입니다. 누가 뭐라 해도 단일 세력으로 최강의 힘을 보유한 곳이니까요. 게다가 마의 종주를 자처하는 터라 그들이 기지개를 켜면 얼마나 많은 마도문파들이 힘을 보탤지 모릅니다."

수라검문이 지닌 힘은 모두 다 인정하는 터, 구인걸의 말이 엄살이 아님을 다들 알고 있었다.

"정말 아무런 움직임도 없소이까?"

"예. 일체 움직이지 않고 있습니다. 그러나 이미 움직이고 있는지도 모르겠습니다."

"그건 또 무슨 말입니까?"

냉혼상이 고개를 갸웃거리며 물었다.

그러자 구인걸의 안색이 살짝 어두워졌다.

"아시는지 모르겠지만 최근 몇몇 문파에서 불행한 일들이 있었습니다."

"불행한 일이라면… 혹?"

"예. 소림의 공승 대사께서 얼마 전 타계하셨고, 화산의 노무인 대협께서 세상을 떠났습니다. 그 밖에도 꽤나 많은 무림 명숙들께서 목숨을 잃으셨지요."

구인걸의 말에 다들 슬픈 표정을 지었다.

"안타까운 일입니다. 이 중요한 시국에 그런 분들께서 세상을 떠나시다니……."

천선자가 짙은 탄식을 내뱉었다.

그러다 문득 정색을 하곤 물었다.

"한데 방금 뭐라 했소? 수라검문이 이미 움직이고 있을지도 모른다고 했소?"

"그렇습니다."

"하면 그들의 죽음에 무슨 문제가……."

말도 안 되는 억측이다 싶었는지 천선자가 말끝을 흐리고 말았다.

하지만 구인걸은 그 말이 나오기를 기다렸다는 듯 고개를 끄덕였다.

"틀림없이 있습니다."

순간, 바로 얼마 전 평생을 함께한 사제 노무인을 잃은 이진한이 벌떡 일어났다.

"지금 뭐라 했소이까? 그들의 죽음에 수라검문이 관계가 있다고 한 것입니까?"

"그럴 가능성이 농후해 보입니다."

"믿을 수 없소이다. 그의 죽음엔 아무런 문제도 없었소."

"다른 분들 또한 아무런 문제가 없었지요."

"한데 무슨……."

"문제가 없어도 너무 없습니다. 그분들이 그렇게 갑자기, 게다가 공교롭게도 비슷한 시기에 돌아가실 아무런 이유가 없다는 겁니다."

다들 구인걸이 말하는 의미를 제대로 파악하지 못하고 의아해할 때, 이미 사전에 얘기를 나누었는지 공진 대사가 조용히 입을 열었다.

"소승 또한 처음엔 단순한 자연사로 파악을 하고 있었습니다. 겉으로 드러나는 외상도 없었고, 독도 검출되지 않았기에 독살의 의혹도 없었지요. 그렇다고 오장육부가 파열되거나 심맥이 끊기지도 않았습니다. 뭔가 미심쩍기는 했지만 딱히 문제될 것이 없었지요. 하지만 방주의 말대로 틀림없이 문제가 있었습니다."

공진 대사의 시선이 구인걸에게 향하자 짧게 헛기침을 한 구인걸이 다시 입을 열었다.

"사흘 전 새벽, 축시(새벽1~3시)경에 본 방의 장소춘 장로께서 목숨을 잃으셨습니다."

"저런!"

"허! 어쩌다!"

이곳저곳에서 안타까운 탄성이 흘러나왔지만 이미 슬픔은 이겨냈는지 구인걸은 오히려 담담한 표정이었다.

"공진 대사님의 말씀대로 타살의 흔적은 전혀 없었습니다. 그래서 처음엔 자연사로 생각할 수밖에 없었지요. 한데 장로님의 시신을 수습하던 중 우연찮게도 단서 하나를 찾게 되었습니다."

"그, 그게 무엇입니까?"

냉혼상이 참지 못하고 물었다.

"장로께서 목숨을 잃기 직전 자신의 아랫배에 직접 새긴 것으로 여겨지는 글자를 발견한 것입니다. 바로 '한빙(寒氷)'이라는 두 글자. 그것을 본 저는 장로님의 죽음에 깊은 의혹을 가지게 되었습니다. 그리고 곧 조사에 착수하였습니다. 개방에 쌓인 모든 정보력을 동원하여 한빙이라는 단어와 연관된 이름이나 별호, 그리고 무공을 낱낱이 뒤지기 시작했습니다. 그리고 마침내 알아냈습니다."

"그것이 무엇이오?"

이진한이 딱딱히 굳은 얼굴로 물었다.

"한빙음살마혼장(寒氷陰煞魔魂掌)이었습니다."

"한… 빙음살마혼장?"

이진한이 눈살을 찌푸렸다.

어디선가 들어본 적이 있는 것 같은데 기억이 나지 않았기 때문이었다.

"그런 무공도 있습니까?"

곡상천도 고개를 갸웃거리며 의아해했다.

"지금… 한빙… 음살… 마혼장이라 했소?"

떨리는 음성.

모두의 시선이 검존 순우관에게 향했다.

"그렇습니다."

"어찌하여… 어찌하여 그런 마공이 아직도 남아 있단 말인가?"

순우관의 얼굴이 하얗게 질렸다.

사람들은 그런 순우관의 반응에 더 놀랐다.

검존 순우관을 질리게 만들 수 있는 무공이라니!

"대체 그것이 무엇이기에 그리 놀라십니까?"

냉혼상의 물음에 순우관은 쉽게 말을 꺼내지 못했다. 그저 힘없이 고개만 흔들 뿐이었는데.

"제가 말씀드리지요."

구인걸의 말에 냉혼상과 같은 의문을 지니고 있던 이들의 시선이 일제히 그를 향했다.

"암흑마교를 기억하십니까?"

"바, 방주!"

"지금 무슨!!"

구인걸의 물음에 다들 경악을 금치 못했다.

오백여 년 전, 무림를 피에 젖게 만들었던 암흑마교.

그들이 일으킨 혈풍을 잠재우기 위해 대정련(大正聯)을 조직한 구파일방은 무수히 많은 문파들의 힘을 등에 업고 암흑마교와 대회전을 벌였다.

하지만 암흑마교가 지닌 저력과 힘은 실로 엄청난 것이

었다.

 십팔영웅이 등장해 그들을 꺾기까지 무려 삼십 년이란 시간이 걸렸으니 그사이 멸문지화를 당한 문파가 수백이요, 목숨을 잃은 이들은 헤아리기조차 힘들 정도였다.

 이후, 암흑마교와 관련된 모든 기록과 인물은 철저하게 말살되었고 시간이 지나면서 사람들의 뇌리 속에서 점점 사라져 갔다.

 한데 바로 지금, 다른 누구도 아닌 개방의 방주 구인걸이 이미 완전히 잊혀진 존재였던 암흑마교를 언급한 것이었다. 물론 이전에도 수라검문이 암흑마교의 후인을 자처하며 등장하기는 하였으나 그건 단지 흩어진 마도의 힘을 수습하기 위한 수단에 불과한 것으로 지금과는 상황 자체가 달랐다.

 "한빙음살마혼장은 말 그대로 음한지기를 상대의 몸속에 침투시켜 목숨을 뺏는 마공입니다. 그 옛날 암흑마교에서도 가장 악명이 높았던 암살단들이 사용했던 무공으로 흔적이 전혀 남지 않는 데다 효과는 실로 치명적이지요."

 "확실한 것이오?"

 "예, 확실합니다. 장소춘 장로의 내부 장기에 음한지기가 남아 있는 것을 제 눈으로 직접 확인했습니다."

 "음!"

 구인걸의 대답에 순우관은 눈을 감고 말았다.

 내부 장기에 음한지기가 남아 있다는 것은 곧 장소춘의 몸을 직접 해부했다는 것이었다. 확신이 없었다면 개방의 방주라 해도 결코 쉽게 행할 수 없는 일이었다.

"한빙음살마혼장이 등장했다면 결국 명숙들의 죽음에 암흑마교가 개입했다는 말씀입니까? 방금은 수라검문이……."

곡상천이 의혹을 제기하자 이번엔 공진 대사가 구인걸을 대신해 입을 열었다.

"수라검문이 처음 무림에 등장했을 때 그들이 암흑마교를 이은 마도의 종주를 자처했음을 기억해야 할 것 같습니다. 물론 치밀한 조사 끝에 암흑마교와 별다른 관련이 없다는 것을 밝혀내기는 했으나, 당시 암흑마교가 전 마도의 우두머리였다는 것을 감안해 보면 마도의 종주를 표방하는 수라검문과 아주 관계가 없다고도 확신할 수 없을 것 같습니다."

"하오시면 방장님의 말씀은 암흑마교 암살단의 무공인 한빙음살마혼장이 수라검문으로 흘러들어 갔을 수도 있다는 말씀입니까?"

"소승은 그리 생각합니다."

"저 역시 그리 생각하고 있습니다."

구인걸이 맞장구를 쳤다.

소림사와 개방의 두 수뇌가 같은 의견을 내자 다들 반박을 하지 못했다.

"그래도 만약의 경우에 대해서도 생각해 봐야 한다고 봅니다."

이진한이 조심스레 입을 열었다.

"어떤 경우를 말씀하시는 겁니까?"

"지나친 억측일 수 있겠으나 명숙들의 죽음이, 암흑마교를 연상시킬 수 있는 한빙음살마혼장이 수라검문과 우리를 충돌케 하는 미끼로 사용되었을 수도 있다는 생각이 드는군요."

이진한의 말에도 일리가 있기에 저마다 고개를 끄덕였다.

"듣고 보니 그렇습니다. 암흑마교의 무공이 꼭 수라검문으로 흘러들어 가라는 법은 없으니까요. 사도천에서도 얻을 수… 설마?"

자신이 언급을 하고도 놀랐는지 천선자가 눈을 동그랗게 떴다.

"예. 그 점도 배제하지 않고 철저하게 조사 중입니다. 단지 수라검문에 혐의를 조금 더 두고 있을 뿐이지요."

"후~ 늘 그렇듯 사도천과 수라검문이 말썽이군요. 무림제패의 야욕을 좀처럼 버리지 못하니……."

덕상 진인이 탄식을 하며 고개를 흔들었다.

바로 그때, 지금껏 단 한 마디도 하지 않고 있던 도성, 태을선인(太乙仙人)이 조용히 입을 열었다.

"그들만이 아닐 수도 있네."

"예? 그게 무슨 말씀이신지……?"

"어쩌면 사도천과 수라검문을 능가할 정도로 거대한 무리가 무림제패의 야욕을 품고 있을 수도 있다는 말이네."

순간, 좌중에 모인 이들의 눈에 긴장의 빛이 흘렀다.
지난 백여 년간 사도천과 수라검문 이상의 막강한 힘을 지닌 문파는 결단코 없었다.
하나, 다른 사람도 아니고 도성 태을 선인의 말이었다. 결코 가벼이 들을 수 없는 것이다.
"하오시면 사도천과 수라검문을 능가하는 세력이 존재한다는 말씀입니까?"
이진한이 떨리는 음성으로 물었다.
"정확하지는 않네. 조사 중이니 곧 밝혀지겠지."
태을 선인의 시선이 구인걸을 향하자 잠시 뒤로 물러나 있던 구인걸이 다시 앞으로 나섰다.
"제가 개방의 방주에 오른 것은 지금으로부터 정확히 사년 전, 전대 방주셨던 독비신개(獨臂神丐)께서 갑자기 실종되셨기 때문입니다."
개방 방주의 실종, 결코 가벼이 여길 사건이 아니었기에 다들 기억을 하고 있다는 듯 고개를 끄덕였다.
"하지만 실종되신 것이 아닙니다."
"그게 무슨 뜻인가요? 실종되신 것이 아니면 일부러 모습을 감추신 것이란 말입니까?"
곡상천이 눈을 동그랗게 뜨고 물었다.
"그렇습니다."
"허! 대체 무슨 연유로……?"

"수상한 세력을 조사하기 위함이었지요."

"이해가 되지 않습니다. 도대체 어떤 수상한 세력이기에 방주께서 직접, 그것도 실종을 가장하면서까지 조사에 나서야 했단 말입니까?"

곡상천이 답답하다는 듯 조금은 언성을 높였다.

"구중천(九重天)이라는 곳입니다."

"구… 중천?"

지금껏 단 한 번도 들어본 적이 없는 이름이었다.

곡상천뿐만 아니라 다들 의혹에 사로잡힐 때 구인걸이 차분히 말을 이어갔다.

"솔직히 구중천이라는 이름이 정확한지도 모르겠습니다만, 아무튼 그들이 처음이자 마지막으로 모습을 드러낸 것은 바로 남경대학살 때였습니다."

"남경대학살이라면… 관부에서 반역자들을 도왔다는 이유로 하오문(下汚門)을 박해한 사건이 아닙니까?"

냉혼상의 물음에 구인걸이 고개를 끄덕였다.

"그렇습니다. 물론 관부의 일방적인 주장이었지만 반역이란 그야말로 구족을 멸할 수 있는 죄. 하오문은 속수무책으로 당하고 말았지요. 남경에서만 목숨을 잃은 사람이 오백여 명에, 전국적으로 따지면 어림잡아 삼천 명도 넘는 인원이 목숨을 잃었다고 하더군요."

실로 엄청난 인원에 다들 할 말을 잃었다.

"양지로 오르기 위해 무던히도 애를 쓰던 하오문은 다시 음지로 몸을 숨겨야 했습니다. 그리고 그런 하오문을 노리고 주변의 문파들이 개입을 하기 시작했습니다. 사도천은 물론이고 수라검문까지 끼어들었으니 말 다 했지요."

그럴 만도 한 것이 개방에 버금가는 정보망을 지녔다고 유일하게 평가받는 것이 바로 하오문이었다.

하오문을 얻는다는 것은 곧 개방과 견줄 수 있는 정보망을 얻게 됨을 의미했다.

"바로 그때, 하오문을 위기에서 구한 일단의 세력이 있었습니다. 명목상으론 계속되는 관부의 개입으로 하오문을 노렸던 문파들이 어쩔 수 없이 물러났다고 되어 있지만, 개방에서 조사한 바로는 관부의 개입은 없었습니다. 하오문을 위기에서 구한 세력이 바로 구중천. 이후 하오문은 완벽하게 음지로 몸을 숨겼고, 구중천 또한 다시는 무림에 등장하지 않았습니다."

"그렇… 다면?"

"예. 당시 그 어떤 세력이 있어 사도천과 수라검문을 물리치고 하오문을 구할 수 있었겠습니까? 하오문의 상황을 안타깝게 지켜보고 계시던 방주께선 바로 이 점을 이상하게 여기신 겁니다. 그리고 본격적으로 조사에 착수하셨지요. 그것이 제가 어린 나이에 방주 직에 오른 이유입니다."

구인걸이 조금은 씁쓸한 표정으로 미소를 지었다.

"전대 방주님으로부터 연락은 오는 것입니까?"

천선자의 염려스런 물음에 구인걸이 어두운 표정으로 고개를 흔들었다.

"아직 단 한 번도 오지 않았습니다."

"그랬구려."

안타까운 시선이 잠시 오간 뒤, 태을 선인이 다시 입을 열었다.

"어쨌든 현재 무림은 사도천의 끊임없는 준동과 이상하리만치 조용한 수라검문, 그리고 명숙들의 죽음과 정체를 알 수 없는 또 다른 세력의 등장으로 그야말로 한 치 앞도 볼 수 없는 상황이 돼버렸소. 한데 사마의 힘은 날로 커지는 데 비해 정의 기운은 오히려 쇠퇴하고 있으니 어찌 걱정을 하지 않겠소. 해서 나, 태을이 여러분께 한 가지 제안을 하고자 하오."

방장실에 모인 이들은 점점 힘이 실리는 태을 선인의 음성에 온몸이 떨리는 듯한 느낌을 받았다.

단순히 내력이 강하거나 목소리가 커서가 아니었다.

태을 선인의 몸에서 뿜어져 나오는 범접키 힘든 기운에 몸이 알아서 반응하는 것이었다.

"이 위기를 타개하기 위해선 오직 한 가지 방법뿐. 대정련을 부활시켰으면 하오."

기왕 꺼낸 말, 태을 선인은 자신의 의견을 단숨에 밀어붙였다.

꽝!

그 한마디가 장내에 불러들인 충격파는 엄청난 것이었다.

이미 교감을 나누고 있던 소림사와 무당파, 그리고 개방의 구인걸을 제외하고는 그나마 평정심을 유지한 이는 태을 선인이 얘기를 꺼낼 때부터 어느 정도 짐작을 하고 있던 순우관과 이진한뿐이었다.

"불성께선 어찌 생각하십니까?"

순우관이 지금껏 단 한 마디도 하지 않고 있던 노승에게 물었다.

놀란 가슴을 간신히 진정시킨 이들이 노승의 대답을 기다렸다.

"아미타불! 노납은 이미 태을 도우와 뜻을 함께하기로 하였습니다."

좌중에 침묵이 흘렀다.

하지만 만선 대사의 대답으로 대정련의 부활은 결정된 것이나 다름없었다.

그 누구도 감히 무림이성의 결정에 대해 토를 달 수 없었기 때문이었다.

* * *

"지금 뭐라고 했느냐, 신산? 놈들이 우리의 존재에 대해 알고 있다고?"

"그, 그렇습니다."

"어디까지? 어디까지 알고 있다더냐?"

신산의 대답을 채근하는 노인의 얼굴에 조금은 다급함이 묻어 있었다.

"정확하게는 모르는 듯합니다. 사실 하오문을 접수하기 위해 모습을 드러내지만 않았어도 영원히 몰랐을 것입니다. 죄송합니다."

당시 무슨 일이 있어도 하오문을 차지해야 한다고 주장을 했던 신산이 바닥에 이마를 찧으며 죄를 청했다.

"음."

노인이 잠시 입을 다물었다.

신산의 말대로 하오문을 취하기 위해 모습을 드러낸 것이 실수라면 실수였다. 하지만 하오문은 그만한 가치가 있었다.

"고개를 들어라. 하오문을 접수한 덕에 우리의 정보력이 몇 배나 증가하지 않았더냐? 그 모든 것이 막강한 전력이 되어 돌아올 터, 너의 판단은 정확했다."

"가, 감사합니다."

신산이 감격에 겨운 얼굴로 거듭 머리를 조아렸다.

"어쨌든 대정련이 부활하는 데 우리도 한몫을 한 셈인데……."

"그, 그렇습니다."

"과거엔 굼뜨기 그지없었는데 이번엔 제법 발빠르게 움직이고 있단 말이야. 그래, 누가 주도했다더냐?"

"소림과 무당, 그리고 개방이 주축이 되었다고 합니다."

"무림이성이로군. 하긴, 그들이 아니면 누가 있어 그토록 빨리 대정련을 부활시킬 수 있었을까. 적이지만 대단하긴 해."

다른 사람은 몰라도 무림이성만큼은 노인도 인정하는 모습이었다.

"그렇다고 해도 모든 일이 순순히 진행되게 만들 수는 없겠지. 신산."

"예."

"놈들이 여러 늙은이들의 죽음에 수라검문을 의심하기 시작했다고 했지?"

"그렇습니다."

"잘됐군. 묵혈에게 전갈을 넣어라. 지금까지의 활약만으로도 충분했지만 조금만 더 애쓰라고 말이다. 기왕이면 우두머리 하나쯤 끝장내는 것도 좋겠지."

"그리 전하겠습니다."

신산이 명을 받았다.

"후후, 천살성의 정기를 받고 태어났다더니만 정말 대단해. 보물이 절로 굴러들어 왔어."

"이참에 추혼살루의 지위를 조금 격상시켜 주심이 어떻겠습니까?"

"좋은 생각이다. 본 천을 위해 궂은일을 마다 않는 그들을 대우해 주지 않으면 안 되겠지. 그렇게 해."

"알겠습니다."

"그건 그렇고, 그 늙은이의 행방은 찾았느냐?"

신산의 얼굴에 난처함이 깃들었다.

"죄송합니다. 그를 쫓던 혈면귀가 반병신이 되어 돌아오면서 행적을 완전히 놓치고 말았습니다."

"뭐, 상관없다. 그것만으로도 그 늙은이가 살아 있다는 것은 확인이 되었으니까. 중요한 것은 그 늙은이가 어디에 있느냐가 아니라 죽었느냐 살았느냐였으니까. 단, 모든 일을 계획함에 있어 항상 뒤통수를 조심해야 할 것이다. 그 늙은이가 노리는 것이 바로 그것일 테니 말이다."

"명심하겠습니다."

"그래, 내게 보고할 것은 모두 끝났느냐?"

"몇 가지가 더 있습니다만."

"피곤하구나. 급한 것 한두 가지만 하고 끝내자."

노인이 조금은 짜증 섞인 표정으로 손을 흔들었다.

"알겠습니다. 우선 보고드릴 것은 지난번에 명하신 일이 거의 마무리가 되어간다는 것입니다."

"지난번에 명한 일이라니?"

노인이 고개를 갸웃거리며 되물었다.

"도극성을 사도천과……."

"아! 그렇지. 좀 더 그럴듯한 싸움을 기대했건만 생각보다 너무 시원찮게 끝나는 바람에 아쉬웠다. 이번엔 제대로 된 것이냐?"

"예. 결코 빠져나갈 수 없을 것입니다."

"좋다. 기대해 보마."

"그리고 대붕금시에 관한 사항입니다만……."

"그래, 그러고 보니 대붕금시에 대한 얘기가 없었다. 상황이 어떻다더냐?"

"대붕금시로 인해 강북은 그야말로 광풍이 불고 있습니다. 서로에 대한 불신과 혼란은 극에 달했고, 하루에도 수십 명씩 죽어나간다고 합니다."

"그럴 수밖에. 보물에 눈이 멀면 부모도 안 보이는 법이니까. 한데 지금은 누가 지니고 있지?"

*　　　　*　　　　*

"하아! 하아!"

온몸이 피투성이가 된 사내가 거친 호흡과 함께 이리저리 눈동자를 굴리며 빠져나갈 구멍을 찾았다.

하지만 사방이 완벽하게 차단된 지금, 그 어떤 활로도 보이지 않았다.

'젠장. 우리 형제가 이곳에서 끝장날 줄이야.'

엄일(嚴一)이 이미 숨이 끊어진 형제들을 보며 입술을 꽉 깨물었다.

"크하하하! 아직도 결정을 못 내린 것이냐? 보물을 당장 넘겨라. 하면 목숨만은 살려주마."

엄일 형제들을 도륙한 칼을 어깨에 턱 걸치고 광소를 터뜨리는 노인은 녹림(綠林)에서도 아주 잔인하기로 유명한 인물, 사람들은 그를 광혼살마(狂魂殺魔)라 부르며 두려워 마지않았다.

엄일이 품에서 조그만 상자 하나를 꺼냈다.

"오!"

광혼살마가 반색을 하며 좋아했다.

"잘 생각했다. 뒈진 다음에야 보물이 무슨 소용일까? 자, 어서 내게 넘기고 목숨을 구하거라."

광혼살마가 손을 뻗었다.

하지만 자신의 욕심으로 인해 죄없는 동생들이 목숨을 잃었다고 자책하던 엄일은 이미 삶을 포기한 상태였다.

"다, 닥쳐랏! 내 죽는 한이 있어도 이 보물을 늙은 괴물에게 주지는 못하겠다."

"뭐, 뭐라?"

광혼살마의 눈에서 살광이 뿜어져 나왔다. 그리곤 그대로 엄일을 덮쳐 갔다.

"죽어랏!"

빛살처럼 빠른 광혼살마의 칼이 엄일의 목을 훑고 지나갔다.

서걱.

불쾌한 마찰음과 함께 엄일의 목이 허공으로 튀어 올랐다.

그런데 허공으로 치솟은 것은 엄일의 목만이 아니었다.

광혼살마가 자신의 목숨을 끊기 바로 직전, 엄일이 상자를 집어 던진 것이었다.

"어딜!"

지면을 박차고 뛰어오른 광혼살마가 손을 뻗어 상자를 잡으려 했다.

바로 그 순간,

쐐애애액!

가공할 파공성이 들리고 막 상자를 잡으려던 광혼살마의 몸이 휘청거렸다.

난데없이 날아온 화살을 막느라 몸의 균형이 무너진 것이었다.

"어떤 육시랄 놈이!"

땅에 내려선 광혼살마가 욕지거리를 내뱉으며 화살이 날아온 곳으로 고개를 돌렸다.

그러자 사십 전후로 보이는 한 사내가 커다란 활과 화살을 앞세우고 나타났다.

"여근룡(如根龍)이다!"

"절명탄궁(絶命彈弓)!!"

지금껏 세 발의 화살을 날려본 적이 없다는 절명탄궁 여근룡의 등장에 곳곳에서 웅성거림이 일었다.

광혼살마도 긴장한 빛이 역력했다.

"네놈이 죽고 싶은 게로구나!"

광혼살마가 피가 뚝뚝 떨어지는 칼을 흔들어 보이며 소리쳤다.

"자신있으면 해보고."

여근룡이 콧방귀를 뀌며 비웃었다.

"ㅇㅇㅇ."

광혼살마의 코에서 뜨거운 김이 뿜어져 나왔다.

그와 여근룡 사이는 약 칠 장 정도.

한 번의 도약으로 도착할 수 있는 거리였다.

그러나 여근룡 정도의 실력이면 그사이 서너 발의 화살을 날리고도 남음이 있기에 좀처럼 움직일 수가 없었다.

그건 여근룡 또한 마찬가지였다.

대붕금시를 담은 상자를 앞에 두고 둘의 대치가 길어지자 모습을 감추고 있던 이들이 하나둘 모습을 드러냈다.

어느 누구도 상자 근처에 가지 못했다.

욕심을 내는 순간, 모든 이들의 표적이 될 것은 자명한 일. 그 많은 이들을 적으로 돌리고 살아남기란 애당초 불가능했다.

그렇다고 미련을 접고 돌아서는 사람도 없었다.

백분지 일, 아니, 만분지 일의 가능성만 있다 해도 목숨을 걸고 도전해 볼 만큼 대붕금시가 지닌 마력은 엄청난 것이었다.

대붕금시.

언제, 누가 만든 것인지 아무도 몰랐다.
하지만 그것을 세상에 알린 사람은 누구라도 알고 있었다.

대붕금시를 얻는 자, 천하를 얻으리라.

팔룡전설을 정확하게 밝혀낸 만박자가 남긴 그 한마디를 굳게 믿고 있는 한, 일말의 가능성만 있다고 해도 목숨을 걸 가치가 있기 때문이었다.

상자를 사이에 두고 그들의 대치는 장장 한 시진이나 계속되었다.

피를 말리는 긴장감에 광혼살마와 여근룡은 물론이고 다들 녹초가 될 무렵, 난데없이 폭음성이 터져 나왔다.

펑! 펑! 펑!

갑작스런 폭음 소리와 함께 상자 주변으로 칠채색 연기가 피어오르더니 곧 주변을 완전히 뒤덮었다.

한 치 앞도 보이진 않는 상황에선 모두가 적이었다.

"크아악!"

"죽어랏!"

팽팽히 당겨졌던 끈이 끊어지며 곳곳에서 괴성과 비명이 난무했다.

잠시 후, 연기가 걷히고 아수라장을 방불케 했던 주변의 참상이 드러났다.

그 짧은 순간에 무려 삼십 명이 넘는 인원이 목숨을 잃고 널브러졌다.

광혼살마는 여근룡의 활을 심장에 맞고 절명했고, 여근룡은 광혼살마가 던진 칼로 인해 복부에 치명적인 부상을 당했다.

그런데 정작 중요한 상자는 보이지 않았다.

혼란을 틈타 감쪽같이 사라진 것이었다.

"철각비영(鐵脚飛影)!!"

누군가의 입에서 별호 하나가 튀어나왔다.

순간, 상자를 찾아 눈을 번뜩이던 이들 모두 망연자실한 표정을 지었다.

한 번 점찍은 물건은 천자의 것이라 해도 반드시 훔쳐 낸다는 천하제일 대도(大盜).

바로 그가 연막을 피우고 혼란스러운 틈을 타 상자를 슬쩍해서 도망친 것이었다.

그 누구도 쫓아갈 엄두를 내지 못했다.

애당초 흔적을 남길 위인이 아닌 데다가 하룻밤에 천 리를 간다는 천리마와 한쪽 발로 경주를 해도 이긴다는 전설이 있을 정도로 뛰어난 경공을 지녔기 때문이었다.

"하아!"

한쪽 구석에서 한숨이 흘러나왔다.

동시에 너나 할 것 없이 이곳저곳에서 한숨이 터져 나왔다.

한편, 시퍼렇게 눈을 뜨고 보물을 노리는 이들을 간단히 유린하며 상자를 차지한 철각비영 옥청풍(玉靑風)은 벌써 삼십 리 밖 나무 그늘 아래에 앉아 상자를 열고는 손바닥만 한 황금 열쇠를 보듬고 있었다.

"흐흐흐, 이게 바로 그 유명한 대붕금시란 말이렷다. 역시 하늘은 이 몸을 버리지 않으시는구나."

옥청풍이 대붕금시를 하늘로 치켜 올리며 소리쳤다.

"대붕금시는 내 것이다!"

바로 그때였다.

"누구 마음대로."

"웬 놈이냐!!"

기겁을 한 옥청풍이 번개같이 몸을 돌리며 암기를 뿌렸다.

발은 벌써 반대편으로 내달리고 있었다.

천하에서 가장 빠른 경공을 지녔다고 알려진 철각비영 옥청풍.

하나, 그는 오늘 비로소 하늘 위에 하늘이 있음을 경험하게 되었으니.

분명 한참을 뒤에서 갤갤대고 있어야 할 노인이 어느샌가 자신을 추월하며 노호성을 터뜨리는 것이 아닌가!

"버르장머리없는 놈 같으니!"

동시에 자신의 얼굴을 향해 뭔가가 날아온다고 느낀 옥청풍이 질끈 눈을 감고 말았다.

피할 생각?

꿈에도 꾸지 못했다.

쫙!

경쾌한 타격음과 함께 옥청풍의 몸이 달려오던 방향과 직각으로 꺾이며 날아갔다.

몸이 앞서고, 폭포수처럼 터진 코피가 그 뒤를 따랐다.

"가져와."

따르지 않으면 죽을 수도 있다는 공포감에 사로잡힌 옥청풍이 미친 듯이 바닥을 기었다.

툭 내던진 한마디로 철각비영 옥청풍으로 하여금 땅바닥을 기어와 대붕금시를 바치게 만든 노인이 그가 건넨 황금 열쇠를 바라보며 조용히 읊조렸다.

"대붕금시라……."

第十九章

묵룡도(墨龍刀)

장강을 거슬러 오르내리는 여객선.

배의 선미에서 도극성과 소벽하가 담소를 나누고 있었다.

사도천과의 충돌이 끝난 뒤, 목인술, 소벽하와 아쉬운 작별을 나눈 도극성은 번거로움을 피하기 위해 어쩔 수 없이 다시 배에 오르게 되었다. 그리고 배에 오른 지 이틀 만에 갑판에서 멀미로 고생하고 있는 소벽하를 만나게 되었다.

실로 우연찮은(?) 기회로 또다시 함께 여행을 하게 된 도극성과 소벽하는 이후, 틈만 나면 이런저런 얘기를 나누며 무료한 시간을 때우고 있었다.

"세상에~ 어떻게 그러고도 지금까지 살아 있을 수 있는 것이죠?"

"하하하! 뭐, 적응이 되었다고나 할까요?"

"아무리 적응을 해도 그렇지요. 밤새 악몽에 쫓기고, 또 꼭 목숨이 끊어져야 잠에서 깬다면서요. 보통 사람 같았으면 며칠도 버티지 못하고 죽고 말았을 거예요. 아니면 스스로 목숨을 끊거나."

소벽하는 보름달같이 큼지막한 눈망울을 굴리며 안쓰러워했다.

"처음에는 그랬지요. 하지만 지금은 괜찮다니까요. 어차피 꿈속에서도 꿈을 꾸고 있다는 것을 인식할 정도니까요. 적당히 도망 다니다가 미리미리 칼을 맞기도 하고……."

도극성은 아무렇지도 않게 말을 했지만 그때마다 소벽하는 몸을 움찔움찔 떨어야 했다. 생각만으로도 끔찍한 것이었다.

"그렇게 깨고 나면 잠이 부족하지는 않나요?"

"신통하게도 그렇지는 않아요. 물론 처음엔 정신적으로 힘들어서 그러긴 했는데 언제부터인가 괜찮더라구요. 그러니까 버티는 것일 수도 있지만요. 소저도 한 번 배워보실랍니까?"

"됐어요!"

뾰족하게 소리친 소벽하가 기겁을 하며 뒤로 물러났다.

"하하하하!"

그런 모습에 뭐가 그리 좋은지 도극성은 유쾌하게 웃음을 터뜨렸다.

우연이든 필연이든 보름이 넘는 기간의 선상 생활은 두 남녀의 관계를 조금은 진전시켜 놓은 듯 보였다.

"드디어 왔군요."

소벽하가 점점 가까워지는 부두를 가리키며 말했다.

"예."

도극성이 살짝 고개를 끄덕이며 대답했다.

사부의 손을 잡고 처음으로 고향이란 곳에 방문한 지 정확히 구 년, 참기 힘든 설레임에 가슴이 뛰기 시작했다.

쿵.

드디어 배가 정박을 하자 도극성은 물론이고 소벽하까지 배에서 내렸다.

그녀의 목적지인 소주로 가기 위해선 어차피 도극성의 고향인 무석을 지나야 하는지라 끝까지 함께 동행하기로 결정한 것이었다.

부두에 도착한 도극성과 소벽하는 간단히 요기를 하고 무석을 향해 바삐 걸음을 옮겼다.

부두에서 무석까지는 약 사십 리 정도.

한 시진은 족히 걸어야 도착할 수 있는 거리였다.

드넓은 평원을 지나 무석에 도착할 즈음 서서히 땅거미가

지기 시작했다.

"아름답네요."

소벽하가 붉게 물든 노을을 가리켜 말했다.

"그때도 그랬어요."

"예?"

"구 년 전, 처음 이곳에 왔을 때도 딱 저랬어요."

"그랬군요."

"그때는 사부님과 왔었지만요."

도극성의 표정이 살짝 어두워졌다.

지난 추억을 회상하는지 그 말을 끝으로 도극성은 입을 열지 않았다.

소벽하는 도극성의 상념을 방해하지 않기 위해서 조용히 입을 다물었다.

짙은 어둠이 찾아올 무렵, 도극성은 마침내 그의 고향 무석에 도착했다.

태어나자마자 집을 떠나 열 살 때 딱 한 번 찾아왔을 뿐이었지만, 게다가 이후에도 많은 발전과 변화 때문에 조금은 헷갈려 할 만도 했으나 도극성은 한 치의 망설임도 없이 방향을 잡고 걸음을 옮겼다.

"후~"

문득 걸음을 멈춘 도극성이 심호흡을 했다.

소벽하가 이상하다는 듯 쳐다보자 멋쩍은 미소를 흘렸다.

"저 길 모퉁이를 돌면 바로 작은 무관(武館)이 하나 있어요. 바로 그곳입니다."

"그렇군요."

소벽하가 빙그레 웃어주었다.

"떨리나 봐요?"

"조금요. 어째 옛날보다 더 떨려요. 부모님을 만나뵈면 무슨 말을 먼저 해야 할지도 모르겠고."

"너무 오랜만이라 그럴 거예요. 그래, 옛날엔 무슨 말을 먼저 했는데요?"

"기억이 잘 안 나요. 아! 말을 하기도 전에 어머님이 와서 저를 안아주셨어요."

"이번에도 그렇지 않을까요?"

"그럴까요?"

"아마도 그러실 거예요."

소벽하의 미소에 힘을 얻은 도극성이 다시 발걸음을 움직였다.

모퉁이를 돌았다.

다닥다닥 붙어 있는 인가와 조금은 외따로이 떨어져 있는 조그만 규모의 무관 하나가 들어왔다.

부친이 운영하는 무관이었다.

도극성이 소무백을 따라 집을 나선 이후, 표사 일을 그만둔 부친 도홍은 소무백이 잠시 잠깐 가르쳐 준 무공을 밤낮으로 수련하여 상당한 실력을 쌓게 되었다.

 이후, 그는 무석영가의 가주 영비천의 배려로 마을에 조그만 무관 하나를 차릴 수 있었는데 무관에서 무공을 익힌 이들 대다수가 영가에서 운영하는 표사로 일하게 되면서 무석영가와 도홍이 운영하는 무관의 관계는 무척이나 돈독하였다.

 '극성무관(克星武官)이었지.'

 이름을 정확하게 기억해 낸 도극성이 자신도 모르게 얼굴을 붉혔다.

 '어머니.'

 무관에 가까워질수록 따듯했던 어머니의 품이, 한없이 듬직했던 아버지의 넓은 어깨가 그리워졌다.

 도극성의 발걸음이 빨라졌다.

 소벽하의 발걸음도 자연 빨라졌다.

 한데 언제부터인지 소벽하의 안색이 좋지 않았다.

 '뭔가 이상한데……'

 알 수 없는 불안감에 온몸의 신경이 바짝 곤두섰다.

 소벽하가 슬쩍 고개를 돌렸다.

 집에 왔다는 흥분 때문인지 도극성은 아무런 생각도 못하는 모양이었다.

 생각을 정리하기도 전에 정문에 도착했다.

 순간, 역한 냄새가 코를 자극했다.

 '피비린내!'

소벽하가 깜짝 놀라 두 눈을 치켜떴다.
도극성이 아무리 정신이 없었다지만 사방에 진동하는 피비린내를 맡지 못할 정도는 아니었다.
그의 얼굴은 이미 딱딱하게 굳어 있었다.
삐그덕.
천천히 문이 열렸다.
문소리에 발 맞추어 심장이 미친 듯이 뛰고 있었다.
문이 열리기가 무섭게 한줄기 바람에 실려오는 짙은 혈향이 코를 자극했다.
정문을 지나 한 발을 내밀었다.
조금 전진을 하니 정문을 지키고 있던 이들로 보이는 사내 둘이 쓰러져 있었다.
사지가 절단되고 목까지 분리된 처참한 모습.
도극성의 입술이 파르르 떨렸다.
연무장에도 몇 명이 더 쓰러져 있었는데 그들 모습 역시 정문에서 목숨을 잃은 이들과 다르지 않았다.
무기를 든 자들의 시신은 그것으로 끝이었다.
하지만 안쪽으로 들어갈수록 더욱 끔찍한 광경이 그를 기다리고 있었다. 무관에서 단순히 잡일을 하는 이들의 시신이 즐비하게 늘어선 것이었다.
'어머니.'
지금 도극성의 머리엔 오직 한 사람의 얼굴뿐이었다.

쾅!

 문짝이 흔적도 없이 날아가고 도극성의 신형이 안채의 가장 깊은 곳, 무관의 안주인이 머무는 침실로 뛰어들었다.

 방 안은 이미 난장판이 되어 있었다.

 바닥은 피로 흥건했고, 사방의 벽 또한 핏물로 도배를 했다.

 방에서 살해된 사람의 수는 넷, 모두 여인이었고 침상을 중심으로 쓰러져 있었다.

 도극성의 시선이 침상으로 향했다.

 한 자루 검이 이불 위로 깊게 박혀 있었다.

 검을 따라 움직이던 시선이 살짝 들린 이불 밑으로 보이는 여인의 얼굴에 닿았다.

 두려움으로 경직된 얼굴, 공포감이 깃든 눈동자, 고통으로 인해 벌어진 입.

 그 얼굴이 바로 도극성이 꿈에도 그리던 어머니의 얼굴이었다.

 툭.

 눈에서 눈물이 흘러내렸다.

 눈물도 의식하지 못하고 힘겹게 걸음을 옮긴 도극성이 덜덜 떨리는 손으로 어머니의 볼을 어루만졌다.

 차가웠다.

 따뜻한 온기가, 사랑의 빛으로 가득 넘쳐야 할 얼굴이 동토(凍土)의 얼음 바닥처럼 싸늘하기 그지없었다.

 도극성의 눈에서 흘러내린 뜨거운 눈물이 아무리 얼굴을 적셔도 잃어버린 온기는 돌아오지 않았다.

 "어… 머… 니."

 더 이상 말이 나오지 않았다.

 "아! 아아!!"

 감정을 이기지 못한 도극성이 그 자리에서 무너져 내렸다. 아울러 비명과도 같은 신음이 터져 나왔다.

 "아아아아아!!"

 "도 소협……."

 소벽하는 차마 보지 못하고 고개를 돌리고 말았다.

 그녀의 눈에도 이슬이 맺혀 있었다.

 도극성은 한참을 목 놓아 울었다.

 눈물이 피눈물이 되고 그 피눈물이 다시 메말라 버릴 때까지, 온몸의 진이 빠져 정신이 멍하도록 통곡을 했다.

 그렇게 얼마의 시간이 흘렀을까?

 슬픔에만 잠겨 있던, 초점이 사라졌던 도극성의 눈에 생기가 돌아왔다.

 아니, 그것은 생기가 아니라 분노이자 살기였다.

 도극성이 벌떡 몸을 일으켰다.

 이불을 뚫고 어머니의 복부를 관통한 검을 빼 들었다. 그리곤 공포와 고통으로 치켜떠진 어머니의 눈을 가만히 감겨 드렸다.

바로 그때였다.

"누구냐!!"

인기척을 느끼고 단숨에 창문을 박차고 나간 도극성이 피투성이가 된 노인의 목에 검을 들이대며 소리쳤다.

"사, 살려……."

노인이 털썩 주저앉으며 빌었다.

재빨리 검을 거둔 도극성이 노인을 어깨를 잡으며 물었다.

"노인장은 누굽니까? 그리고 대체 무슨 일이 벌어진 겁니까?"

"괴, 괴인들이… 괴인들이……."

"괴인들이 어쨌다는 겁니까? 떨지만 말고 빨리 말을 해봐요!"

"잠시만요."

도극성이 너무 거칠게 다그치자 소벽하가 그의 팔을 잡아끌었다.

"우리는 나쁜 사람이 아닙니다. 노인을 해치지도 않습니다. 그러니 두려워하지 마시고 말씀해 주세요. 괴인들이 무관의 사람들을 죽인 것인가요?"

"그, 그렇습니다."

노인이 고개를 끄덕였다.

"이곳 관주님께서 놈들과 싸우신 건가요?"

"아, 그, 그건 아닙니다."

"아니라면요? 관주님은 어디에 계신가요?"

"과, 관주님은 제, 제자들을 이끌고 여, 영가에……."

"영가에요? 무슨 일로 그곳에 가신 거죠?"

조금은 침착해졌는지 노인은 보다 안정감이 생긴 음성으로 말했다.

"여, 영가가 위험에 빠졌다는 전갈을 받고 황급히 달려가셨습니다. 한데 그 이후에 괴인들이… 으으으."

당시의 두려움이 엄습하는지 노인이 몸을 떨었다.

"그놈들이 누군지 아십니까?"

도극성의 물음에 노인이 고개를 혼들었다.

"하면 영가를 침입한 놈들은 누굽니까?"

"그, 글쎄요. 잘은 모르지만 사도… 뭐라고 하는 말은 들었습니다."

순간, 도극성의 눈이 번뜩였다.

"사도천인가요?"

"아! 맞습니다! 사도천이라 했습니다!"

도극성의 눈에서 살광이 뻗어 나왔다.

사도천.

구양세가 때부터 이상하게 꼬이더니 결국 최악의 상황까지 오고 말았다.

자신에게 원한이 깊은 사도천이라면 이러한 만행을 저지

르고도 남음이 있었으나 아무리 그렇다 해도 그 원한을 자신에게 풀지 않고 가족을 노린 비겁한 행위는 도저히 용서가 되지 않았다.

도극성이 몸을 빙글 돌렸다.

"어디를 가려고……."

질문을 하려던 소벽하는 곧 입을 다물었다. 묻지 않아도 그가 가려는 곳은 뻔했다.

정문을 나선 도극성이 영가가 있는 곳으로 내달렸고, 소벽하는 그가 조금 전 내던진 목함을 챙겨 들고 황급히 뒤를 쫓았다.

한데 그들이 사라지기가 무섭게 정문을 나서는 사람이 있었다. 다름 아닌 극성무관의 유일한 생존자라 할 수 있는 노인이었다.

금방이라도 목숨을 잃을 것 같았던 모습은 어느새 사라지고 없었다. 바싹 굽었던 허리는 꼿꼿하게 펴졌으며 두려움에 떨었던 눈에선 형형한 기운이 흘러나왔다.

"이것으로 내가 할 일은 끝난 셈이고… 이제는 즐기기만 하면 되는 것인가? 크크크, 크하하하하!!"

무관과 영가와의 거리는 그다지 멀지 않았다.

천천히 걸어도 일각 정도면 도착할 수 있는 거리라 정신없이 내달린 도극성이 영가에 도착한 것은 순식간이었다.

오직 암흑과 죽음의 기운으로만 뒤덮여 있던 무관과는 달리 무석영가엔 제법 많은 사람이 모여 있었다.

어림잡아도 오십에 육박하는 인원.

싸움은 이미 끝났는지 주변은 평온했다.

하지만 그들 주변에 나뒹굴고 있는 무수히 많은 시신들은 영가에서 얼마나 치열한 싸움이 있었는지 보여주고 있었다.

도극성의 갑작스런 등장에 다들 경계의 눈빛을 보냈다.

"누구냐?"

"……."

"누구냐고 물었다!"

도극성의 앞을 가로막은 사내가 거칠게 물었다.

"사도천?"

도극성이 되려 물었다.

꽤나 서늘한 눈빛, 기세에서 밀린 사내가 뒷걸음질치며 얼떨결에 대답했다.

"그, 그렇다."

이미 예상을 했기에 별다른 반응을 보이지 않았으나 도극성의 내부는 이미 활활 타오르는 분노로 미친 듯이 들끓고 있었다.

"네놈들 짓이……."

널브러진 시신들을 가리키며 묻던 도극성이 갑자기 입을 다물었다.

도극성의 시선은 그를 포위하고 있는 사도천의 무인들에게 향해 있지 않았다.
　부릅뜬 그의 눈은 연무장 뒤편의 전각에 고정되어 있었다.
　전각 끝에 두 구의 시신이 매달려 있었다.
　어둠에 잠겨 그 신분을 제대로 확인하기가 힘들었으나 그는 본능적으로 느끼고 있었다.
　'아… 버지?'
　곧 고개를 흔들었다.
　'아니다. 아닐 것이다.'
　도극성은 자신이 잘못 본 것이라 생각했다.
　그렇게 여기고 싶었다.
　도극성이 비틀거리는 걸음걸이로 걷기 시작했다.
　사도천의 무인들이 막으려 했지만 누군가의 제지를 받고는 슬며시 길을 터주었다.
　'제발! 제발!'
　아니기를 간절히 빌고 또 빌었다.
　하지만 시신을 향해 한 걸음씩 다가갈수록, 어둠 속에서 희미하게나마 그 모습이 확인되면서 그의 간절한 바람은 너무도 허무하게 무너져 버렸다.
　전각에 매달린 시신은 평생 동안 단 한 번도 잊어본 적이 없는 얼굴을 지니고 있었다.
　"아… 버… 지……."

하복부로부터 어깨에 이르기까지 사슬낫에 무참히 꿰인 채 전각 끝에 매달려 있는 시신이 부친 도홍임을 확인한 도극성의 고개가 힘없이 떨구어졌다.

그는 눈물을 흘리지 않았다.

흐느낌도 없었다.

그저 묵묵히 고개만 숙이고 있을 뿐이었다.

그러나 그는 이미 변하고 있었다.

과거 그의 몸을 제어했던 팔맥의 기운, 이미 대부분이 그의 몸과 동화가 되었으나 아직까지 잠재하고 있던 패기와 살기가 눈을 뜨려는 것이었다.

바로 그때였다.

도극성의 바로 앞에 부친이 죽는 순간까지 움켜쥐고 있던 칼이 툭 떨어졌다.

쇠사슬에 꿰인 상처에서 흘러나온 뜨거운 피가 아직 식지도 않은 상태로 칼을 적시고 있었다.

그 피를 보는 도극성의 눈동자가 파르르 떨렸다.

도극성이 손을 뻗어 칼을 움켜잡고 천천히 몸을 일으켰다.

휘류류룡!

그를 중심으로 엄청난 바람이 불어닥쳤다.

하늘로 솟구친 머리카락이 거세게 요동을 치며 흔들리고, 눈에선 도저히 인간의 것이라고 여길 수 없는 살기가 뿜어져 나왔다.

무석영가에 휘몰아치는 살기에 놀란 사도천의 무인들이 당황하여 어쩔 줄을 몰라 할 때, 도극성의 입에서 원독에 찬 한마디가 흘러나왔다.

"죽.인.다."

도극성이 그들을 향해 움직였다.

그는 서두르지 않았다.

그저 천천히 걸어갔을 뿐이었다.

하나, 그의 몸에서 일렁이는 살기는 이미 강력한 무기가 되어 사도천의 무인들을 강타하고 있었다.

"노, 놈이 온다!"

"막앗!"

도극성과 상대적으로 가까이에 있던 사내 다섯이 가장 먼저 달려들었다.

도극성의 입가에 섬뜩한 미소가 걸리며 부친에게 받은 칼이 움직이기 시작했다.

"크아악!"

"으악!"

도극성을 공격했던 이들의 입에서 동시다발적으로 비명이 터져 나오며 들고 있던 병장기가 산산조각이 나고, 팔다리가 허공으로 치솟았다.

한 번의 호흡, 단 한 번의 도약과 칼질에 무려 다섯 명이 넘는 인원이 그 자리에서 절명하고 말았다.

병장기가 부딪치는 소리 따위는 들려오지 않았다. 그저 처절한 비명 소리만이 뒤따랐을 뿐이었다.

사도천의 무인들을 이끌고 있는 사내, 현음궁의 소궁주이자 사도천의 무석 분타 분타주 산우벽(珊羽碧)이 눈 깜짝할 사이에 벌어진 참상에 놀라며 입을 쩍 벌렸다. 하나, 그 놀람은 곧이어 도극성에 대한 분노로 이어졌다.

"쳐랏!"

산우벽의 명령이 떨어지자 그렇잖아도 순식간에 다섯 명의 동료를 잃은 사도천의 무인들이 일제히 달려들었다.

하지만 결과는 처참했다.

반격은커녕 연이은 도극성의 공격에 또다시 네 명의 사내가 온몸이 난도질을 당해 쓰러졌다.

상황의 심각함을 인식한 산우벽이 직접 앞으로 나서며 수하들을 이끌었다.

"물러나지 마라! 포위해서 공격해!"

횡으로 펼쳐졌다가 급격히 원을 그리며 좁혀드는 포위망. 급히 전개한 수준치고는 꽤나 훌륭했으나 애당초 수준 자체가 달랐다.

우우우웅.

도명(刀鳴)이 일었다.

그것이야말로 칼을 통해 세상에 표출되는 도극성의 분노였다.

웅후한 도명에 이어 벼락이 치는 소리와 함께 무시무시한 도기가 포위망을 향해 발출되었다.

하늘마저 무너뜨린다는 무적의 도법 붕천삼식.

도극성의 몸에서 폭발할 듯 뿜어져 나오는 살기가 고스란히 담긴 그 위력은 감히 논하기가 힘들 정도였다.

꽈꽈꽈꽝!!!

"으아아악!"

"커흑!"

도극성을 에워싸고 있던 포위망은 붕천삼식의 첫 번째 초식 섬뢰붕천(閃雷崩天)에 의해 완벽하게 무너져 버렸다.

그래도 나름 실력이 출중한 몇몇이 필사적으로 대항을 했지만 도극성의 칼을 멈추게 할 수는 없었다.

반항은 존재하지 않았다.

오직 도극성의 일방적인 학살만이 있을 뿐이었다.

"으으으."

순식간에 절반이 넘는 동료를 잃은 사도천의 무인들이 두려움에 떨며 뒷걸음질치기 시작했다.

"물러서지 마라! 공격, 공격하란 말이다!!"

산우벽이 무너지는 전열을 수습하기 위해 필사적으로 소리쳤으나 폭풍같이 몰아치는 도극성의 공격에 그의 음성은 아무런 영향력도 발휘하지 못했다.

한 번 터진 둑은 막기가 불가능한 법.

마침내 공포심을 이기지 못한 사도천의 무인들이 일제히 도주를 하기 시작했다.

그러나 어머니의 죽음에 이어 부친의 참담한 죽음까지 목격한 도극성은 그들의 도주를 용납하지 않았다.

파스스스슷.

수십 갈래의 도기가 도주하는 이들을 쫓았다.

"크아악!"

"크허허헉!"

"사, 살려줘!!"

비명 소리가 무석영가의 밤하늘을 뒤흔들었다.

온몸이 갈기갈기 찢기며 쓰러지는 모습들이 어찌나 처참한지 달빛마저 애써 외면할 지경이었다.

그렇게, 도극성의 손에 칼이 쥐어지고 반 각도 채 되지 않는 시간 동안 무려 마흔 명이 넘는 인원이 차가운 시신이 되어 쓰러졌다.

운 좋게 목숨을 부지한 이들도 있기는 했으나 다들 치명적인 부상을 당해 살아도 산 것이 아니었다.

"이… 악마 같은 놈!"

전신이 피투성이로 변한, 조금 전까지도 사도천의 무인들을 지휘하던 산우벽이 널브러진 수하들의 시신을 보며 할 말을 잃었다.

그야말로 악몽과도 같은 상황.

어째서 자신들에게 그와 같은 일이 일어났는지 이해를 할 수가 없었다.

자신들은 그저 진지한 대화를 원한다는 무석영가의 초청을 받고 영가를 방문했을 뿐이었다.

이제 막 무석에 자리를 잡기 시작했기에 충분히 위세를 보여줘야 한다는 생각에 많은 수하들을 이끌고 오기는 했다. 하지만 언젠가는 필연적으로 부딪치게 되겠으나 팔룡 중 으뜸이라는 자미성의 기재를 배출한 가문, 게다가 화산파와 밀접한 관계가 있는 영가와 지금 당장 다툴 마음은 없었다.

한데 그들이 영가에 도착했을 때 그들을 기다리는 것은 진지한 대화를 나누자는 영가의 가주와 식솔들이 아니라 오직 처참한 살육의 현장뿐이었다.

'어째서 이런 일이! 저놈은 대체 누구이며, 영가와 무슨 관계가 있는 것인가? 아니면……'

산우벽의 생각은 이어지지 않았다.

어느새 수하들을 모조리 끝장낸 도극성이 그를 향해 다가오고 있었기 때문이었다.

"으으으."

산우벽이 공포 어린 눈으로 도극성을 바라보았다.

도망갈 곳은 없었다.

자신을 도와줄 수하의 대부분이 목숨을 잃었거나 병신이 되어버린 상황이었다.

"으아아아!!"

공포감을 이기지 못한 산우벽이 괴성을 내지르며 도극성을 향해 달려들었다.

그리곤 죽을힘을 다해 칼을 휘둘렀다. 하지만 미처 반도 움직이기 전에 손목이 잘려 나갔다.

"크악!"

도극성의 칼이 다시 한 번 번득이고 이번엔 어깨까지 뭉텅 잘려 나갔다.

"으아악!"

처참한 비명 소리와 함께 땅에 처박히는 산우벽.

그의 다리는 이미 사라지고 없었다.

"아!"

멀리서 도극성의 살수를 지켜보던 소벽하의 입에서 안타까운 탄성이 터져 나왔다.

차마 눈으로 볼 수 없는 끔찍한 광경.

그럼에도 말릴 수가 없는 것은 지금 도극성이 어떤 심정인지 너무도 잘 알고 있었기 때문이었다.

퍽!

수박이 터지는 소리와 함께 사지를 잃고 버둥거리던 산우벽의 숨이 끊어졌다.

도극성의 발에 밟힌 머리는 끔찍하게 뭉개져 허연 뇌수를 토해냈다.

그것을 끝으로 영가에 휘몰아친 살육의 시간은 끝난 것 같았다.

한데 바로 그 순간, 일단의 무리들이 무석영가에 발을 들여놓았다.

인원은 정확히 열.

하나같이 이십대 초반의 청년들로 다들 매화가 수놓아진 무복을 입고 있었다.

무림에 그와 같은 복장을 착용하는 곳은 오직 화산파뿐이었다.

"세, 세상에!"

"이럴 수가!"

아비규환(阿鼻叫喚).

무석영가에 발을 들여놓은 화산파의 제자들은 주변에 펼쳐진 한 폭의 지옥도(地獄圖)를 보며 경악을 금치 못했다.

인간으로서 감당하기 힘든 끔찍한 살육의 현장에서 그들은 한참 동안이나 할 말을 잃었다.

잠시 후, 화산파 제자 중 한 명이 온몸에 피칠갑을 한 도극성을 노려보며 싸늘히 외쳤다.

"당신이 저지른 짓인가?"

도극성의 시선이 그에게 향했다.

지옥의 염화와도 같이 활활 타오르는 눈길에 질문을 던졌던 화산파 제자 예도준(芮挑峻)이 흠칫 놀라며 물러났다.

"네… 놈들도 한패냐?"

그의 음성은 여전히 분노에 찬 살기로 가득했다.

물론 그 살기 역시 그가 지닌 여덟 가지 기운 중 하나에 불과했고 다른 기운들을 완벽하게 억누를 수는 없었지만 부모의 죽음으로 엄청난 충격과 분노에 몸을 떨고 있는 지금 이 순간만큼은 다른 어떤 기운보다 그의 정신과 마음, 행동을 결정하는 데 우위를 차지하고 있었다.

"무, 무슨 소리를 하는 거요? 대체 당신은 누구요?"

예도준이 지기 싫다는 듯 애써 가슴을 펴며 소리쳤다. 하지만 돌아온 대답은 무시무시한 기세를 담은 칼날이었다.

"뭐, 뭐얏!"

설마하니 그런 식으로 공격을 할 줄은 몰랐던 예도준이 기겁을 하며 몸을 틀었다.

워낙 빨랐기에 완전히 피할 수는 없었다. 그저 치명상만을 면했을 뿐이었다.

"다짜고짜 살수를 쓰다니!"

예도준이 노한 얼굴로 검을 치켜세웠다.

바로 그때, 영가에 도착하자마자 안채를 살피러 갔던 좌립(左立)이 돌아왔다.

"모, 모조리… 모조리 죽었습니다."

좌립이 충격이 가시지 않은 얼굴로 소리치던 순간, 도극성의 움직임을 경계하고 있던 화산파 제자들의 얼굴에 서슬 퍼런 냉기가 깔렸다.

"어찌 그런 만행을 저질렀느냐!"

"악귀 같은 놈!"

그들은 흥분을 감추지 못했다.

[정신들 차렷! 흥분해서 될 상대가 아니다.]

화산파의 제자들을 이끌고 있는 진립(陣粒)이 사제들에게 경고를 보냈다.

그의 눈은 분노에 휩싸인 사제들과는 달리 냉정하게 가라앉아 있었다.

조금 전, 예도준을 몰아붙인 실력은 결코 만만한 것이 아니었다. 게다가 눈앞의 상대가 영가의 식솔을 살육한 자라면 더욱더 흥분해서는 안 됐다.

당장에라도 공격을 감행할 듯 흉험한 기세를 뿜어대던 화산파의 제자들은 진립의 한마디에 냉정을 되찾았다.

하지만 그것과 상관없이 도극성의 공격은 이미 시작되었다.

도극성이 움직이자 진립이 그 즉시 소리쳤다.

"검진(劍陣)을!"

명이 떨어지기가 무섭게 순식간에 두 개의 검진이 만들어졌다.

바로 화산파가 자랑하는 오행매화검진(五行梅花劍陣)이

었다.

하나만으로도 절정의 고수를 상대할 수 있다는 오행매화검진. 한데 두 개의 검진을 바라보면서도 도극성의 눈에선 아무런 두려움이 없었다. 오히려 더욱 진득한 살기만이 뿜어져 나올 뿐이었다.

꽈꽈꽈꽝!

도극성의 칼에서 무시무시한 기운이 뿜어져 나왔다.

그야말로 일격필살(一擊必殺)의 기세.

실로 감당하기 힘든 도극성의 기세를 정면으로 받으면서도 화산파 제자들은 그다지 동요하는 기색이 없었다.

꽝!

도극성의 칼과 화산파 제자의 검이 부딪쳤다.

도극성의 막강한 내력이 담긴 칼의 위력을 감안한다면 검은 그 즉시 산산조각이 나며 박살이 나야 정상이었다.

그런데 멀쩡했다. 아니, 멀쩡한 정도가 아니라 오히려 강력한 반탄력에 도극성의 칼이 밀려 나갔다.

동시에 전혀 예상치 못한 방향에서 검 하나가 그의 가슴팍을 노리며 짓쳐들었다.

도극성이 황급히 칼을 회수하며 그 공격을 막아내더니 재차 반격을 가했다.

하지만 맹렬히 돌진하던 그의 칼이 순식간에 목표물을 잃고 허공을 갈랐다. 또다시 튀어나온 검이 칼의 방향을 슬쩍 바뀌 버린 것이었다.

도극성은 포기하지 않고 계속해서 공격을 퍼부었다.

화산파 제자들이 필사적으로 공격을 막아내면서 때때로 역공을 펼치려 하였으나 도극성의 무위는 그들의 반격을 좀처럼 허용하지 않았다. 그렇다고 도극성이 확연히 우위를 점하는 것도 아니었다.

한 치의 양보도 없는 치열한 공방은 한참 동안이나 계속되었다.

그러나 시간이 흐르면 흐를수록 완벽하게만 보였던 오행매화검진도 어느새 조금씩 무너져 갔다.

좀처럼 약점을 발견할 수 없는 검진이기는 했으되 공격을 퍼붓는 사람이 다른 누구도 아닌 도극성이었다. 게다가 사용하는 무공이 바로 천하제일도법 붕천삼식.

물론 그 과정에서 도극성의 몸에도 이상이 생기기 시작했다. 너무 무리하게 내력을 끌어모아 아직 완전하지도 않은 붕천삼식을 연속적으로 펼쳤기 때문이었다.

쿠쿠쿠쿵!!

우렛소리를 동반한 어마어마한 강기가 오행매화검진에 작렬하고, 이제는 간신히 버티는 것이 전부인 화산파 제자들 중 누군가의 입에서 나지막한 신음이 흘러나왔다

'큰일이다. 이제는 버티기가 힘든데…….'

두 개의 오행매화검진을 사실상 이끈다고 해도 과언이 아

닌 진립의 안색이 어두워졌다.

예도준은 왼팔에 치명적인 부상을 당했고, 전중(田重)은 입에서 피를 흘리고 있었다. 나머지 인원도 다들 크고 작은 부상에 시달렸다. 도극성의 공세를 가장 많이 받아낸 진립 자신도 이미 상당한 내상을 당한 상태였다.

문제는 그럼에도 불구하고 끊임없이 이어지는 도극성의 공세가 좀처럼 수그러들 기색이 보이지 않은 데다가 반대로 오행매화검진을 구성하고 있는 사제들의 부상이 갈수록 심각해졌다는 것.

'자칫하면 몰살을 당할 수도 있다.'

뭔가 수를 내야 했다. 그렇지 않고 이대로 싸움이 지속되면 그야말로 끝장이 날 수도 있었다.

하나, 생각은 계속 이어질 수가 없었다.

입가에서 피를 흘리고 있던 전중이 갑작스레 정신을 잃고 쓰러져 버리면서 그런대로 잘 버텨내던 검진이 갑작스레 무너졌기 때문이었다.

그 틈을 놓치지 않은 도극성이 붕천삼식의 마지막 초식인 폭뢰붕천(爆雷崩天)을 사용했다.

사부인 소무백이 삼원무극신공이 칠단계에 이르고 붕천삼식의 수준이 십성에 오르지 않으면 절대로 사용하지 말라고 경고했던 초식.

평소라면 절대로 사용하지 않았겠지만 연이은 충격과 싸

움으로 심신이 많이 지친 데다가 몸속에서 눈을 뜬 살기로 인해 보다 냉철하고 정확한 판단을 할 수 없었던 도극성이 사부의 경고를 무시해 버린 것이었다.

그러나 그 위력만큼은 그야말로 하늘을 무너뜨릴 만큼 엄청난 것이었다.

꽈꽈꽈꽈꽝!!!

하늘이 무너지고 땅이 내려앉는 소리가 이럴 것인가!

천지사방으로 폭발할 듯 퍼져 나가는 기운은 마치 주변의 모든 것들을 초토화시키겠다는 듯 무시무시했다.

그 기운의 정면에 열 명의 화산파 제자와 그들이 펼친 오행매화검진이 있었다.

"피, 피해랏!"

진립이 목이 터져라 소리쳤다.

지금까지 단 한 번도 보지 못했고 당연히 경험해 보지도 못한 거력. 게다가 그들을 보호하던 오행매화검진이 사실상 무너진 상태인지라 그들은 거의 무방비 상태나 다름없었다.

결과는 그야말로 참담했다.

그들이 들고 있던 검은 흔적도 없이 사라져 자루만 남았고, 도극성이 뿌린 기운에 노출된 자들은 비명도 지르지 못하고 온몸이 갈가리 찢기며 무참히 쓰러졌다.

"으으으, 이, 이럴 수가!"

간신히 살아남은 진립이 믿기 힘든 현실에 몸을 덜덜 떨었다.

도극성의 공격에 살아남은 인원은 자신을 포함해 고작 세 명.

단 한 번의 공격에 그 어떤 고수라도 상대할 수 있다고 자신한 오행매화검진이 무너지고 화산파가 심혈을 기울여 키운 제자 일곱이 허무하게 목숨을 잃은 것이었다.

하지만 그것으로 끝이 아니었다.

일곱 명이나 되는 인원을 죽음으로 몰아넣은 도극성이, 사부의 경고를 무시한 대가로 극심한 내상을 당했으면서도 여전히 살기 어린 눈빛을 하고 있는 도극성이 그를 향해 천천히 걸어오고 있었기 때문이었다.

더 이상은 반항할 힘도, 여력도 없었다.

진립은 자신의 목을 노리며 다가오는 칼을 보면서 지그시 눈을 감고 말았다.

'미안해, 사매.'

죽음을 눈앞에 둔 순간, 화산파의 자랑이자 미래인 사매의 얼굴이 떠올랐다.

바로 그때였다.

쐐애액!

날카로운 파공성과 함께 막 진립의 목숨을 끊으려던 도극성에게 뭔가가 날아들었다.

본능적으로 몸을 튼 도극성.

하나, 날아든 물체의 속도가 워낙 빨랐다.

"크으으."

도극성의 입에서 탁한 신음성이 흘러나왔다.

고통을 참지 못하고 비틀거리며 물러나는 그의 가슴 어귀에 검 한 자루가 깊숙이 박혀 있었다.

"괜찮으냐?"

바람과 같이 달려와 도극성에게 치명적인 부상을 안긴 중년인이 진립을 일으켜 세우며 물었다.

죽음을 기다리던 진립이 천천히 눈을 떴다.

"사, 사부님."

절체절명의 위기에서 진립을 구한 사람은 차기 화산파의 장문인으로 유력한 화산검협(華山劍俠) 양도선이었다.

"이게… 도대체 어찌 된 일이냐?"

양도선이 참담한 얼굴로 주변을 둘러보았다.

자식과도 같은 제자, 사질들이 싸늘한 시신이 되어 널브러져 있었다.

"사부님!!"

진립이 슬픔을 참지 못하고 통곡을 했다.

그사이, 몸도 가누지 못하고 비틀거리는 도극성을 부축한 소벽하가 조용히 영가를 빠져나가려고 했다.

그녀의 움직임을 낱낱이 파악하고 있으면서도 양도선은 움직이지 않았다.

그가 직접 움직이지 않아도 그녀를 막을 사람은 따로 있었기 때문이다.

그의 생각대로 소벽하는 미처 열 걸음을 떼어놓기도 전에 걸음을 멈춰야 했다.

'음!'

소벽하의 얼굴이 심각하게 굳어졌다.

어느샌가 그녀 주변이 완벽하게 포위되었기 때문이었다.

무엇보다 정면을 막고 선 거한(巨漢).

아무것도 하지 않고 그저 가만히 서 있을 뿐인데도 그 위압감이 장난이 아니었다.

당연했다.

그 거한의 정체야말로 다른 누구도 아닌 소림사의 무광이었으니까.

'꼭 문주 할아버지 같은데.'

자신의 앞을 막고 선 인물을 보며 소벽하는 누군가를 떠올렸다. 커다란 덩치와 온몸에서 뿜어져 나오는 강맹한 기운이 그렇게 똑같을 수가 없었다.

"그를 내려놓으시오."

무광이 말했다.

"그럴 수는 없지요."

"없다면, 나와 싸움이라도 해보겠다는 것이오?"

무광이 어이없다는 듯 묻자 간신히 정신을 차린 도극성이 소벽하를 밀치며 외쳤다.

"덤벼라."

살기 어린 그의 눈빛을 보는 무광의 얼굴이 절로 찌푸려졌다.

"실로 악귀 같은……."

말은 이어지지 않았다.

도극성이 다짜고짜 공격을 감행한 것이었다.

제대로 몸을 가누지도 못한다는 것을 감안하면 꽤나 날랜 공격이었으나 무광의 양손이 순간적으로 금빛으로 물들고 손끝에서 강맹한 강기가 뿜어져 나오면서 도극성의 공격은 허무하게 끝나고 말았다.

이어지는 반격.

무광의 손이 도극성의 가슴팍으로 짓쳐들었다.

한데 바로 그때, 옆에서 슬며시 뻗어 나온 고운 손이 무광의 공격을 단숨에 무위로 돌려 버렸다.

"허!"

무광의 입에서 탄성이 터져 나왔다.

처음부터 죽일 생각은 없었다지만 설마하니 대력금강수가 그토록 쉽게 무력화될 줄은 꿈에도 생각지 못한 것이었다.

무광이 자신의 공격을 막은 손의 주인, 소벽하를 향해 손을 뻗었다. 조금 전과는 비교도 되지 않을 정도로 강맹한 장력이 그녀를 향해 뻗어나갔다.

 소벽하 역시 피하지 않고 무광이 발출한 강기에 정면으로 맞부딪쳤다.

 꽈꽈꽝!

 격렬한 충돌음과 함께 무광이 일으킨 금빛 강기는 힘없이 사그라졌다.

 모든 이들의 눈이 휘둥그레졌다.

 무광이라면 그들과 차원을 달리하는 엄청난 고수.

 그런데 그의 공격을 아무렇지도 않게 받아내는 여인이라니!!

 하지만 다른 누구보다 놀란 사람은 눈앞의 가녀린 여인이 실로 엄청난 고수라는 것을 알아본 무광이었다.

 "소저는 누구요?"

 무광이 착 가라앉은 음성으로 물었다.

 그러자 소벽하는 도극성을 대신해 짊어진 목함을 열더니 수라검문의 상징이라 할 수 있는 묵마환을 꺼내 들었다.

 우우우우웅.

 기물(奇物)이 주인이라도 알아본 것일까?

 세상 밖으로 모습을 드러낸 묵마환이 소벽하의 내력이 주입되자 웅후한 떨림을 토해내더니 서서히 모습을 바꾸기 시작했다.

 잠시 후, 그녀의 손에 은은한 달빛을 머금고 신비로운 자태를 뽐내는 만병의 제왕인 묵룡도(墨龍刀)가 모습을 드러냈다.
"소벽하라고 해요."
묵룡도를 든 그녀는 더 이상 나약해 보이는 여인이 아니었다.

『운룡쟁천』 3권에 계속…

적포용왕

김운영
新무협 판타지 소설

『신마대전』『흑사자』의 작가 김운영.
그가 낚아 올리는 무협의 절정!
낚시 신동 백룡아! 장강에서 천존과 맞짱 뜨다!

적포천존(赤布天尊) 고금제일강(古今第一强)
인호타자연재해(人呼他自然災害)
40세 이후로 상대가 누구든 몇 명이든, 한 번도 패하지
않고 모두 이긴 적포천존. 70세 중반에 반로환동하여
무림인들을 절망에 빠뜨린 그가 말년에
제자를 만들어 말년에 호강할 계획을 세운다?!

천하에 두려울 것이 없는 '자연재해' 와
그의 제자들이 무림에 나타났다!

세상을 보는 또하나의 창 · inthebook.net
유행이 아닌 자유추구 · chungeoram.net
Book Publishing CHUNGEORAM

Book Publishing CHUNGEORAM

魔刀爭霸
FANTASTIC ORIENTAL HEROES

마도쟁패

장영훈 新 무협 판타지 소설

오색혈수인(五色血手印)을 찾아라!
『보표무적』, 『일도양단』에 이은 장영훈의 세 번째
거친 사나이들의 이야기! 『마도쟁패(魔刀爭霸)』

마교 제일의 타격대 흑풍대(黑風隊)의 최연소 대주.
흑풍대주 칠초나락(七招奈落) 유월(柳月).
강호서열록(江湖序列錄) 가(假) 서열 오십육 위, 진(眞) 서열 칠 위.

교주의 외동딸 비설의 폭탄선언으로 시작되는 운명의 거대한 수레바퀴!
거대 마도문파 마교를 둘러싼 치열한 음모와 피튀기는 암투!
가슴을 울리는 호쾌한 대결과 박진감 넘치는 전투의 연속!

우리가 바라지 않던 진정한 사나이들의 역동적인 이야기가 전개된다!

유행이 아닌 자유추구 -
WWW.chungeoram.com

Book Publishing CHUNGEORAM

무한 상상·공상 세계, 청어람 신무협&판타지

『한백무림서』11가지 중 『무당마검』, 『화산질풍검』을
잇는 세 번째 이야기 『천잠비룡포』의 등장!!

천상천하 유아독존!!
새로운 무림 최강 전설의 탄생!!

『천잠비룡포』
(天蠶飛龍袍)

천잠비룡포(天蠶飛龍袍) / 한백림 지음

천잠비룡황, 달리 비룡제라 불리는 남자.

그는 누군가의 명령을 받고 움직이는 남자가 아니다.
그는 자신의 적을 앞에 두고 물러나는 남자가 아니다.
그는 자신의 이름 안에 있는 자들의 원한을 결코 잊는 남자가 아니다.

그 누구보다도 결정적이고 파괴력있는 면모를 지닌 남자.
황(皇)이며, 제(帝). 그것은 아무나 지닐 수 있는 칭호가 아니다.
그는 제천의 이름으로도 제어할 수가 없는 남자였다.

무적의 갑주를 몸에 두르고
가로막은 자에게 광극의 진가를 보여준다.

- 유행이 아닌 자유추구 -
WWW.chungeoram.com

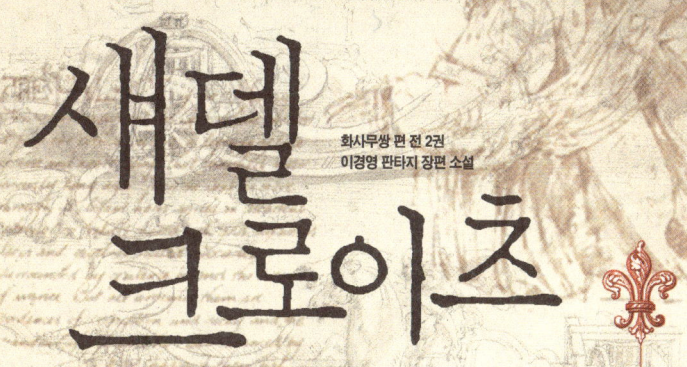

섀델
크로이츠

화사무쌍 편 전 2권
이경영 판타지 장편 소설

『가즈나이트』의 명성과 신화를 넘어설
이경영의 판타지의 새로운 상상력!

자신만의 독특한 세계관을 창조한 작가
이경영의 새로운 도전과 신선한 충격.

바란투로스의 특수부대 섀델 크로이츠의 리더 파렌 콘스탄.
야만족을 돕는 안개술사를 물리치기 위해 아시엔 대륙에서 온
불을 뿜는 요괴 소녀 카샤.
너무나 다른 두 사람이 운명의 길에서 만나다.
친구란 이름으로 시작된 모험, 그 앞에 놓인 난관과 운명의 끈은
어떻게 될 것인지……

"질투가 날 만도 하지."
요괴가 산신령을 엄마로 두는 건 흔한 일이 아니거든.
괜찮다, 파렌. 본좌가 아는 요괴들 전부 본좌를 질투하고 부러워하니까."
소녀는 손에 잔뜩 받은 빗물을 홀짝 마셨다.
파렌은 그 순수함에 웃음을 흘렸다.
그는 지금까지 자신이 봤던 그녀의 기이한 행동들을 어렴풋이나마 이해할 수 있을 것 같았다.
그렇게 친구가 된 둘은 그 길로 긴 여행을 떠나게 된다.

-본문 중에-

 세상을 보는 또 하나의 창 - inthebook.net
유행이 아닌 자유추구 - chungeoram.net

Book Publishing CHUNGEORAM

학교에서는 가르쳐주지 않는 10대들을 위한 인생수업

작가 : 이빙 | 역자 : 김락준

10대들을 위한 나침반 같은 인생 교과서!
사회 초입에 들어서게 될 청소년들에게 들려주는
100가지 인생 이야기

내 인생의 방향잡기!
여행길에 오르기 전에 접해보자!

100가지 이야기, 100가지 명언

사람은 태어나면서부터 각기 다른 모습으로, 각기 다른 사고로 "인생" 이라는 여행길에 오르게 된다. 내가 지금 서 있는 이 위치에서 그리고 사회라는 공간에서 한 사람의 몫을 당당하게 해낼 수 있는 역량을 키워나가기 위해서는 어떠한 생각을 가지고 있어야 하는 걸까.

늦지 않게 준비하자! 스스로의 마음가짐이 자신의 미래를 결정한다!

설레는 마음으로 떠난 길일지라도 기존에 생각하고 있던 것과는 다르게 흘러가는 사회의 모습에 당혹스럽기도 할 것이다.

그러한 곳에 발을 들여놓기 위해 첫 발걸음을 막 뗀 청소년이라면 학교에서는 미처 배우지 못한 상황에 더우이 큰 혼란스러움을 느낄 수밖에 없다. 시간이 흐를수록 사회가 한 인간에게 요구하는 것은 다양하고 세밀해지고 있다. 그러한 사회 속에서 자신만이 앞으로 나아가지 못해 제자리걸음을 하게 된다면 어떠할까. 미리 대비를 하지 않는다면 당신 역시 그러한 현상에 빠지는 또 한 명의 사람이 되고 말 것이다.

책장을 넘기는 순간, 책과 당신의 공감대가 형성된다!

적응을 위해 도움이 될 만한 인생의 지혜와 경험, 깨달음이 한가득 담겨있다. 그 속에 담긴 100가지 이야기 그리고 그와 관련된 100가지의 명언은 가슴 깊이 새겨 놓고 되뇌여 보기에 충분하다.

세상을 보는 또 하나의 창 - inthebook.net
유행이 아닌 자유추구 - chungeoram.net

Book Publishing CHUNGEORAM